EL FILO
DE TU PIEL

JOSÉ IGNACIO VALENZUELA

EL FILO DE TU PIEL

10 ANIVERSARIO

SUMA
de letras

El filo de tu piel

Primera edición: julio, 2018

Penguin
Random House
Grupo Editorial

Para Mayra, Chiara, Aurora,
Hilda, Adriana, Paloma y Pedro:
mi nueva familia de infancia.

El río durando se destruye. A medida que van pasando las aguas se van acabando, y nosotros mismos durando nos destruimos. Cada instante nuestro de duración es un instante de destrucción. ¿Me negaré a dar un paso por el temor de las consecuencias o aceptaré las consecuencias, que no siempre son felices? Con o sin sentido, la vida hay que vivirla. Al final, en la vejez, es cuando más fuerzas se necesitan y más débiles somos, cuando más falta hace el dinero y menos se tiene, cuando más se requieren amigos y más pega la soledad. Si supiéramos, cuando empezamos a vivir, que llegaremos a ser inválidos y solitarios, escogeríamos morir temprano. La vida termina en tono bajo, en tono menor, casi sin sonido, para entrar en el silencio absoluto de la muerte.

PABLO NERUDA

Prólogo

El valiente filo de Valenzuela

En el año 2006, la Ciudad de México celebraba la reciente aprobación de la Ley de Sociedades de Convivencia, la primera iniciativa de ley presentada en un congreso latinoamericano que buscaba dar derechos a las parejas del mismo sexo, y que tardó cinco años en ser aprobada, en parte porque el jefe de gobierno de la ciudad, Andrés Manuel López Obrador, quiso someter ese derecho a consulta pública. Ese mismo 2006 en el Congreso estadounidense aún seguía viva la sugerencia del presidente Bush de enmendar la Constitución para definir el matrimonio como la unión entre un hombre y una mujer, mientras que Hillary Clinton, entonces senadora por Nueva York, había repetido en varias ocasiones que para ella el matrimonio era una institución heterosexual. En Chile el divorcio llevaba poco tiempo de haber sido aprobado y ese año los chilenos eligieron a Michelle

Bachelete como la primera presidenta de su país, generando expectativas de avances progresistas que en ese primer mandato no se dieron. En ninguno de los tres países la opinión pública favorecía los derechos LGBT. El cambio empezó a darse hasta 2010.

Con ese escenario de fondo inició en América Latina la llamada revolución del arcoíris, una serie de batallas del movimiento LGBT que hoy ha hecho de la región una de las zonas más gay *friendly* del planeta en términos de reconocimiento de derechos y leyes, pero que paradójicamente de poco han servido para que América Latina deje de ser uno de los lugares más peligrosos para ser gay, lesbiana, bisexual o trans. Con o sin matrimonio igualitario, los crímenes de odio por homofobia persisten en México, Brasil y Chile, como el caso del joven Daniel Zamudio, brutalmente asesinado en 2012 en un parque de la zona metropolitana de Santiago.

La Revolución del Arcoíris también despertó al monstruo del conservadurismo en la región. Hoy, desde Tijuana hasta Tierra del Fuego, grupos conservadores, principalmente evangélicos, pero también grupos católicos, impulsan una agenda antiderechos, desinforman y promueven las llamadas "terapias" que prometen "curar las tendencias homosexuales", sin importarles que Naciones Unidas haya dicho que esas terapias son falsas y que deben ser consideradas como crueles actos de tortura.

Tal es el contexto en el que nace la novela que estás a punto de leer, y en parte por ello es una novela honesta y valiente en tiempos donde esos valores escaseaban. Pero al margen de ello, *El filo de tu piel* es una historia de amor muy bien contada. Una historia de amor entre dos extraños que se rinden ante el fuerte movimiento telúrico que el deseo provoca en sus entrepiernas y en sus cerebros. Una historia de amor fugaz pero definitoria en la vida de Diego, su protagonista, un joven latinoamericano, clasemediero, que va descubriendo su orientación sexual, reafirmando su identidad y defendiéndola de sus propios prejuicios y de los de las sociedades que lo rodean. Diego es un hombre independiente, que puede moverse fácilmente entre Santiago, Ciudad de México, Nueva York, Hong Kong y San Juan, un ciudadano global, sin fronteras y sin muros, pero cuya independencia no le sirve ante el deseo que le provoca el extraño que conoce una noche en Manhattan. Diego pierde la cabeza ante Ulises, el hombre que lo enamora como un idiota, el hombre que lo hechiza en las calles de Chelsea, el mítico barrio neoyorquino que en ese momento era el epicentro de la vida global gay, y el hombre que lo obliga a abandonarlo todo, a repensar su lugar y su identidad en el mundo, a entregarse a las fiestas, al sexo, a "ser gay de tiempo completo" y a dejar de asustarse por ser una pareja serodiscordante. Es ya el siglo xxi y las calles de Chelsea están repletas de anuncios invitando a la gente a realizarse la prueba del vih sida, porque "conocer tu estado es bello", rezan las campañas que buscan derribar los prejuicios en torno al virus.

José Ignacio vivió dos décadas bajo la dictadura militar de Augusto Pinochet, pero a diferencia de sus colegas contemporáneos, para quienes la vida en dictadura está presente en sus obras, en *El filo de tu piel* no hay un solo rastro de esa experiencia que traumó a varias generaciones de chilenos, muchos de ellos desde el exilio. La sensibilidad de el Chascas es la de un latinoamericano provechosamente global, la de un autor que lo mismo ha escrito novelas, crónicas urbanas, guiones de cine o de exitosas telenovelas, un escritor prolífico y consolidado, pero al mismo tiempo la sensibilidad de un autor que tal vez tenga pendiente exorcizar sus recuerdos de vivir en dictadura, tal y como parece hacer con *El filo de tu piel*, que en momentos parece una obra autobiográfica.

Por lo pronto, *El filo de tu piel* es una magnífica oportunidad para iniciarse en el trabajo de José Ignacio, en el filo de su valentía, y un libro al que sólo le llegarán nuevos lectores, una obra que perdura.

Ciudad de México, febrero de 2018
Genaro Lozano

PRIMER ACTO

LIGERO DE EQUIPAJE

Por fin me ha sucedido algo.
Por fin me ha sucedido algo,
¿no es sensacional?

Respiración artificial, RICARDO PIGLIA

Uno

Me voy a enamorar de ti como un idiota, es lo primero que pienso apenas te veo entrar. Y no me equivoqué. En lo más mínimo. Habrá sido ese par de violentos ojos azules como sacados del fondo de una mina de diamantes; habrá sido el hecho de que apenas cruzaste el umbral de aquella cafetería junto a mi amiga Mara, todo lo que estaba a nuestro alrededor se licuó, como una acuarela mal secada, y lo único que conservó la definición fuiste tú, avanzando despacio hacia mí, sonriéndome sin mover los labios, clavándome esa mirada de aguamarina; habrá sido que yo no esperaba a nadie más en mi vida y que por eso me tomaste por sorpresa, al igual que una buena noticia que se dice en el momento menos propicio, como ese mediodía de un domingo de octubre. Estaba con un par de amigas y el editor de un periódico latino que me quería conocer. Había leído parte de mi trabajo y estaba interesado en hablar en persona conmigo. La idea de ese *brunch* dominical fue mía. Y la idea de invitar a Mara también fue mía.

—Sí, claro, nos vemos mañana a las once y media —me dijo ella. Y agregó esa pregunta que me cambió la vida—. ¿Puedo llevar a alguien conmigo?

Contesté que sí, que por supuesto, apurado mientras corría por la Sexta Avenida rumbo a la oficina de mi agente, recién llegado a Nueva York, cansado porque el vuelo desde México se había atrasado y en lugar de aterrizar a las tres de la tarde lo había hecho casi a las siete; estaba oscuro, tenía sueño y quería encontrarme pronto con Liliana para irnos juntos a su casa, que era donde me iba a quedar. Respondí que sí, que por supuesto te podía invitar a ese *brunch* donde se suponía que un grupo de amigos me iban a hacer menos aburrida la tarea de contestar preguntas aún más aburridas de un aburrido editor de un seguramente también aburrido periódico latino.

No sabía que ibas a llegar tú al día siguiente. Si lo hubiese sabido, con seguridad le respondo que no. Disculpa, Mara, pero es un asunto más bien laboral, lo siento, en otra ocasión puedes invitar a todas las personas que quieras. Algo así habría dicho. Le hubiese echado la culpa al trabajo, al editor ese que resultó ser un tipo lleno de pecas, con el pelo rojo y la piel tan blanca que se le podían contar los racimos de venas arremolinados en los brazos y en lo que se le veía del cuello. Eso alcancé a notarlo antes de que tú llegaras, claro, porque cuando Mara apareció en la ventana de la cafetería, en pleno SoHo —Green con Prince—, tuve la primera sensación de que un terremoto estaba próximo a explotar. Desde niño tengo esa facultad. Puedo predecir con cinco segundos de anticipación cuando la tierra va a comenzar a moverse. Es como si de pronto la sangre se me helara: siento puñados de hielo ardiente atravesar mis arterias. Y me paralizo, aterrado, igual que un cobarde que frena de golpe al ver un perro con el hocico abierto y a punto de brincar hacia adelante. Y entonces pasan esos cinco segundos que se hacen eternos, sólo cinco segundos que convierten el presagio en certeza, y la tierra comienza a sacudirse. Lo mismo me pasó cuando vi a Mara al otro lado del enorme ventanal de la cafetería, alzando desde la calle su mano llena de pulseras, golpeteando eufórica el cristal para llamar nuestra atención, con esa sonrisa colosal de dientes blancos y labios carnosos que tanto me gusta. No fui capaz de levantarme de la silla. El hielo se había apoderado de mi cuerpo, me atenazaba como una helada camisa de fuerza. Alcancé a pensar que en Manhattan no tiembla salvo cuando los aviones se estrellan contra los edificios y que, al parecer, éste no era el caso. No adiviné tu presencia tras ella. Si hubiese prestado más atención habría alcanzado a ver el perfil de tu cabeza, el rastro de tu chaqueta de jeans; habría advertido tu caminar firme y seguro. Pero no te vi. Por eso el terremoto se convirtió en cataclismo cuando Mara abrió la puerta, dio un grito triunfal que hizo que todo el mundo volteara hacia ella, y te señaló con un tintineo de pulseras que más pareció un redoble de tambores.

—¡Les presento a Ulises!

Fue ahí cuando diste un paso hacia adelante, cuando saliste detrás del cuerpo de mi amiga, sonreíste con esos ojos con los que todavía sueño cada noche, y me ofreciste la sonrisa más fabulosa que alguien había tenido la delicadeza de regalarme.

Me voy a enamorar de ti como un idiota, alcancé a pensar antes de que Manhattan entero se sumiera en el primer terremoto de su historia, de ésos que a los que hemos vivido en Chile, en México y en algunas islas del mar asiático estamos tan acostumbrados, pero que provocan estragos entre la población que todavía piensa que el suelo es firme e inmóvil. Creo que te diste cuenta de mi pasmo, porque no esperaste a que te saludara y avanzaste directo hacia la mesa donde todos estábamos. Mara se abalanzó sobre mí, me besuqueó el cuello, las mejillas, me encontró más gordito, más rubio, me alcanzó a decir que le gustaba mi pelo así, más largo, más ondulado, más *hippie*, y me susurró directo al oído un ¿has visto que cosa más encantadora es Ulises?, y yo no fui capaz de contestarle porque todavía no me recuperaba bien del encuentro, todavía sentía que aquella cafetería se había fundido entera y que lo que antes eran muebles, líneas rectas y estructuras, ahora estaban reducidos a manchas derretidas y charcos de colores que yo trataba de recomponer. Y tú seguías ahí, de pie junto a esa mesa, saludando con cortesía y distancia al resto de las personas, esperando el momento propicio para que Mara me soltara por fin y enfrentara mi cuerpo al tuyo. Me extendiste la mano. Y yo te la estreché. Yo no sabía. Si hubiese sabido no te habría dado la mano. Te habría negado el saludo. Le habría dicho a Mara que no te llevara, que nunca te sacara de tu casa, de ese departamento que llegué a conocer tan bien. Le habría rogado que nunca, nunca, me hubiera hablado de ti, pero yo no sabía, yo sólo puedo anticiparme cinco segundos a las cosas; esta vez fallé, esta vez todo conspiró en mi contra, todo: ese domingo apacible, SoHo, esa cafetería tan acogedora, esa reunión casi improvisada, mi viaje a Nueva York que sólo iba a durar seis días y que se convirtió en una vida entera. Yo no sabía, Ulises. No sabía que iba a conocerte. No sabía que iba a suceder todo lo que sucedió. No tuve tiempo de reaccionar cuando te estabas sentando frente a mí en aquella mesa, ni siquiera me di cuenta de que aún no abrías la boca, de que todavía no escuchaba tu voz. Mara había tomado la palabra y me preguntaba con avidez que cuánto tiempo me iba a quedar en Manhattan y yo, como desde el fondo de un precipicio, le contestaba que sólo seis días, que el viernes me iba a Hong Kong a visitar a mi hermana que estaba viviendo allá luego de que a su marido le saliera una espléndida oferta de trabajo, y algo dijo ella del Oriente, de lo fascinante que debía ser, pero yo no la estaba escuchando. Sólo tenía sentidos para mirarte a ti, inmóvil, como un niño bien portado, con esa chaqueta de jeans que te hacía juego con los ojos.

Fue entonces ahí cuando Liliana, mi agente, trató de intervenir y recordarnos a todos que ésa era una reunión de trabajo. Jack, el pelirrojo al que le faltaba al menos media hora de cocción para tener un color saludable de piel, necesitaba hacerme unas preguntas sobre mi posible interés de colaborar con su periódico. Pero Jack también estaba interesado en mirarte. Eras como un imán para todos en aquella mesa, aunque tú sólo fijabas tu vista en mí, dos taladros de agua que me perforaban las retinas y echaban sus anclas. Jack se veía molesto. Se suponía que la estrella de ese *brunch* era él y, por lo tanto, tú debías estarle prestando atención a sus palabras. Por suerte no lo hiciste. O tal vez eso hubiese sido lo mejor. Que una vez que todo hubiera concluido, él y tú se hubiesen dado los teléfonos para salir esa semana, terminaran tenido sexo en tu departamento como dos animales que saben exactamente lo que están haciendo, tú sacando los condones de aquel canastito que siempre escondías bajo tu cama, el frasco de lubricante, empujando con fuerza el colchón que siempre terminaba al otro extremo del cuarto con tus empellones de caballo de feria, tú hubieras dado uno de tus gritos de final de amor, ésos que me erizaban la piel, y ya. Yo, para esos entonces, habría estado en Hong Kong paseando por Causeway Bay, comprando relojes falsos, camisetas con alguna leyenda divertida, y sacando fotos como un turista más. Ajeno a ti. Tú serías sólo parte de un recuerdo vago de ese *brunch*. Serías una anécdota en la película de mi vida, parte de una comparsa de actores, de esos actores de tercera línea que interpretan personajes sin nombre propio, algo así como Hombre 1, o Árbol, y ya. No estaría aquí, sentado un par de años más tarde en este departamento vacío, donde sólo hay un colchón, un par de velas y una orquídea, con todas las ventanas abiertas para que entre el aire fresco. No estaría en este departamento cruzado por ráfagas tratando de olvidarte.

Por eso decidí sentarme a escribir, en el suelo, acomodándome como puedo en el colchón, cruzando las piernas, apoyándome en el muro, cambiando de postura cada tanto para evitar los calambres. Paso las horas tecleando en mi computadora. Escribo esto como desde el fondo del mar, ahogándome por la falta de oxígeno a pesar de las ventanas abiertas y de la ventolera que a veces se produce. Escribo y cuando no puedo más saco la cabeza fuera del agua, boqueando como un pez agónico, y obligándome yo mismo a hundirme otra vez bajo la marea de mis propios recuerdos. Y sigo. No puedo detenerme. No quiero. La única manera de frenar esta avalancha de pasajes, imágenes, detalles, es dejarles la puerta abierta, que sigan de largo, directo a mis dedos que teclean con velocidad, con urgencia, que se liberan de sus dolores al convertirlos en letras. Tengo suerte de ser escritor. Escribir es como suicidarse un poco, con la diferencia de que uno queda vivo y con la posibilidad de volver a leer lo que provocó aquella muerte. Una muerte inevitable, como la que tú me causaste.

Vuelvo a ese *brunch*. Vuelvo a ver a Jack poniéndose de pie a mitad de conversación, mirando su reloj e inventando una mala excusa para poder irse de ahí, frustrado y vencido. Disculpen, pero olvidé que hoy van a mi casa a instalar las cortinas, anunció, y nadie le creyó. Uno, porque lo dijo mirándote con esa mirada que sólo los gays rechazados son capaces de poner: ojos de serpiente a punto de dar un mordisco y que, sin embargo, prefiere replegarse sobre sí misma y huir en sentido contrario. Y dos: tampoco le creímos porque nadie instala cortinas un domingo y menos en Manhattan. Liliana lo acompañó hasta la calle. Desde dentro, y a través de los ventanales, los vimos hablar y despedirse.

—Mejor que se vaya —dijo Mara y se robó el jugo de naranja que era de Jack y que él ni siquiera había tomado—. Así nos quedamos más en confianza. ¿Estás escribiendo algo? —preguntó, mirándome.

Le conté que planeaba un nuevo libro de cuentos y que estaba a la caza de temas. Que ése era uno de mis motivos para irme a Hong Kong. Que una vez allá pensaba quedarme unos meses dando vueltas por ahí, solo, y volver más tarde a mi casa en México para encerrarme a escribir.

—Diego inventa telenovelas —te dijo Mara con una sonrisa—. ¿Puedes creerlo? ¡Telenovelas!

Me quise morir. Yo hubiese preferido ocultarte esa parte de mi pasado de la que no me enorgullezco mucho. Sí, escribo telenovelas. O escribía. Después de años de urdir historias inverosímiles de mujeres y hombres que eran capaces de soportar una avalancha de problemas que provocarían el suicidio de cualquier ser humano normal, me cansé de la televisión y decidí concentrarme en la literatura. Ésa fue la respuesta que te di, ¿te acuerdas? Tú no decías nada. Sólo me mirabas y yo no lograba descifrar si lo hacías con interés o con desprecio. Probablemente estarías pensando que era un pobre niño farandulero, una estrellita más de ese firmamento de robacámaras que pululan por los canales de televisión, dando autógrafos para sentirse importantes, discutiendo estupideces y defendiendo argumentos tan absurdos como que la villana tenía que volverse loca con una muñeca de infancia entre las manos y repitiendo con voz de mala-demente-de-telenovela mi mamá me mima, mi mamá me mima... Por eso volví a hablar de los cuentos que quería escribir, de la novela que me estaba rondando hacía tiempo la cabeza, pero Mara parecía más interesada en que le contara indiscreciones de actores y que si me había acostado con alguno en el último tiempo. Le dije que no, cosa que era completamente cierta, y retomé mi retahíla insistente sobre la literatura.

Fue entonces que hablaste por primera vez:

—¿Qué es para ti escribir?

Lanzaste la pregunta como una granada, a quemarropa. Me gustaron tu voz, la calma y el tiempo que te tomaste para formularla. No había apuro en tu tono, en tus pausas. Lo opuesto de mi situación, donde yo hablaba atropellándome, saltando de una idea a otra, todo por tratar de encontrar un tema que funcionara como un anzuelo y poder, por fin, cazar tu atención. Apenas me hiciste esa pregunta, se produjo un silencio en la mesa. Todos se volvieron hacia mí. Tú no me quitabas los ojos de encima y yo sentía que otra vez las cosas empezaban a chorrear y que esta vez, junto con ellas, también se me iba el cuerpo. Por más que traté, no logré encontrar una respuesta. Sólo podía pensar que un estado de imbecilidad tan grande se tenía que deber a que me estaba enamorando sin marcha atrás y que nunca, nunca, me había sucedido una cosa así. Pensé en mi triste capacidad de predecir temblores, en los cinco segundos de gracia que me regala la vida antes de chicotear la tierra como sábana recién lavada al viento. Habrá sido por eso que te respondí:

—Escribir para mí es adelantarse treinta segundos a lo que va a pasar, y ser capaz de transmitirlo por medio de palabras.

Sentí que las mejillas se me incendiaban y que la lengua se me convertía en talco. Tuve que robarle un trago de jugo de naranja al vaso que antes era de Jack. Cuando levanté la vista, me di cuenta de la mirada que Mara y tú se estaban dando. No supe interpretarla, pero probablemente se estaban burlando de mi incapacidad para contestar algo que valiera la pena, algo que hiciera que los demás se quedaran unos instantes considerando lo que dije. Pero no. Después supe que los dos se estaban mirando con cierto orgullo: ella, porque le gustaba el hecho de haberte presentado a un amigo que fuera capaz de sintetizar un pensamiento, y tú, porque como yo también sentías que algo extraño, muy extraño, pero agradable, estaba naciendo en ese *brunch* dominical.

No recuerdo qué más pasó, lo siento. Sólo sé que en algún momento alguien pidió la cuenta. Liliana, seguramente. Salimos a la calle donde nos envolvió ese viento de otoño que convierte a Nueva York en una postal de tonos rojiverdes. Tú ibas adelante, caminando con Mara. Yo no podía despegar los ojos de tu espalda, del recorte de tu cabello negro, de tus manos que balanceabas con tanta gracia y descuido a cada lado de tu cuerpo. Me gustaron tus manos: cuadradas, de dedos gruesos y uñas bien cortadas. Las imaginé atenazándome los brazos, urgiéndome a acercarme a ti, manipulando el cinturón de mis pantalones, y tuve que apoyarme en Liliana para poder seguir caminando. Me voy a enamorar de ti como un idiota, me repetí por tercera vez ese día, antes de que al llegar a una esquina tú te voltearas hacia los que íbamos más atrás, y con la misma sonrisa, la misma calma, el mismo encanto, anunciaras que te ibas, que tenías cosas que hacer, y desaparecieras en medio de los turistas que circulaban por el lugar.

Ese día te fuiste, Ulises, pero te quedaste ahí. Aquí. Donde todavía tiemblas y das, de vez en cuando, una de tus réplicas.

Dos

La historia de Nueva York es mínima en comparación con la de cualquier otra urbe europea. Comienza, como todos los Estados Unidos, con la llegada del hombre blanco, en concreto de Giovanni de Verrazano, un italiano que obedecía las órdenes del rey de Francia que buscaba un paso hacia Oriente por el noroeste, y que arribó a Manhattan en 1524. Por entonces, el ahora más popular barrio de Nueva York lo habitaban tribus indias que vivían de la caza, la pesca y, en menor medida, de la agricultura. Casi un siglo después, en 1609, el inglés Henry Hudson remontó el río que hoy lleva su nombre. Poco más tarde, con la marcha de Hudson, se instala allí el primer asentamiento holandés, denominándose Nueva Ámsterdam. Tras pasar a manos de los ingleses como resultado del tratado de Westminster y prosperar poco a poco, los norteamericanos vieron crecer su descontento por el dominio al que eran sometidos. Ironías de la vida: ahora son ellos los que buscan dominar al mundo y no se les oye quejarse por eso. Tras reunirse el Congreso Continental para rechazar las leyes británicas, Filadelfia es escenario, el 4 de julio de 1776, de la declaración de independencia de los Estados Unidos de América, con George Washington a la cabeza. En 1785 Nueva York se convierte en capital de los recién nacidos Estados Unidos, título que le dura tan sólo cinco años, cuando la capital federal se traslada a su actual ubicación: Washington, D. C.

Para esos entonces, la población estaba constituida en su mayoría por inmigrantes de origen inglés, holandés y galés, mayormente protestantes. Por otro lado estaban los irlandeses católicos y los judíos. Nueva York creció a partir de la diversidad, de la reunión obligada de diferentes credos que se mantuvieron firmes en sus ideologías y que conservaron, a fuego y lucha, sus ritos y tradiciones. En los siglos XVII y XVIII, la ciudad prosperó al ritmo de la expansión agrícola y del comercio, tanto de esclavos negros como de las pieles o productos. A principios del siglo XVIII, la ciudad tenía más esclavos que cualquier otra de Norteamérica. Y la violencia contra ellos era, también, la más brutal. No hace mucho, personalidades africanas y estadounidenses, historiadores y cientos de afroamericanos, se dieron cita en Nueva York para participar en el entierro de los restos de 419 esclavos muertos hace tres siglos, que fueron descubiertos hace años de manera casual durante una excavación. Se supone que otros 20 mil africanos están enterrados en la misma zona cercana a Wall Street, donde se levantaba un antiguo mercado de esclavos.

Durante décadas, el nombre de Nueva York fue sinónimo de crimen y violencia, una urbe donde no existían las reglas y la ley de la calle era la que se imponía. Antes de que la ciudad fuese la que hoy conocemos, una metrópoli de riqueza, poder y sueños infinitos, Nueva York era un lugar muy diferente: un espacio salpicado de colinas donde los anhelos por una vida mejor eran como una fuerza rabiosa que rugía en sus calles conquistadas por el crimen. Allí, mientras la supervivencia de la nación era puesta en juego en la prolongada Guerra de Secesión, surgió un vasto y peligroso submundo criminal. Era el mundo de las pandillas de Nueva York, tal como fueron retratadas por el clásico libro de Herbert Asbury, las que se harían legendarias robando, contrabandeando bebidas alcohólicas, estafando, regenteando el juego y asesinando, y cuya cultura de corrupción llegó a amenazar la supervivencia misma del pueblo trabajador norteamericano.

En esta ciudad joven, inacabada, era el tiempo de la crueldad, la intolerancia y el miedo. Por algún extraño poder de atracción, los desastres siempre han elegido a Nueva York como escenario: el voraz incendio que redujo Brooklyn entero a cenizas en el siglo XVIII; la gran crisis de la bolsa de Wall Street, a comienzos del siglo XX, que favoreció un periodo de corrupción administrativa que entroncó con el fenómeno del gangsterismo y que provocó que la tasa de suicidios aumentara como la espuma; la bancarrota que tuvo que admitir el gobierno neoyorquino en 1977, cuando la ciudad tocó fondo igual que un ancla que se estrella en el suelo marino.

A mediados de la década de los ochenta, las calles de Nueva York hervían de mendigos, delincuentes y prostitutas. Como una moderna Sodoma y Gomorra, el vicio había echado sus redes con la idea de no moverse de ahí. Fue entonces que el sida se expandió igual que una mala noticia y diezmó barrios enteros, redujo la fuerza laboral a la mitad y convirtió el sexo en una actividad de vida o muerte. Y ahora, en tiempos más recientes, dos aviones se estrellaron contra los pisos superiores de ambas Torres Gemelas, provocando la muerte de más de dos mil 500 personas, el posterior derrumbe de los edificios y el desplome de la economía mundial del que aún no nos reponemos. Dos de cada tres personas asisten a algún tipo de terapia sicológica, impulsados por el hecho de vivir en una urbe disfuncional donde las relaciones interpersonales son cada vez más difíciles y la capacidad de establecer real contacto con otro ser humano se pierde entre tanto estrés, trabajo excesivo y una competencia laboral feroz.

En la actualidad, hay ocho millones de habitantes en la ciudad, pero la cifra aumenta a 20 millones si se cuentan también las personas que viven en los alrededores.

A ese lugar llegué yo, buscando amor y una identidad.

Tres

Escribo para olvidarte, lo acabo de descubrir. Para por fin sacarte de adentro, para alejarte como quien espanta a un fantasma doloroso. Aunque con la misma certeza que te digo lo anterior, también sé que escribo para no olvidarte. Tengo claro que sueno contradictorio, cosa que tú odias de mí. Pero es cierto. Si cada día me siento en el suelo, enciendo mi computadora y rescato ese archivo que se llama Ulises, lo hago con la secreta intención de retenerte, para que te quedes cerca, por aquí, en alguna parte, a mi alcance, habitando conmigo este departamento recién arrendado donde estoy empezando a vivir de nuevo, aunque sea en algún recoveco de un disco duro. Tal vez, si tengo suerte, algún día leerás esto y recordarás lo que hicimos juntos, lo que construimos codo a codo. Porque seguramente para esos entonces lo habrás olvidado, igual como un día se te olvidó quererme. Si es cierto que escribir es adelantarse treinta segundos a lo que va a suceder, entonces mi sentido de la clarividencia se atrofió. Porque desde que no te veo no soy capaz de anticiparme a nada. No sé qué va a ser de mí. No puedo siquiera imaginar cómo va a acabar el día que estoy viviendo. El futuro es un concepto impreciso, una suerte de día nublado, de lluvia insistente, de vendaval implacable que barre con cualquier plan que yo hubiese podido tener. No me queda más que echar mano a lo único cierto que tengo: mi pasado. El pasado que compartimos y que conservo como certeza de que sigo vivo. ¿Pensarás tú también en él? ¿Habrá días que, al igual que yo, amaneces con algún recuerdo clavado a tus retinas y por más que te esfuerzas en alejarlo se queda ahí, impertinente, sin ánimos de abandonarte? A mí me sucede eso. Sobre todo cuando sueño contigo y despierto con tu olor impregnando mis almohadas. Lo insólito es que creo que ya olvidé cuál era tu olor. Sólo lo recuerdo con precisión a la hora del amanecer, ese instante de duermevela en el cual uno no tiene muy claro dónde está, o qué hora es, o qué es mentira y qué es verdad. Y pensando en eso descubro que estos últimos meses —los mismos que llevo sin verte y viviendo en este departamento vacío— los he pasado en una eterna duermevela. De tanto pensar en ti creo verte yendo al baño, o saliendo de la cocina con un tazón de café. Y ni siquiera me sorprendo. Porque así mismo fue durante tanto tiempo. Te vi cientos de veces entrar al baño en calzoncillos para orinar con la puerta abierta y hacerme partícipe del sonido de ese chorro de noria que tanto te gustaba exhibirme. Fui testigo una infinidad de ocasiones de cómo te relamías al prepararte un café con canela después de cenar, y te encerrabas en la cocina igual que un científico que manipula azúcar y cucharas en lugar de células y microscopios. Eso extraño. Esa vida hecha de detalles mínimos, tan mínimos que tal vez no fui capaz de gozarlos en su momento de lo invisibles que me resultaban. ¿Qué pasaría si me quedo aquí para siempre? ¿Qué sucedería si prolongo este estado de aún dormido y casi despierto en el que vivo hace ya más de seis meses, y sigo recibiendo tus visitas de embuste, tu voz de mentira, tu olor de fantasma? Tal vez por eso no me cuesta nada volver a recordar, revisar con lujo de detalles todo aquello que sucedió ese año, el año que te conocí, en el *brunch* que marcó el final de una vida y el comienzo de otra. Sé que esa noche no pude dormir. Liliana había instalado un colchón inflable en la sala de su diminuto departamento neoyorquino y, organizada como es, tenía todo listo para recibir mi visita. No fui capaz de agradecerle sus atenciones. Había tenido que arrumbar en una esquina el sofá, la mesa de centro, una lámpara y parte de su colección de revistas para que el colchón cupiera con comodidad e incluso quedara un estrecho pasillo entre la cama y el muro y yo pudiera salir sin tener que arrastrarme de rodillas. Pero yo no estaba para reparar en detalles. Me dejé caer de espaldas, sintiendo el aire comprimido que me mantenía flotando en una suerte de espacio sideral, y no tuve que cerrar los ojos para volver a verte. Aquella vez no fue necesario soñar para rescatar tu olor. Lo tenía adherido a mis paredes internas y era cosa de aspirar profundo para que se mezclara con el oxígeno del departamento de Liliana. Me hubiese masturbado sin miramientos pensando en ti, calibrando la fuerza del sube y baja de mi mano al compás de tu voz, de tus palabras, habría imaginado que eras tú mismo el que me daba órdenes directamente en la oreja, así, sigue, ahora un poco más despacio, aguanta, no grites, abre los labios, así, suave, y ahora fuerte, más fuerte, pero no me atreví porque el colchón donde dormía estaba en medio de la sala y Liliana podía aparecer en cualquier momento y no estaba en condiciones de inventar una buena excusa. Me dormí soñándote anticipadamente.

Me despertó el ruido del teléfono. Cuando abrí los ojos me demoré más de lo habitual en darme cuenta de dónde estaba. No me fue fácil reconocer el tapiz del sillón de Liliana, la colección de máscaras que cubrían el muro principal de la sala, la biblioteca de techo a suelo y de lado a lado que siempre se me antojó leer. Sólo cuando escuché la voz cantarina de mi agente, que apareció frente a mí envuelta en una bata y con el teléfono inalámbrico en la oreja, pude terminar de cerrar el cuadro y comprender que era lunes, que estaba en Manhattan, que ese viernes me iba a Hong Kong y que el día de ayer te había conocido y me había enamorado como un imbécil.

—Es Mara —dijo Liliana dándome los buenos días con un par de pestañeos—. Pregunta si quieres salir hoy en la noche a tomarte un trago con nosotras.

Dije que sí por ser amable. Yo hubiese preferido lanzarme a las calles a buscarte como un perro sabueso. Recorrer SoHo de punta a punta, haciendo y deshaciendo el camino que debiste de hacer ayer para regresar a tu casa. Tal vez era cosa de encontrar el rastro azulino de tu mirada aún flotando en alguna esquina, un brochazo débil suspendido en mi espera. Si hubiese conocido tu apellido te habría buscado en el directorio telefónico. Pero no sabía nada de ti: sólo que eras el hombre más atractivo que había conocido en mi vida, que te llamabas Ulises, que eras puertorriqueño y un gran amigo de infancia de Mara.

—Mara dice que la pasemos a buscar a las ocho al departamento de Ulises, que ahí se está quedando —dijo Liliana mientras me enseñaba un papelito donde tenía tu dirección escrita.

Eso era lo que necesitaba. La esperanza cierta de volver a verte. De inmediato supe que ése sería el día más largo de mi vida, que las horas iban a transcurrir con la lentitud de una enorme rueda de piedra, pero no me importaba. Me vestí contento y soporté con dignidad las miradas pícaras de Liliana que hizo todos los intentos por abordar el tema que, al parecer, ya era obvio para todos. No me costaba nada imaginármelas a las dos —Liliana y Mara— hablando de ti y de mí, de cómo nos habíamos mirado, de la bonita pareja que haríamos, los dos solteros, profesionales, tan distintos en apariencia. Tú eres más bien bajo, fornido, lleno de músculos precisos, con dos tatuajes —uno en cada bíceps—, de rostro fabuloso y ojos de mentira. Y yo soy alto, flaco, algo encorvado hacia adelante, con el pelo revuelto e imposible de peinar. Tengo una nariz que llega antes que yo a cualquier parte y una risa contagiosa a la que recurro cuando tengo alegría y también tristeza. Las dos nuevas comadres se llamaron varias veces por teléfono durante ese lunes. Y estoy seguro de que hablaron de ti y de mí, Ulises. Aproveché para ir a Barnes & Noble a comprar unos libros, me entretuve en dejarme llevar por esos pasillos alfombrados y con olor a madera, pensando si habrías leído tal volumen, si habrías visto esa película, en lo mucho que me gustaría compartir una conversación contigo. Fue un buen día, no lo puedo negar.

Por suerte, en los octubres neoyorquinos la noche llega temprano. Me duché y me vestí con esmero, he de confesar. Hacía mucho que no me preocupaba por verme bien, por seleccionar con cuidado una combinación de camisa y pantalón, por pensar qué zapatos irían mejor. Me eché perfume, cosa que nunca hago. Cuando salí del baño, oliendo a flora y desparramando sonrisas, Liliana puso su consabida cara de complicidad.

—Más que el otoño, parece que llegó la primavera —comentó al pasar. Y yo sólo sonreí.

Tomamos un taxi hasta Chelsea, que era donde tú vivías. Calle 18, entre la novena y la décima avenidas: epicentro de aquel barrio que de tan gay, tan abierto, tan expuesto, se convirtió en moda. Lo primero que me llamó la atención fueron los cientos de banderitas color arcoíris que colgaban de los balcones y de las escaleras metálicas de las salidas de incendio. Me sorprendió ver tantas parejas de hombres caminando juntos, tomados de las manos sin preocupación y sin miedo, como si fuera lo más natural del mundo. Supongo que lo es, pensé con alivio, imaginándome lo feliz que yo sería de vivir en un lugar así, besarme contigo en cada esquina antes de cruzar la calle, yendo al cine con las manos entrelazadas, mirándonos con amor al pasar junto a un puesto de flores. Sé que soy insoportablemente cursi, me lo repetiste un millón de veces, pero si quiero ser honesto tengo que dejar que todo esto salga así, con brutal sinceridad. Lo pensé, Ulises, me imaginé un futuro junto a ti en ese barrio que parecía una fantasía hecha realidad.

En la esquina de tu calle había un restorán italiano, lleno hasta el tope, invadido de mesitas que se tomaban la vereda. Un mar humano de hombres gesticulaban con aspavientos de diva operática. Se reían fuerte, chocaban copas de vino blanco, pedían a gritos más queso, más comida, más placer. No pude quitarles los ojos de encima. Era cierto entonces. Era verdad que en algún lugar del mundo uno podía sentirse cómodo con su propio pellejo, con esta condición tan extraña que lo sentencia a uno a amar a los de su propia especie y a sentirse culpable por eso. Pero aquí no había culpa. Chelsea era un oasis de libertad, de paz, de hormonas sueltas y disparadas al viento, donde uno podía gritarles a los cuatro puntos cardinales la verdad que saliera de los cojones y a nadie parecía importarle. Por eso tú tenías esa expresión de felicidad, entonces. Porque eras un ser libre, libre de ti mismo, de tus preferencias y libre en tus propias decisiones. No como yo que tuve que casarme con todas las de la ley porque así pensé que superaría la humillación de tener que encerrarme en un baño a pensar en un cuerpo igual al mío. Pero no me voy a adelantar, Ulises. De mi matrimonio hablaré después, igual como lo hice contigo.

Liliana comprendió el hechizo que tu calle había provocado en mí. Y le agradezco que me haya dejado solo unos momentos, que se adelantara unos pasos y me permitiera gozar de ese aire frío —que sin embargo yo sentía tan amable— darme en la cara. Ella señaló una puerta gris, algo desvencijada, en los bajos de un edificio de ladrillos.

—Es aquí, en el tercer piso. ¿Entramos?

Claro que íbamos a entrar. Por mí yo hubiera empujado esa puerta a patadas y hubiera trepado de dos en dos los peldaños de la escalera hasta llegar a tu departamento. Reconozco que tuve una primera desilusión cuando entré al edificio. Había mal olor: una mezcla de humedad y comida añeja. Los muros exhibían manchas negras, como continentes irregulares en el mar blanco de la pintura. La escalera crujía a cada paso, ofreciendo tablones irregulares cubiertos de algo que debía ser un linóleo pisado y vuelto a pisar. No me cuadraba tu imagen espléndida en un escenario así, tan decrépito. Pero no me importó. En lo más mínimo. Desde abajo oímos los ladridos de un perro. Cuando llegamos al segundo piso nos recibió el vozarrón de un televisor encendido a todo volumen. El tercer nivel era el tuyo. Frente a tu puerta había un limpiapiés casi transparente por culpa del uso implacable. Fui yo quien tocó el timbre. El tintineo de pulseras de Mara anunció que sería ella la que aparecería al otro lado. Y así fue.

—¡Precioso, ya están aquí! —sonrió y me empujó hacia adentro—. Pasen, que estoy terminando de vestirme.

Dentro del departamento había olor a orines de perro. Me quedé unos instantes, desconcertado, sorprendido de encontrarme a mí mismo en medio de lo que parecía el resultado de una batalla campal. Era obvio que hacía meses que nadie pasaba una escoba en ese suelo. El breve pasillo estaba invadido de cajas de cartón, repletas a su vez de otras cajas. Los muros tenían un color imposible de definir, mezcla de humo, paso de tiempo y humedad. De inmediato un bulldog llegó corriendo hasta mis zapatos, sacándome de golpe de mi trance. Di un salto hacia atrás.

—No hace nada. Se llama Azúcar —sentí tu voz.

Levanté la vista y te vi ahí. Venías saliendo de la cocina, vestido con unos pantalones cortos que dejaban al aire la mitad de tus muslos y tus pantorrillas, y una camiseta estrecha que se pegaba a tu torso como una segunda piel de algodón verde. Eras más bello de lo que recordaba. Muchísimo más.

—Es preciosa —mentí sin saber por qué.

—Sí, lo sé —contestaste. Y luego te volviste hacia Liliana, que todavía esperaba detrás de mí—. Pasen, pasen por favor.

Atravesamos ese pasillo de infierno y basura y llegamos a la sala que no ofrecía mejor aspecto que el resto de la casa. Dos enormes sillones grises, como ratones hiper desarrollados, ocupaban casi todo el espacio libre. Tú nos hiciste espacio en uno, empujando sin cuidado un montón de ropa sucia, revistas y libros que cayeron al suelo y que de inmediato tu perra comenzó a mordisquear.

—Estaba preparando la cena —dijiste, como disculpándote de tu apariencia de dueño de casa que no espera recibir visitas—. ¿Les ofrezco algo?

—No, gracias —respondió Liliana—. Sólo venimos a buscar a Mara. No te preocupes por nosotros.

Hubiese querido que te preocuparas por mí, pero esta vez ni siquiera me miraste. Con el pie descalzo intentaste en vano arrebatarle a Azúcar una revista de salud en la que un musculoso modelo mostraba sin pudor su estómago perfecto, y cuando comprendiste que era una tarea inútil te metiste otra vez a la cocina, ignorándome. Desde la sala oí cómo sonaba una cuchara contra el fondo de una cacerola metálica, cómo se abría y cerraba la puerta del refrigerador y cómo tu boca paladeaba lo que ibas preparando con tanto esmero. De pronto apareció Mara, espléndida y apurada por salir pronto.

—¡Ulises, tú te vienes con nosotros! —sentenció ella, y mi corazón quedó en alerta por tu respuesta.

Te asomaste extrañado desde el interior de la cocina.

—Lo siento. Yo voy a cenar.

—Tú te vienes con nosotros. Casi nunca te vengo a ver desde Puerto Rico y esta noche quiero salir contigo —dijo ella, tomándote con cariño por un brazo. Hubiese dado lo que fuera por ser Mara en ese momento.

Tú te negaste con suavidad, pero firmeza. Dijiste que ya habías empezado a cocinar y que no podías dejar todo a medias, que estaban tus medicinas, que hoy daban un buen show por televisión. Me pregunté si estarías enfermo, por eso de las medicinas. Pero Mara arremetió de regreso: que ella se regresaba el jueves a San Juan, que yo me iba el viernes a Hong Kong, que no la podías hacer quedar mal frente a sus amigos. Pero tú, como siempre haces cuando no quieres pelear, la besaste en la frente y te metiste otra vez a la cocina.

—Que les vaya bien —oímos todos desde dentro.

Cuando salimos al pasillo del edificio, todo me pareció mucho más feo. El olor a fritanga se me hizo aún más insoportable, los ruidos insufribles, y tenía una cercana sensación de llanto que se me atoraba en el pecho. Mientras Liliana cerraba la puerta del departamento, tratando de dejar dentro a Azúcar que insistía en ir con nosotros, Mara me tomó del brazo para comenzar a bajar las escaleras.

—¿Tu amigo está enfermo? —pregunté, sólo por romper ese silencio que estaba comenzado a anegarme los ojos.

—Ulises tiene sida —me contestó ella con la misma naturalidad que diría que tienes 38 años y un par de ojos maravillosos—. Pero es una bestia, hace mucho tiempo que lo tiene indetectable.

Cuando llegamos al segundo piso no pude evitar que se me salieran las lágrimas. Eso era todo. Hasta ahí llegaron mis ganas de pasear contigo de la mano por un Chelsea de fantasía, un barrio que parecía sólo hecho para nosotros. El futuro se me acababa de cuartear y pudrir como los muros de tu edificio. Sida. Eso era suficiente para arrancarte, para hacer el esfuerzo de olvidarte pronto y subirme a ese avión con destino a Hong Kong con el cerebro lavado, convencido de que eras un imposible, un peligro, que por tus venas corría ese virus que ha aterrado a generaciones enteras y que siempre me ha provocado las peores pesadillas. Pensé que nunca había estado cerca de una persona con sida, al menos que yo supiera. Pensé también que la imagen que tenía de ellos era completamente opuesta a la tuya: esmirriados, los huesos asomándose en cada articulación de cuerpo, la piel colgando como una tela demasiado grande para un esqueleto encogido. En cambio, tú…

De pronto tu voz, desde el tercer piso, interrumpió nuestro descenso.

—¡Mara! ¡Espérenme un momento, voy con ustedes!

Mara sonrió, triunfal. Ella te conoce tan bien, Ulises, tan bien.

—Lo sabía. ¿No es cierto que es un encanto de hombre? —me preguntó ella y me dio un ligero pellizco en la nariz.

No supe qué contestarle. Tenía miedo por mí. Por ti. Por esa bola de nieve que en cualquier momento iba a comenzar a rodar desde el tercer piso, directa hacia nosotros, hacia mi cuerpo, y que yo estaba seguro de que me iba a arrastrar en su camino. Y así fue: apareciste de pronto, más hermoso que nunca, más seductor que nunca y supe, en este instante, que había perdido la batalla, la guerra. Todo.

Cuatro

El bar al que fuimos quedaba a menos de cuatro cuadras de tu casa. Barracuda, se llamaba. No sé por qué nunca olvidé el nombre. Tal vez porque esa fue la noche que realmente todo comenzó entre tú y yo. A lo mejor corresponde a uno de esos arrebatos románticos míos que tanto te sacaban de quicio, como encender velas a la hora de cenar o dejarte tarjetitas con poemas copiados de algún libro dentro de la maleta cuando te ibas de viaje. Para entrar a Barracuda había que atravesar una puerta vigilada por un mastodonte de dos metros y medio, que te miraba con cara de asesino en serie y te palpaba los bolsillos para asegurarse de que no llevabas un arma o alguna botella. Una luz roja deformaba los cuerpos una vez que se atravesaba hacia la barra del bar, donde nos instalamos en un primer momento. El sitio me gustó, claro. Estaba lleno de hombres apretujados los unos contra los otros, aunque había espacio suficiente para circular con comodidad. Muchos tenían el pelo corto, casi militar, camisetas ajustadas como la tuya que dejaban expuestos tatuajes y músculos trabajados con esmero y dedicación. Me sentí feo. En mi vida he tenido músculos y siempre he sido demasiado cobarde para ser capaz de soportar la tortura de una aguja pintándome con tinta la piel del cuerpo. Tú conocías al barman y pediste cuatro cervezas. Me gustó verte circular por ese lugar de excesos con naturalidad, como si pertenecieras cabalmente, esquivando con precisión los cuerpos de clientes que se besuqueaban entre ellos, haciéndote espacio con energía pero también con delicadeza en la barra para acomodarnos a todos. Intenté buscar rastros del sida en tu rostro, en ese par de manos que ejercían un hechizo en mí, pero no los encontré. Ni siquiera sabía cuáles podían ser esos síntomas. ¿Manchas oscuras, tal vez? No sé por qué recordé a Tom Hanks en la película *Filadelfia*, hecho un archipiélago de puntitos negros en el pecho. ¿Sería así el tuyo? Me gustaba tu pecho: enorme, robusto, una pista de aterrizaje para mis manos y mi propio cuerpo. Se asomaban pelos por el borde del cuello de tu camiseta. Eso me gustó. Imaginé cómo te verías desnudo y reconozco que la imagen me dejó sin aliento unos instantes. Bebí largo mi Corona.

Tú nos contaste que al fondo del bar había un salón más privado, donde se podía hablar sin tener que gritar a todo pulmón a causa de la música y el bullicio de esa masa histérica y ansiosa de homosexuales que nos rodeaba. Fui el primero en bajarme del taburete de la barra y seguir la dirección de tu dedo, que señalaba hacia el final del amplio espacio donde nos encontrábamos. Efectivamente, el cuarto trasero era cómodo, con sillones y mesitas bajas, iluminado apenas y con un pequeño escenario donde probablemente en algún momento alguien haría un show. Te sentaste a mi lado. Me llegó sin aviso una bocanada de tu perfume y sentí que mi sexo se endurecía. Intenté boicotear el placer recordándome a mí mismo que tenías sida, que eso simplemente te convertía en candidato directo al olvido, pero no pude evitar pensar si tú, a tu vez, estarías oliendo el perfume que me puse en tu honor. Te acercaste un poco más, para escucharme mejor a la hora de conversar. Tu antebrazo rozó el mío, tu rodilla se quedó cerca de mi muslo, y comencé a sentir que el lugar hervía, que el poco oxígeno que circulaba por Barracuda se consumía dentro de mis pulmones ardientes, que tu boca era una invitación directa a perderme en ella, un camino sin posibilidad de retorno. No recuerdo qué fue de Mara y Liliana. Supongo que habrán estado por ahí, codeándose cada vez que tú me ponías la mano en el hombro para reforzar una respuesta, o que te inclinabas aún más sobre mí para escuchar mejor mi voz desafinada de enamoramiento.

—¿Compartimos un tequila? —preguntaste, y tus ojos relampaguearon como dos fósforos que se encienden de golpe.

Contesté que sí sólo por el gusto de prolongar esa llamita en tus pupilas. La verdad era que estaba bastante borracho porque casi no había comido durante el día y ya iba en la cuarta Corona. Te vi hacer una seña a uno de los meseros vestidos de mujer, de pelucas y tacones estruendosos, y volverte hacia mí.

—Ha sido un verdadero gusto conocerte —dije.

No contestaste nada. Sólo asentiste y te quedaste ahí, mirándome, como esperando que yo dijera algo más que no supe nunca improvisar. Todo parecía cobrar sentido. Todo: la música, el ruido que se iba apagando cada vez más, no sé si por el efecto hipnótico de tus ojos o por el alcohol. No sé por qué, pero me parecía tan obvio estar ahí contigo, un tipo al que casi no conocía, con sida, con una perra llamada Azúcar, y que vivía en un departamento de pesadilla; era tan natural ese roce de manos que ya no era casual, esa rodilla tuya que presionaba con fuerza mi muslo, esa mirada azul que se mantenía encendida a pesar de que todo se oscurecía a mi alrededor. Repetí tu nombre dentro de mi cabeza un par de veces y me gustó su sonido. Ulises. Ulises. Ulises. Llegó el travesti con un vasito de tequila que dejó en la mesa junto a nosotros. Tú le pagaste; yo ni siquiera hice el intento de sacar un par de dólares de mi bolsillo. Pensaba en ti, en un futuro a tu lado, yo cuidándote esas manchas oscuras que seguramente poblarían tu pecho velludo, y no me importó. Recordé mi viaje a Hong Kong dentro de algunos días y tuve el impulso de cancelarlo. Te llevaste el tequila a la boca. Cuando quise tomar el vaso, para hacer lo mismo, detuviste mi mano. Te acercaste despacio a mis labios, sigiloso, cortando apenas ese aire enrarecido que nos separaba, y los apretaste contra los míos. Sentí la tibieza amarilla del tequila y tu saliva inundar mi lengua, esparcirse entre mis muelas, bajar por mi garganta directo al fondo de mi cuerpo. No sé qué hiciste con el vasito ése, pero de pronto tus dos manos me tomaron por fuerza por la nuca y me apretaron contra ti, contra ese pecho que por fin me estaba recibiendo con generosidad, y te cerraste en torno mío, tu boca hurgó en mi boca, tu lengua me regaló más sabores tuyos, tus brazos se atrincheraron en mis terrenos y tuve que hacer un esfuerzo por no dejar de respirar. Ulises, seguía repitiendo en mi mente. Ulises, y la canción de esas tres sílabas que componen tu nombre animó mis movimientos, y ahora fui yo el que se aferró a tus orejas, fui yo el que dejó que mis manos se metieran debajo de tu camiseta, recorrieran esa alfombra de vellos suaves y ordenados, escudriñaran ese territorio que estaba haciendo mío a pulso, asustado, el sida, tus medicinas, pero ya no había posibilidad de escape. No la había. Estaba colonizado a fuego, marcado como un animal de carga, un animal entre tus brazos que parecían crecer para abarcarme entero.

Nos separamos y no dijimos nada. Mi erección dolía y estoy seguro de que la tuya también. Busqué a mi alrededor y alcancé a divisar a Mara y a Liliana riéndose a gritos con uno de los travestis que hacía morisquetas y sacudía como abanicos sus pestañas de cartón. Siempre en silencio te pusiste de pie. Hice lo mismo. Me llevaste hacia el fondo de aquel cuarto al que se suponía que habíamos entrado para poder hablar más a gusto, como un par de buenos amigos, y del que ahora estábamos arrancando, abriendo la salida de emergencia para ir al patio trasero. La salida de emergencia. Ésa es la puerta que se abre en tiempos de crisis, cuando las cosas no andan bien. Es la puerta por la que se escapa. Es la puerta que lo ve convertido a uno en un ser asustado, la puerta de la vergüenza. Así me sentía. Por instantes no podía dejar de pensar en mis padres, imaginándome ellos tan propio y educado en este viaje a Nueva York, y en mis amigos y conocidos, los mismos que jamás soñaron que yo iba a tener que huir de todos ellos para poder vivir mi vida. Y por ahí salí yo, por la salida de emergencia, como un ladrón, como el sobreviviente de una tragedia, de un incendio que me quemaba las entrañas y que al parecer sólo tú ibas a ser capaz de apagar. Estaba borracho. La cachetada fría de aire fresco me mareó aún más, pero ya estaba afuera, ya había cruzado el umbral. Y te seguí, como tu sombra. Esquivabas los tarros de basura con la misma habilidad que a los clientes de Barracuda. Llegamos a tu casa y subimos los tres pisos hechos un nudo de brazos y resoplidos de placer. Abriste la puerta y Azúcar se puso a brincar frenética, asmática como todos los bulldogs que odio, y ninguno de los dos le hizo caso. Me dejé arrastrar por tu marea hasta el cuarto que, por suerte, resultó ser el único espacio en orden dentro de ese departamento diminuto y caótico. Me empujaste contra la puerta del clóset y te quitaste la camiseta. Ahí estaba, por fin. Tu cuerpo expuesto ante mí. Tu pecho perfecto, dibujado por un artista, tu piel color canela, tus vellos más rubios que los cabellos de tu cabeza, sin rastro alguno de manchas negras como las de la película ésa, inmaculado, sano; es una bestia, hace mucho tiempo que tiene el sida indetectable, y me lancé con alivio encima tuyo al igual que un náufrago se precipita a una isla en medio del mar embravecido. Te lamí los tatuajes con gula, para desprendértelos, adherirlos a mi lengua y atesorarlos al igual que un regalo de tu parte. Caímos encima de la cama que crujió como un cuerpo más por nuestro peso. Por fin tus manos se ocuparon de mí: abrieron con torpeza los botones de mi camisa y estoy seguro de que se desilusionaron al encontrarse con una camiseta bajo ella. Luego se entretuvieron con mi cinturón, hasta que lograron por fin deshacerse de él. Sentía la presión de tu cuerpo encima mío, la aspereza de tu barba incipiente en mi rostro, en mis labios adoloridos, para qué me tomé ese tequila, ahora todo me daba vueltas; yo estaba en el ojo de un huracán, un huracán cuyo epicentro era mi entrepierna y que amenazaba con reducir todo a añicos. La cama daba brincos junto conmigo y me sentí mal, muy mal; contuve apenas una náusea, como pude te empujé hacia atrás, qué dirían mis padres si me vieran en ese momento, qué dirían los demás, los otros, los que habitaban en mi otra vida de hombre serio y responsable, y como si mi propia visión se desdoblara me vi desde arriba, vi tu cuerpo abriéndose paso entre mis propios miembros, me vi intentando detener esa caída libre que me estaba llevando al vómito, a la vergüenza, al placer más enorme y peligroso que nunca había sentido; así es que esto era un beso entre dos hombres, esto era un polvo de una noche, esto era levantar a alguien en un bar y llevárselo a la casa. No pude dejar de sentir un cierto orgullo de mí mismo: por fin estas cosas me estaban sucediendo. Estas mismas situaciones con las que soñé por años en la soledad fría de un baño, observado sólo por las baldosas mientras me masturbaba con desesperación y ojos blancos de culpa y ansiedad. Era de verdad. Ya no eran fantasías o historias escuchadas de terceras personas. Éramos yo y tú, Ulises, incendiando tu cama, yo conteniendo apenas esa náusea que de pronto me obligó a saltar como un herido de muerte fuera de la cama. No quería que vieras mi desplome, el colapso entero de mi cuerpo. Corrí al baño, empujé a tu perra sin miramientos hacia un lado, levanté la tapa del excusado y por fin me vacié el estómago de culpas, tequilas y pudores. Tú llegaste unos momentos más tarde, vestido sólo con calzoncillos, y me levantaste del suelo con delicadeza. No podía dejar de llorar. Qué vergüenza. Me regresaste a tu cama, me desvestiste con respeto. Te acurrucaste a mi lado y te quedaste ahí, acariciándome la cabeza como si fueras mi padre y yo un niño malcriado mientras mascullaba en un idioma que yo mismo no entendía algo parecido a un perdóname, perdóname…

Cinco

Se ha hecho de noche en este departamento donde estoy encerrado escribiendo. No veo bien y me duelen los ojos: dos puntadas me acechan desde el fondo de los nervios ópticos. Por eso me detengo, me pongo de pie. Me acerco a una de las ventanas que siempre está abierta, por eso de la ventilación cruzada que tanto me explicó la dueña antes de arrendármelo. Le caí bien. No hizo muchas preguntas. Sólo quiso saber si estaba casado y tenía hijos. Le dije que no a ambas preguntas y quedó feliz. Parece que los hombres solos tenemos buena fama. La leyenda urbana dice que somos tranquilos, aburridos, casi no salimos, cuidamos las cosas y pagamos la renta a tiempo. Quién sabe, a lo mejor presintió que soy gay y por eso no quiso entrar en detalles. A lo mejor adivinó en mi delgadez y en ese par de ojeras que no se resisten a desaparecer una huella de todo el dolor que he pasado este último tiempo. Me da lo mismo. El hecho es que aquí estoy, viviendo como un monje, sólo con un colchón, un par de velas blancas que compré no hace mucho, y una orquídea que me regaló una amiga. Para que en tu casa haya algo vivo aparte de ti, me dijo, y desde ese día la he cuidado como a un ser humano. Como te cuidaba a ti, con dedicación.

La ventana de mi cuarto me enfrenta a la ciudad iluminada. Puntitos amarillos que se encienden y se apagan. Hay mucho silencio, afuera y adentro. Eso me gusta: que de pronto la ciudad se calle así como también se callan las voces en mi cabeza. Me quedo unos minutos ahí, respirando hondo. Los ojos me siguen doliendo, y ya no sé si es por el esfuerzo de haberme pasado el día entero sentado delante de la pantalla de mi computadora o por la tristeza que a veces me gana la partida y me convierte en una especie de huérfano que no tiene más remedio que consolarse solo para poder seguir adelante. Pienso que si algún día escribo una novela de verdad te la voy a dedicar a ti. Porque si algún día logro dar con la historia que quiero, va a ser por ti, porque tú me la habrás contado minuto a minuto a lo largo de todo el tiempo que estuvimos juntos. Habrá sido el filo de tu piel el que dejó tatuados para siempre estos recuerdos que necesito exorcizar. Pero hasta ahora mis jornadas eternas de escritura no dan frutos. Son sólo ideas vagas, memorias tan cargadas de rabia, de nostalgia, que me parecen más el panfleto barato de algo que debería ser sublime. Pero no tengo prisa, ninguna. Si no he tenido apuro en llenar de muebles este departamento y he aprendido a vivir en la más grande de las precariedades, tampoco tendré urgencia en llegar a la meta con mis escritos.

Me gusta la noche, siempre me ha gustado. Aunque es la peor hora del día. Es precisamente en ese momento cuando te escucho afanar en mi cocina en busca de un café que nunca terminas de preparar, u orinar sin pudor en mi baño, o llamándome desde la escalera para preguntarme si quiero arroz con gandules o habichuelas. Ya no le hago caso a tu fantasma que a veces también se mete conmigo a la cama y con su respiración de mentira me desvela hasta la madrugada. Y para no continuar oyéndote me siento otra vez frente al monitor, despierto a mi computadora con sólo apretar una tecla, y sigo. Esta vez vomito letras, no bilis ni tequila reposado. Todavía vuelvo a sentir esa vergüenza infinita que me embargó cuando desperté a medianoche en tu cama, con la boca agria y la lengua reseca, la cabeza partida en dos por un dolor que amenazaba con dejarme ciego. Tú dormías a mi lado, plácido, ajeno a mi miseria de borracho inexperto. Tuve conciencia suficiente, eso sí, para oler tus sábanas. Olor a limpio, a lavandería. Debían estar recién cambiadas, y eso me gustó aún más. Tu espalda subía y bajaba al compás de tu respiración. Ni cuenta te diste cuando me bajé de la cama y salí al pasillo. Necesitaba un vaso con agua y quería saber qué había pasado con Mara, que hasta esa noche estaba alojándose ahí en tu departamento. Volví a atravesar ese pasillo que, mal iluminado por la luz de los faroles al otro lado de la ventana, parecía una bodega en plena mudanza. Esta vez Azúcar ni siquiera se levantó del trapo donde dormía, así de miserable era mi apariencia. Ni rastros de Mara. Probablemente se había ido a casa de Liliana y dormía en el colchón inflable que se suponía era para mí, acorralada entre la pared y el tumulto de muebles. Tu refrigerador me sorprendió: dentro todo estaba en orden, perfecto, los envases de yogurt en una repisa, las ensaladas en otra, los huevos en sus cubículos agujereados donde cabían perfecto, el queso y el jamón en una gaveta transparente. Abrí un cajón, en busca de servilletas, y me paralicé. Dentro había un centenar de frascos médicos, todos naranjas con tapas blancas. Eran tus medicinas, las medicinas que tienes que tomar a horas específicas, las medicinas que han permitido que tu sida se mantenga a raya, acechante pero derrotado. No pude dejar de sentir alivio de no haberme acostado contigo, de haberle hecho caso a esa náusea que tal vez me había salvado la vida. Tomé uno de los frascos y lo leí: Kaletra, decía. Y abajo estaba tu nombre completo: Ulises García. Cerré el cajón apurado, como si hubiera violado un espacio muy tuyo, un terreno de tu casa que estaba oculto y protegido de intrusos que, como yo, deciden espiar a la medianoche.

Volví a la cama. Apenas me arropé otra vez a tu lado te diste vuelta hacia mí, siempre dormido, y me pasaste la mano por encima del pecho. Eras un ser tierno, cariñoso. Eras un enorme niño lleno de músculos, un adorable oso salvaje al que quería amar hasta el último día de mi vida. Pero sabía que eso iba a ser imposible. Un tipo como tú jamás elegiría a alguien como yo por pareja. Jamás. De eso estaba seguro. Te había visto en Barracuda seguir con la mirada a un par de muchachitos bellos como esculturas vivientes, de nalgas pronunciadas y duras, de brazos torneados y pechos orgullosos. A su lado yo era más bien el remedo triste de algo que prometía y que nunca llegó a destino. Con ese cuerpo, ese par de ojos, esa simpatía y esa forma de caminar podías conseguir al hombre que quisieras. Yo estaba destinado a convertirme sólo en un *one night stand*, un revolcón de una noche, un cuerpo más de una larga lista que debías tener. No puedo negar que sentí celos de aquellos hombres perfectos que circulaban con tanta propiedad por el bar. Quise con desesperación ser como ellos, pero no había por dónde empezar. Estaba seguro de que si me cortaba el pelo, si compraba ropa como la que ellos usaban, si me mataba yendo al gimnasio a levantar pesas tú, algún día, podrías elegirme a mí. Pero me gusta mi pelo largo, no tengo paciencia para salir de compras y jamás poseería la fuerza de voluntad de acercarme siquiera a una máquina para inflar mis músculos. Eso creía.

La mañana nos sorprendió abrazados debajo de tus sábanas con olor a detergente. Te sentí despertar de a poco, un ligero estremecimiento primero, un par de pataditas después, estirándote. Y de pronto tu cabeza que se mueve sobre mi pecho, un bostezo que calienta mi piel de tan cerca que tu boca está, y te trepas encima mío y me sonríes, buenos días, me dices como si fuera un hábito nuestro de cada mañana, y ni siquiera quiero moverme, quiero quedarme aquí a jugar que tú y yo despertamos juntos, que suena el reloj en tu mesita de noche, me besas, me deseas los buenos días, y me levanto junto contigo, te preparo el desayuno mientras tú te duchas. Ni siquiera sé en qué trabajas, ni me importa. Te invento una profesión: abogado, es la primera que me viene a la mente. Y entonces sigo fantaseando que luego de bañarte te pones un traje elegante, una corbata que te hace ver aún más deseable de lo que ya eres, y te despides de mí en la puerta mientras Azúcar y yo ya comenzamos a esperar tu regreso. Aún tibio de sueño te refriegas contra mi cuerpo adolorido, buscas con tu nariz un espacio en mi cuello, y me besas con suavidad cerca de la oreja. Los poros de la piel se me levantan en alerta, y un suave quejido se me escapa, inevitable. Y cuando estoy dispuesto a dejar que venga lo que venga, te echas hacia un lado y me comentas que tienes hambre.

—Vístete, te voy a llevar a un restorán que te va a gustar —anuncias, y te largas al baño.

Y yo te amo tanto. Te amo por respetar mis tiempos, mis pudores de recién salido del clóset, mis modales de niño asustado pero que sin embargo no tiene miedo de quedarse ahí y ser testigo y partícipe de lo que sea. Mientras me subo los pantalones pienso que es una de las primeras veces que me visto sin antes haberme duchado, pero me parece que este relajo en la higiene es parte de esta nueva vida. Tú llegas con la misma ropa del día anterior, como yo. Tomas las llaves del departamento y sin decirme nada sales hacia el pasillo del edificio. Supongo que eso significa que tengo que seguirte. Caminamos en silencio. Te sigo unos pasos más atrás, sin atreverme a interrumpir tu caminata de monarca por esas calles que parecen haber sido hechas para ti. Me gusta que me vean contigo, sobre todo esos hombres que se acercan a saludarte con cierta ansiedad, hola, Ulises, tan desaparecido que andas, ¿qué te has hecho?, y tú contestas cosas vagas, así como he andado de viaje, o simplemente no contestas nada y les palmoteas el hombro mientras ellos me clavan una mirada que supongo es de envidia.

El restorán termina siendo algo más parecido a un café con aires de buena cocina. Se llama The Dish y está sobre la octava avenida. Nos sentamos en el segundo piso, en la esquina, protegidos por un ventanal que nos regala un baño tibio de luz de media mañana y un muro de ladrillos con fotografías en blanco y negro. Pido huevos y tocino. Si voy a desayunar en Estados Unidos voy a hacerlo con todas las de la ley. Tú pides café, jugo de naranja, un omelette y tostadas con mantequilla. Dejas sobre la mesa un frasquito repleto de píldoras multicolores. No pregunto nada, incluso finjo no darme cuenta. No esperas que yo inicie una conversación y te lanzas a hablar con avidez, como si hubieses estado aguardando el momento adecuado para hacerlo. Tengo la sensación de que querías contarme tu vida desde el instante que nos reconocimos en aquel *brunch*, el domingo, que pasó hace apenas dos días, pero siento como si hubiese ocurrido el año pasado. Y es así como descubro que eres director en una compañía de comunicaciones médicas, que tienes un buen trabajo y un buen sueldo, que hoy martes no trabajas porque es Columbus Day y al parecer es feriado. Alcanzo a darme cuenta de que, efectivamente, es 12 de octubre, y que hoy es el Día de la Raza. Mañana miércoles irás a trabajar y siento un poco de envidia de tener que compartirte con esa gente que te verá más horas que yo. Me cuentas que eres un lector empedernido, que has escrito un par de libros de poesía. Eso sí que es una sorpresa. Imagino tus manos rudas y masculinas empuñando un lápiz, garabateando un papel en blanco, buscando palabras etéreas y transparentes para construir con ellas un buen verso, un puñado de imágenes que sacuda al lector. A cada segundo me gustas más, Ulises, creo que te lo dije en una oportunidad. Este día martes sigue teniendo sentido. Así como anoche en Barracuda todo se sentía lógico y obvio, ahora le toca el turno a The Dish. Aquí me siento tan cómodo como si llevara una vida entera viniendo y sentándome contigo en la misma mesa. Incluso la mesera, una mexicana encantadora que nos pregunta si queremos algo más para entretener el hambre, me parece conocida y familiar. Eso provocaste en mí: ordenaste mi desordenado mundo. Tu sola presencia fue un grito marcial que terminó con ese caos en que se habían convertido mis días y mis planes. Ahora tenía una meta clara: amarte hasta que se me acabara el aire en los pulmones; me bastaba con saber que de eso se iba a tratar el resto de mi vida. Entonces suspiraste hondo, me miraste a los ojos y bajaste el tono de la voz. Supe que venía una confesión, y te quise por eso. Estaba seguro de que a esos tipos de la calle jamás les habías confiado un secreto.

—Estoy escribiendo una novela —dijiste, y por la solemnidad de tus palabras adiviné que se trataba de uno de los tesoros de tu vida.

—Cuéntame, quiero saber —contesté, de verdad interesado.

Y mientras te explayabas en personajes, en situaciones que mezclaban la verdad con la mentira, en posibles finales, e incluso en títulos, comprendí que esto tenía que ser amor. Amaba tus movimientos. Tu entusiasmo a la hora de hablar temas importantes para ti. Los ademanes tan masculinos a los que echabas mano para enfatizar tus palabras. Incluso fui capaz de querer a ese virus que te corría por la sangre y que estaba dispuesto a enfrentar. Tú pareciste adivinar mis pensamientos.

—Sé que Mara te contó que tengo sida —me soltaste de pronto.

Sólo atiné a asentir con la cabeza, y me escondí detrás de mi enorme vaso de jugo de naranja.

—Perfecto, me gusta que las cosas estén claras —dijiste.

Y entendí que esa enfermedad cuyo nombre provoca temores y pesadillas horribles era para ti una parte más de tus actividades, así como el hecho de tener que lavarte los dientes cada noche antes de dormir. Sentí que a través de esa sentencia —me gusta que las cosas estén claras— me habías acercado un poquito más a tu mundo. ¿Sería posible que de verdad hubiera un real interés tuyo en mí?

Cerca de la una de la tarde regresamos a tu departamento donde nos encontramos con un mensaje de Mara en la grabadora telefónica. Efectivamente había dormido en casa de Liliana —en mi colchón de aire— y hoy había decidido irse de compras, así es que lo mejor que podíamos hacer era olvidarnos de ella y dejarla en paz. Me dijiste que tenías ganas de sentarte a escribir, que conversar conmigo te había dado ánimos para retomar esa incipiente novela que tanto tiempo llevabas rumiando. Ahora pienso que tal vez lo que hacías en aquella época era lo mismo que hago ahora: intentar contarme a mí mismo mi propia historia, a ver si por fin comprendo los vericuetos, los desvíos, los sucesos y los finales sorpresa a los que me he enfrentado este último tiempo. Hiciste a un lado un cerro enorme de papeles que amenazaba con desplomarse en cualquier momento y dejaste a la vista un pequeño escritorio con una computadora en una esquina de tu cuarto. Comprendí que era hora de regresar a la casa de Liliana. Ese acto tuyo de sentarte y enfrentarte a una página en blanco era idéntico a tu rutina de abrir y cerrar el cajón de la cocina donde guardabas tus medicinas de vida. Un espacio privado, solemne, en el que mi persona no tenía cabida. Un momento de privacidad extrema que yo, si quería plantar en algún momento mi bandera entre esas paredes, tenía que aprender a respetar. Te dije que me iba, que quería bañarme, cambiarme de ropa, lavarme los dientes. Me acompañaste hasta la puerta del departamento. Por un instante pensé que esa sería nuestra despedida final, que me agradecerías con un beso por una noche humillante y un desayuno espléndido, que me darías las gracias por dejarte hablar de tus sueños y de tus proyectos literarios. Y sí: me diste un beso, un beso suave, sin apuros, un beso que me habló de ese mundo secreto que me habías dejado espiar por unos momentos. Un beso que me anunció que el cielo era el límite, como algunos dicen. Y cuando aún no me reponía de ese vistazo al paraíso, agregaste con ternura:

—Vuelve esta noche. Y duerme conmigo.

Bajé los tres pisos sintiendo música en mis oídos. Cuando abrí la puerta desvencijada y me enfrenté a la calle, no pude evitar sonreír como un atleta cuando cruza la meta y corta con su cuerpo la cinta que lo convierte en ganador. Nueva York me pertenecía. Esa calle, tu calle, se me había metido dentro y poco a poco me acreditaba como un habitante más de ese Chelsea de ensueño, ese puñado de calles donde hombres aman a hombres, donde me sentía correspondido, donde podía caminar con la frente en alto sabiendo que ahí, en un departamento feo pero hermoso para mí, tú estabas escribiendo quién sabe qué historias inspirado por mi entusiasmo y mi presencia esta mañana en tu cama. Dos tipos con la cabeza casi afeitada, que paseaban un perro tan diminuto como un monedero peludo, no entendieron cuando los saludé con simpatía. La vida es hermosa, pensé por primera vez en muchos años. Y empecé a caminar sintiéndome, por fin, el protagonista de mi propia película.

Seis

El 3 de marzo de 1985 a las 19:47 horas nuevamente la tierra rugió en la zona central de Chile. El movimiento telúrico se sintió entre la ii y la ix regiones del país y tuvo una intensidad máxima del grado viii en la escala modificada de Mercalli, y 7.7 de magnitud Richter.

La zona más afectada fue San Antonio, así como sus vecinos pueblos de Alhué, Melipilla y el no tan cercano Rengo. El epicentro del terremoto se ubicó en la latitud 33°14'25" y longitud 72°2'24".

El recuento arrojó el triste saldo de 177 muertos, 2 575 heridos y 979 792 damnificados. Unas 142 489 viviendas fueron destruidas, registrándose además numerosos deslizamientos de tierra, rotura de pavimento con destrucción de la carretera Panamericana en varios puntos, caída de puentes y daños considerables en la infraestructura de los pueblos afectados, con interrupción prolongada de los servicios básicos.

Los daños se avaluaron en 1 046 millones de dólares, de los cuales 72.6% correspondió al sector privado. Se informó, también, que sólo 7.6% se encontraba asegurado a la hora del terremoto, lo que significó un costo de 71 millones de dólares para las compañías de seguros.

Estudios realizados con posterioridad al sismo por un equipo interdisciplinario de la Universidad de Chile revelaron que Santiago Centro, Las Condes, Providencia, San Miguel y parte de Ñuñoa fueron menos vulnerables por estar levantadas sobre un suelo compuesto predominantemente por ripio o grava; en cambio, comunas como Quinta Normal, Renca o Estación Central, que están erigidas sobre un suelo fino o mezcla de arcilla, arena, limosa y ceniza volcánica, fueron más dañadas. A esto hay que agregar que en el primer grupo el tipo de construcción predominante es la albañilería reforzada; en cambio, en el segundo, zona más antigua de la capital, predominaba la albañilería simple y el adobe.

Ese día viajé a la laguna de Aculeo, a 67 kilómetros al suroeste de Santiago. Estaba a punto de cumplir 13 años, una edad en la que la mayoría de mis compañeros de cursos comenzaba a experimentar relaciones con mujeres. Yo, en cambio, me iba de camping con dos primas y una tía, y me refugiaba buscando tranquilidad en la vegetación de esa zona tan típicamente chilena. Para llegar a la laguna había que atravesar la localidad de Champa, que no es otra cosa que una larga y polvosa arboleda, orillada por casas de adobe, tejas coloniales y habitantes secos como la tierra y tan aburridos como las pocas vacas del lugar. Íbamos a quedarnos un par de días en un famoso camping de la zona que tenía dos piscinas, una enorme casa club y un muelle propio desde donde se podía salir a practicar deportes acuáticos.

Me tocó a mí armar la tienda de campaña. Mis primas se dedicaron a vaciar del auto las cajas de comida y refrescos, las improvisadas maletas que sólo contenían trajes de baño y toallas, y en menos de una hora tomamos posesión del sitio que nos asignaron en recepción. Era un lugar hermoso. Un valle más bien seco, sumido en ese silencio tan propio del campo que sólo interrumpía el chillido de las garzas que sobrevolaban la zona. El agua de la laguna era de un color verde oscuro, como el fondo de una botella. A mí me dio un poco de asco cuando la vi, tengo que reconocerlo, porque la orilla era pantanosa y los pies quedaban manchados de fango. Creo que por eso supe desde el primer momento que la piscina grande, la de los adultos, sería el lugar perfecto para que aquellos días de camping transcurrieran lo más inofensivos posible.

Ese 3 de marzo de 1985 el clima amaneció extraño. Un calor insólito, desproporcionado para ser final de verano, entusiasmó a todos los que habíamos salido de Santiago en busca de unos últimos días de vacaciones. Pero no era sólo un asunto de temperatura. En el aire se sentía una vibración extraña, un algo que no terminaba de acomodarse, un silencio demasiado incómodo y opresivo. Ni siquiera los animales emitían ruidos. El sol vibraba como un mudo insecto metálico, enredado en los matorrales que bordeaban la laguna y las laderas de los cerros que nos abrazaban. Recuerdo haber sudado mucho. Recuerdo, también, haberme pasado el día entero metido dentro de la piscina, jugando a rescatar monedas del fondo pintado de celeste y salpicado, cada tanto, de mosaicos de colores. Me gustaba abrir los ojos bajo el agua, contener la respiración lo más posible, imaginar que mi vida era así de ingrávida, contenida, de densidad alterada, que no me hacía falta hacer grandes esfuerzos porque con sólo un ligero movimiento de las manos el cuerpo entero se desplazaba hacia arriba o hacia abajo. Me gustaba, también, porque se espiaba a los bañistas: por mi lado pasaban piernas, estómagos, ombligos, a veces parte de un brazo que se sumergía para dar impulso. Y me quedaba ahí, al borde del colapso, conteniendo lo más posible el aire para hundirme y contemplar esos cuerpos —casi todos de hombres, para mi fortuna— que circulaban sin sospechar siquiera que allá abajo yo fantaseaba con sus pieles. Los vellos de las piernas bailan como corales cuando hay corrientes en el agua. Era cosa de estirar la mano, un poquito, para palpar los muslos apenas escondidos por los trajes de baño. Pero no lo hacía. Jamás me habría atrevido. La redondez de las nalgas se dibujaba perfecta, igual que el bulto entre las piernas. Sacaba la cabeza cuando ya no podía más por la falta de aire y la excitación. Abría la boca y una burbuja estallaba frente a mis ojos, reventando con ella el dibujo de todos esos cuerpos que nadaban en la piscina. Entonces me agarraba del borde, también coloreado de mosaicos, y trataba de calmarme durante unos minutos.

Hacía un calor insoportable cuando sentí la necesidad de ir a orinar. Podría haberlo hecho dentro de la piscina, pero siempre me contenía ante la duda de que al agua le hubieran echado ese producto que convierte la orina en tinta negra y me denunciara como el cerdo que era. Por suerte los camarines estaban cerca. El cemento hirviente me quemó las plantas de los pies. Llegué a saltos, agradeciendo la frialdad de aquellas baldosas blancas. El baño también estaba en silencio. Sólo se oía a lo lejos el ruido de una ducha. Probablemente alguien se bañaba luego de ese día de infierno. Debían ser las siete de la tarde, tal vez un poco más, porque el sol estaba ya bastante cerca del cordón de montañas. Pero el calor no cedía. Tenía la espalda mojada de sudor, también una parte del estómago. Caminé hacia los urinales, alineados contra el muro igual que delincuentes de cerámica blanca. Fue entonces que reparé en una puerta entreabierta, a un costado de los lavamanos. El ruido de la ducha venía de ahí dentro. Dudé si orinar primero. Pero no. La curiosidad fue más fuerte. El silencio era total dentro de aquel baño, salvo por ese insistente chorro de agua. Di un par de pasos. Mis pies dejaron huellas mojadas en las baldosas frías. Acerqué mi cuerpo de doce años a la puerta. Alcancé a notar el vapor que salía del interior. Juraría que el corazón me dejó de latir, un taco de saliva se me estancó a mitad de la garganta, apreté la vejiga con fuerza para contener la orina que me hacía temblar las piernas. Empujé con suavidad la hoja de madera, lo suficiente para asomar la cabeza.

No se oía nada. Las sienes me latían. Fue entonces que vi a aquel hombre metido bajo el chorro de la ducha. Debía tener unos treinta años. Tenía un cuerpo que de inmediato me provocó una erección: vello en el pecho y en las piernas y una mata de pelo bajo el ombligo que abrigaba apenas un enorme sexo que se estaba enjabonando. Lo vi pasarse la mano varias veces, recogiendo la piel hacia atrás, exponiendo su carne ante mis ojos que, igual que el resto de todos mis órganos, ardían. El agua barría la espuma, revelando aún más aquel objeto de mi deseo, ese trozo de carne que habría tomado entre mis dedos aunque no supiera qué hacer con él. No recuerdo su cara. Sólo ese epicentro, el vértice de sus piernas y sus manos frotando con dedicación. De pronto la sangre se me heló y reaccioné asustado ante el cambio de temperatura. La tela de mi traje de baño oprimía con fuerza mi propio sexo endurecido, repleto de sangre y orina contenida. Supe que algo iba a pasar. Una fuerza me lanzó hacia adelante. Pensé que me habían sorprendido, maldito muchacho maricón, qué haces aquí espiando a los mayores. Pero no había nadie. Intenté apoyarme en el muro, pero aquellas baldosas cobraron vida y me empujaron en sentido contrario. El baño entero crujió como un barco que encalla contra las rocas. El tipo de la ducha dio un salto hacia donde yo estaba, el pelo mojado cubriéndole la cara y los ojos a punto de salírsele de su lugar. Caí al suelo. Traté de ponerme de pie, pero el suelo se sacudía como la superficie del agua de la piscina cada vez que alguien se lanzaba en picada. Terremoto, escuché que alguien gritó desde fuera. Lo último que vi antes de cerrar los ojos y dejar que la orina me entibiara las piernas y formara un charco en el suelo fue el sexo bamboleante del tipo que se afirmaba a dos manos del marco de la puerta. Había sido mi culpa, era obvio. Todo ese desastre era culpa mía. Y lo peor de todo, más allá del miedo, el desconcierto y el caos en que se sumió Chile entero, fue que no me importó.

Siete

—Quiero saberlo todo. Todo.

Así me recibió Mara el miércoles, cuando nos juntamos a almorzar en un restorán del Barrio Chino. Incluso el tintineo incesante de sus pulseras guardó silencio en espera de que yo empezara a hablar y le revelara, por fin, lo que ella ansiaba saber.

—Me encanta. Ulises me fascina —dije.

—Detalles, quiero detalles.

—No sé qué hacer. Tengo ganas de cancelar el viaje a Hong Kong.

—¿Cuándo te vas?

—Pasado mañana —respondí, algo derrotado.

Intenté ser lo más fiel posible a los hechos que rescaté desde que nos separamos la noche del lunes en Barracuda. Le conté de mi vómito indigno —ella se rió a gritos, por supuesto—, de nuestro desayuno en The Dish, de mi ida a casa de Liliana para cambiarme de ropa y dejarte escribir tranquilo. De cómo me había pasado ese día entero —el martes de Columbus Day— sentado frente a una ventana aprendiéndome de memoria la silueta de Nueva York que, presentía, se convertiría en el paisaje de mis próximos tiempos. Mara es una gran amiga. Sabe exactamente qué pregunta hacer para desatar torrentes de información. Sabe cuándo guardar silencio y cuándo intervenir para dar su punto de vista. Nos habíamos conocido unos años antes en Miami, en una aburrida feria de libros. Ella era integrante de un panel de escritores famosos y yo un simple tallerista en busca de ojos profesionales que leyeran mis textos. Nos hicimos íntimos de inmediato. Me dio su tarjeta con teléfonos y dirección de email, y prometimos visita —yo a Puerto Rico, donde ella vivía; ella a México, donde yo tenía mi casa—. Por eso había decidido pasar por Nueva York antes de ir a Asia, porque me había contado que tenía que dar un par de conferencias en una universidad y pensé que lo mejor que me podía pasar era reírme a gritos con Mara antes de encerrarme veintisiete horas en un avión para despertar aturdido en una ciudad lejana, al otro lado del mundo. Jamás pensé que las cosas iban a terminar así: yo abandonando la hospitalidad de Liliana y su colchón inflable para ir a dormirme a tu casa, Ulises. Pero esa noche, después de pasar el día entero mirando por la ventana, había metido un calzoncillo y un par de calcetines en mi mochila, mi cepillo de dientes y mi discman, y me lancé apenas se oscureció hacia tu departamento. Te sorprendí cenando frente al televisor. Me abriste la puerta algo ausente, sin la euforia de enamorado ansioso que yo esperaba encontrar.

—Pasa —dijiste con apuro, y corriste otra vez hacia la sala donde habías montado una mesita con un plato, tus pastillas, y un vaso con Coca-Cola.

Me quedé en el umbral de la puerta, desconcertado y sin saber cómo reaccionar. Me senté a tu lado en el sillón y por más que traté no logré concentrarme en el capítulo de *ER* que veías con tanta atención. No abriste la boca durante los siguientes cuarenta minutos. No era esta la idea que tenía yo de bienvenida para una relación que se anunciaba tan especial. Quería que me contaras de tu tarde, de la novela que te había dejado escribir en paz. Con mi orgullo herido tuve que reconocer que en el fondo deseaba que me agradecieras por haberte despertado esa musa que tenías dormida y que reaccionó ante mi presencia. Pero no. No pasó nada de eso. Y entonces pensé que a lo mejor en tu mente esto que estaba sucediendo con nosotros no era significativo, mal que mal en dos días me iba a Hong Kong por cuatro meses, y una persona acostumbrada a vivir con sida en el cuerpo supongo que hace lo imposible por evitarse más sufrimiento. ¿Qué era lo que yo quería entonces? ¿Que me tomaras por los hombros y me suplicaras que no me fuera? ¿Que anunciaras que te subías al avión conmigo, obligándome a reconocerle a mi hermana allá, en el mismo aeropuerto, que tú eras mi novio y que su hermano mayor resultó ser gay? ¿Qué esperaba de ti entonces? No lo sé. Algo más que una cena en silencio, eso sí, y tus ojos que eran míos clavados en ese programa de hospitales y operaciones. Cuando terminó el episodio, te volviste hacia mí.

—Me voy a preparar un café. ¿Quieres uno?

Negué con la cabeza. Nunca he tomado café. Soy la antítesis de lo que se supone es un escritor: no bebo café, no fumo, no me visto con abrigos negros y largos, no cultivo la calvicie ni visito bares a medianoche en busca de una inspiración que no llega y que se hace la esquiva. Por el contrario. Trato de ser lo más optimista que las circunstancias me lo permiten, me dejo crecer el pelo y lo cuido como un tesoro invaluable. Voy a peluquerías caras y pido masajes de aceite capilar, a veces me tiento incluso y dejo que me lo aclaren, que le den más brillo a golpe de tinturas y secretos que no confieso. Aparecía regularmente en televisión, promocionando mis telenovelas o como invitado a algún programa nocturno, de esos donde la farándula y la frivolidad reinan y uno está obligado a hablar estupideces. Ésa era mi vida hasta que decidí ponerle fin a todo. Hasta que renuncié a mi existencia y me hundí en esa larga noche oscura de la que tú me estabas recién rescatando. Por eso no me siento parte de mi gremio, porque estoy seguro de que los otros escritores, los serios, los que publican libros y dan entrevistas inteligentes a los periódicos, me desprecian, se ríen a mis espaldas, burlándose de los títulos cursis de mis telenovelas, de mis aspavientos de divo de cartón, de mis ropas que buscan con desesperación ser llamativas para quedarme un poco más en la retina del público. En materia laboral me siento viviendo en una tierra de nadie. Estudié muchos años literatura en la universidad, me destaqué como un alumno sobresaliente, siempre fui diestro a la hora de escribir. Pero la televisión llegó a echar por tierra mis intentos de ser alguien serio. Tuve que dejar de lado mis pretensiones artísticas y salir como un cazador en busca de audiencia y dinero de los patrocinadores. Tal vez por eso no me respeto. Tal vez por eso hago esfuerzos enormes por ocultarte que ni yo mismo me siento orgulloso de dónde vengo. Soy tan distinto a ti.

Te veo preparar tu café. Se ve tan simple, tan fácil, pero yo sería incapaz de repetir la operación. Tus movimientos son precisos y dedicados. Y entonces comprendo qué me gusta de ti: que hasta al más mínimo detalle le regalas tu solemnidad y tu respeto. Ése que yo perdí en algún estudio de televisión, cantando karaoke para entretener a un puñado de imbéciles en sus casas. En cambio tú, Ulises, honras cada uno de tus actos, incluso cuando le echas azúcar a tu taza y la revuelves con el mismo entusiasmo que esta mañana me hablabas de libros y novelas. Sin pensarlo avanzo hacia ti y te abrazo por detrás. Te beso la nuca, ese espacio tibio que parece un nido, y te rodeo el pecho con mis brazos. Agradezco haberte conocido, agradezco a gritos que me hayas abierto las puertas de tu casa, agradezco que no me trates como a una visita, que me hagas formar parte de tu rutina que, imagino, incluye ver los martes en la noche un nuevo capítulo de *ER*. Agradezco que no me hayas hablado mientras cenabas, que ni siquiera me hayas mirado, porque así me siento que de verdad estoy aquí, formando parte de este sinnúmero de rituales solemnes en que has convertido tu vida. Te volteas hacia mí y quedamos cara a cara.

—Qué bueno que viniste —dices. Siempre sabes qué decir.

Nos besamos ahí mismo. Apoyados contra el mesón que esconde tu tesoro de píldoras alargavida, nos quitamos la ropa y dejo que seas tú quien lleve las riendas de la situación. Presiento que estás construyendo paso a paso este nuevo suceso: el de acostarte conmigo. Nos vamos hacia tu cama, cerramos la puerta. Tienes incluso el detalle de encender el estéreo, donde suena un CD de música electrónica. Tu cuarto es una burbuja impenetrable donde sólo cabemos tú y yo y esa cama que nos contiene apenas. Estiras la mano hacia el suelo y rescatas un canastito: está lleno de condones, de frascos que no sé qué son pero que anuncian placeres a los que pretendo entregarme sin hacer demasiadas preguntas. Terminamos de desnudarnos y por primera vez me expongo a tu cuerpo en plenitud. Levanto la vista y descubro que me estás mirando, autorizándome, dirigiendo el movimiento de mis labios que se cierran en torno tuyo. Oigo tu primer quejido y echas la cabeza hacia atrás. Estoy hecho un ovillo entre tus piernas, niño con juguete nuevo, llenándome la boca con tu calor, tu olor, tu carne que crece al compás de mi lengua. Entonces me rescatas de allá abajo y me levantas con fuerza. Me llevas al borde de la cama y te pones de pie. Comprendo lo que va a suceder y no puedo evitar sentir miedo. Es mi primera vez, pero no te lo voy a decir. No sé por qué siento que sería defraudarte. Tú debes haber tenido tantos amantes que jamás opusieron resistencia alguna ante tus avances amatorios. Tengo que disimular que estoy temblando por dentro y por fuera, que soy flaco, que peso tan poco que puedes quebrarme con una de tus manos poderosas, pero aún así sigues el ritual, acomodas un par de cojines bajo mi espalda y sacas del canasto un condón que comienzas a ponerte mientras me miras desde la orilla de tu deseo. A mí se me escapa un te amo que tú no contestas, creo que no lo oyes. Mejor. No quiero sonar cursi en un momento donde se supone que tengo que parecer agresivo y experimentado. Levantas mis piernas, las apoyas contra tus hombros, y dejas un frasquito frío encima de mi vientre. No entiendo.

—Son *poppers* —me dices en un jadeo—. Si quieres puedes olerlos un poco.

Obedezco porque estoy cumpliendo mi papel de amante que no pone resistencia a nada. Abro la tapa y un ligero arañazo se me mete por las fosas nasales y me alborota el cerebro. Es algo parecido a la menta, al metal oxidado, al olor que esta noche de octubre ofrece nuestro propio placer. Cierro veloz el frasco y echo la cabeza hacia atrás. Te siento rondar por mis nalgas, avanzando despacio hacia tu meta. Tus manos están firmes en mis caderas abiertas. ¿Qué mierda es eso que olí? No tengo idea, pero me gusta. Siento que mis articulaciones se estiran como el elástico, que el colchón se hace agua bajo mi espalda delgada. Y entonces tú entras, despacio, como pidiendo permiso en el umbral de esa casa nueva a la que te han invitado por primera vez, y grito, y a diferencia de lo que pensé que sucedería me gusta, no duele, quiero más, quiero que no te salgas nunca, y mi espalda se despega de las sábanas y floto, floto en el aire, anclado a la tierra a través de tu sexo que me retiene y me perfora, de tus manos que parecen cosidas a mi cintura, y cuando abro los ojos veo tu rostro en éxtasis, con esa vena en la frente que se te hincha cuando haces algún esfuerzo, y te amo, Ulises, te amo, pienso en el sida y no puedo evitar un ramalazo de conciencia, pero hace tiempo que comprendí que estaba perdido, y me dejo guiar, obediente, me dejo volar en ese cuarto, dejo que tus movimientos aumenten como un maremoto, un volcán a punto de la erupción. Me toco a mí mismo y no puedo dejar de gritar. Es verdad. Esto está sucediendo. Me está sucediendo. El mejor hombre del mundo me está amando en su departamento de Chelsea, me está haciendo sentir como jamás me sentí, nunca antes.

Mara ha dejado incluso de comerse su pato pequín. Escucha fascinada mi relato de la noche anterior. Todavía puedo sentir la huella de tus manos en mis muslos, reteniéndome para que no me fuera lejos en uno de tus empujones. Todavía me duelen las nalgas y lo que supongo que fue el camino de tu miembro dentro de mí. Mara aplaude.

—Me encanta. Me fascina la idea. ¡Tú eres exactamente lo que Ulises necesita!

No respondo. ¿Eres tú lo que yo necesito? Pienso en ese cajón lleno de medicinas, en esos horarios inflexibles que tienes que cumplir como un esclavo obediente para que ese virus se mantenga a raya dentro de ti. Pienso en tu vida ordenada, tan distinta a la mía que siento de embuste. Quién sabe. Ya es muy tarde para cancelar mi vuelo a Hong Kong. Pero también es muy tarde para pretender que puedo seguir por la vida sin tu presencia a mi lado. Te me habías metido dentro, Ulises, literal y metafóricamente hablando.

—¿Qué vas a hacer, entonces? —pregunta mi amiga.

Niego con la cabeza. Busco consuelo en mi vaso de agua, que suda tanto como yo al recordar el calor de la noche anterior. No le confieso a Mara, eso sí, que lloré de emoción cuando te dormiste encima mío. No le confieso, tampoco, que esa noche soñé que me quedaba a tu lado y que desde tu dormitorio escribíamos novelas para tratar de cambiar el mundo. Me callé el hecho de que por primera vez en mi vida me sentía atractivo para alguien, deseado y poseído. Quise aprender de ti. Intenté darle el respeto necesario a esos sentimientos nuevos que me llenaban el pecho. Quise honrarlos con mi discreción, así como un sacerdote que se arrodilla delante de un altar que significa mucho para él. Te quería para siempre, Ulises, pero ¿cómo mierda se le jura amor eterno a un condenado a muerte? ¿Cómo se hace cuando no tienes esperanza? ¿Cómo existes cuando sabes que te vas a morir, que eres enfermizo, que no hay dioses en el cielo? ¿Cómo se vive cuando no eres un héroe, cuando estás sucio, cuando estás lleno de fantasmas? ¿Tienes alguna respuesta? Háblame.

Ocho

—Háblame de ti.

—No hay mucho que contar —te miento.

—Algo habrá. ¿Algún amor? ¿Una relación especial que no puedas olvidar?

Ya no podía hacerme más el tonto contigo. Era hora de confesarte tantas cosas. Que me había separado hacía poco de una mujer, y que mi sentimiento de culpa era tan grande como el desprecio que mi ex esposa me tenía. Estábamos sentados en tu cama, desnudos, arropados apenas por las sábanas cafés que seguían conservando el olor a detergente a pesar de nuestros amores sobre ellas. Busqué con angustia una buena frase para comenzar mi relato, algo que no sonara tan drástico como me casé con pompa y parafernalia para convencerme a mí mismo de que estaba haciendo lo correcto, necesitaba encontrar una buena manera de introducir ese tema que se me había varado a mitad de garganta y que, lo contara del modo que lo contara, me dejaba como un completo estúpido, un mentiroso, un pobre tipo asustadizo que cometió un gran error para dejar contentos a su familia, a sus amigos, a todo el mundo menos a él mismo. Tú adivinaste mi angustia, Ulises, y me pasaste una mano por el muslo.

—¿Estás bien?

—Me divorcié hace poco. De una mujer —dije, y no me atreví a mirarte a los ojos.

—Lo sé, Mara ya me lo había dicho.

Típico de Mara. Ella se adelanta a todo y ayuda a pavimentar el camino de las confesiones.

—¿Tuviste hijos?

—No.

No supe qué más decir. Aunque ha pasado mucho tiempo desde el día que decidí torcerle el rumbo a mi vida, todavía trato de entender por qué hice lo que hice. Bárbara fue mi novia por muchos años. Desde el primer momento que la vi, entrando junto a mí al lobby de una sala de teatro, la distinguí del resto de las personas que nos rodeaban. Alta, muy alta, de cabello amarillo tan largo como su cuello y sus dedos delicados. Fuimos felices, nos reíamos de cualquier cosa, los dos compartíamos el gusto por el cine y los libros, por tomar el auto e irnos de fin de semana a la playa, y de pronto casarnos pareció una opción tan natural, tan lógica. No puedo ser cínico y decir que fue un error, porque ella y yo fuimos felices lo que duró ese sueño de hombre heterosexual por el que atravesé. A veces la miraba dormir a mi lado, ajena a mis devaneos y a mis dudas, y sentía que la quería mucho, que la adoraba, y que iba a ser capaz de vencer ese instinto sucio y enemigo que no me dejaba vivir en paz. Quería con todas mis ganas ser el hombre que ella necesitaba. Así te lo expliqué esa noche, sentados los dos desnudos en tu cama, sabiendo que muy probablemente sería lo último que te diría. Que tú no ibas a ser capaz de seguir escuchando esa confesión tan absurda, tan llena de lagunas, que sólo ponía en evidencia mi nula capacidad de tomar buenas decisiones. Te conté que nos casamos en una linda ceremonia. Que de Chile viajamos a México porque a mí me contrataron como escritor exclusivo de un canal de televisión en el Distrito Federal. Que hicimos un buen grupo de amigos. Que arrendamos una casa enorme de tres pisos, con un patio central repleto de flores y una fuente de agua, algunos árboles que nos regalaban su sombra en verano y un manto de hojas secas en invierno. Me dejé engañar, lo reconozco. Viendo a Bárbara colgar cuadros, instalar cortinas, acomodar adornos y muebles con ansiedad de recién casada, quise creer que de eso trataba todo, que esa temblorosa imagen de mí mismo convertido en marido me bastaba para aferrarme a ella y mantenerme a flote en ese mar de incertidumbres. Era tan fácil querer a una mujer. La sociedad entera lo permitía. Podía tomar a Bárbara de la mano donde quisiera, cuando quisiera. Con un hombre todo eso debía ser tan difícil.

Hasta que una mañana todo cambió. Nada hacía presagiar esa tormenta en que se convirtió mi vida. Abrí los ojos, hundido entre los almohadones de algodón egipcio y encajes de mi cama matrimonial. Bárbara no estaba a mi lado: la oí en la planta baja, afanada en la cocina. Y entonces sucedió lo que hasta el día de hoy no tiene explicación. Cuando me incorporé y me froté los ojos, como todos los días, no reconocí nada de lo que me rodeaba. Ahí estaba el televisor enorme, de pantalla plana y sistema de audio envolvente, que me pareció ajeno y desconcertante. Las dos mesitas de noche me ofrecían su imagen por primera vez, como si todo ese dormitorio fuera una novedad, un escaparate al que acababa de ingresar. No sé ni siquiera cómo explicarlo muy bien, Ulises, pero parece que mi descripción te estaba satisfaciendo porque ni te moviste y te quedaste en silencio, escuchándome, dándome todo el espacio necesario para que te siguiera abriendo mi corazón.

Me bajé de la cama y caminé hacia mi oficina, donde estaban el escritorio y mi computadora, las innumerables estanterías con libros, los cuadros con afiches de mis telenovelas. Nada de eso me gustó. No tenía sentido. Se veían postizos, mentirosos. Nada de lo que ahí había me pertenecía de verdad. Eran simulacros de una vida que, por algún motivo, había alcanzado su nivel máximo de tolerancia. No sabía por qué, pero no quería seguir ahí. No quería nada de eso. No me hacía falta esa casa de tres pisos y seis habitaciones. No necesitaba esos muebles, esas alfombras, ni siquiera necesitaba mi matrimonio. Bárbara apareció con una taza de café para ella y un vaso de leche para mí.

—Buenos días —me dijo, amorosa—. ¿Dormiste bien?

No sé qué cara debo haber tenido, pero por primera vez le vi en los ojos una sombra de temor ante la posibilidad de que cayera el telón frente a aquella escenografía de matrimonio perfecto. Yo seguía de pie en medio de mi escritorio, dando vueltas como un amnésico que intenta con desesperación rescatar alguna astilla de memoria que le permita saber quién demonios es, qué hace ahí, de dónde viene y para dónde va. Pero no había claves, no había ninguna señal entre esas cuatro paredes que me dijera quién era yo. Mi verdadera esencia no estaba ahí.

Lo demás lo recuerdo como una mala pesadilla. Yo llorando abrazado a Bárbara, rogándole a gritos que me perdonara por algo que ni siquiera alcanzaba a comprender o verbalizar. Ella paralizada, aún vestida sólo con su camisón de dormir, sin saber si reírse de esta cruel broma que yo me esforzaba en montar o echarse a llorar conmigo. Alcancé a balbucear que me iba a un hotel, que necesitaba estar solo para pensar. Pero me contestó que la que se iba era ella, que si vivía en México era por mí, por nada más, que el país no le gustaba y que si yo no estaba en esa casa perfecta del barrio perfecto ella no tenía nada más que hacer ahí. No puedo negar que sentí alivio. La posibilidad de quedarme solo se me ofreció como una gran esperanza de encontrar un escape al desorden en que se había convertido mi vida. Ella se fue a nuestro cuarto, sacó una maleta y la dejó abierta encima de la cama. Desde el marco de la puerta la vi ir y venir, acomodando su ropa, llorando sin pausa, sin saber si estaba haciendo su equipaje para siempre o sólo por un par de días. Me sentí perverso, canalla. La búsqueda de mi felicidad pasaba por hacer infeliz a esa mujer de cuerpo espigado, cabellos rubios y ademanes de bailarina rusa. Tendría que haber sido lo suficientemente hombre para tragarme mis devaneos de maricón incipiente, asumir que ya había metido las patas hasta el fondo y quedarme ahí como un sobreviviente de mí mismo. Pero no. Cobarde, no interrumpí a Bárbara que seguía echando ropa a su maleta, tratando de comprender por qué le pasaba esto a ella, que siempre había hecho bien las cosas, que siempre había sido una mujer ejemplar e insuperable. Basta, intenté decir, pero de mi boca ya no salían ruidos. Detente, quise gritar, pero no lo conseguí. Y con ese silencio sellé nuestro destino. A duras penas logré salir ileso del derrumbe que provocaron mis palabras. Era capaz de ver trozos completos del techo cayendo encima de nosotros, percibía la polvareda del yeso y del cemento que nos iban tiznado poco a poco, convirtiéndonos en estatuas grises, en cadáveres de una tragedia. No sólo yo tenía la capacidad de predecir los temblores: también tenía la virtud de provocarlos. Luego de quedarme solo, me encerré en el estómago frío de mi casa para empezar a pedir perdón. Pensé en buscar un frasco de pastillas para dormir y tomármelas todas. Tal vez eso era lo mejor que podía hacer. Poner fin de una buena vez a tanta duda, a tanta pregunta que me martillaba la cabeza por dentro, a tanta incertidumbre. Tengo que reconocer que llegué hasta el baño a hurgar en los cajones, pero no encontré nada. Revisé los clósets de alto a abajo. Di vueltas la caja de cartón que hacía de improvisado botiquín, pero sólo conseguí aspirinas y píldoras para evitar el dolor menstrual. No me quedó otra que volver a ser cobarde y asumir que prefería una vida atormentada a una muerte irrevocable. Lloré, lloré mucho esos días. Lloré porque hasta ese momento sólo sabía ser víctima, no el victimario. ¿Y ahora qué? ¿Retroceder en el tiempo hasta el punto en que todo se había torcido para tratar de enmendar mi propio camino?

Tú escuchabas con mucha atención, Ulises. Avanzaste hacia mí y me ofreciste un abrazo. Esa fue tu respuesta ante mi confesión. Me ofreciste el abrazo que llevaba años buscando. Un abrazo que no buscaba castigarme. Por el contrario. Un abrazo que me decía que las cosas iban a estar bien, que había hecho lo correcto, que aunque me fuera a Hong Kong al día siguiente, entre tú y yo había crecido algo, un sentimiento que los dos teníamos que asumir y proteger.

—Qué lindo eres —escuché que me decías, aferrándome con fuerza contra tu pecho.

Algo tenía que estar mal. Yo era un tipo que había hecho mucho daño. Yo era un sujeto que jamás se había atrevido a hacer lo que de verdad sentía. ¿Por qué entonces la vida me estaba premiando contigo, con tu abrazo salvador, con tu voz de hombre sabio? Algo tenía que estar mal. Yo merecía un castigo, no un trofeo que tenía tu nombre y tu piel. Y sin embargo ninguno de mis temores cobraba vida. Tú seguías ahí, presente, los dos trepados en tu cama, imaginándome que estábamos en una isla desierta desde donde no podías escapar, donde nadie más llegaría a interrumpir nuestro idilio. Eras mío, Ulises. Esa noche de jueves te sentí más mío que nunca. Y eras tú, Ulises, tú eras mis ganas de empezar de nuevo, esta vez correctamente, sin errores, tú eras mis lágrimas que nos mojaban a los dos, tú eras esa risa nerviosa que se me escapaba por todos los poros del cuerpo. Me regalé entero a ti, para que hicieras conmigo lo que quisieras porque sin saberlo, sin proponértelo, con sólo abrazarme esa noche me habías salvado de mis culpas, me habías hecho nacer de nuevo. Gracias, te susurré al oído. Gracias, seguí diciéndote. Gracias, digo incluso ahora, y el sonido de la palabra se queda rebotando en las paredes desnudas de este departamento recién arrendado donde vivo ahora. Pero a diferencia de aquella vez, en este momento no hay nadie cerca que me diga nada.

Nueve

No tienes cómo saberlo, pero después de nuestra separación me llené de canas. Eso ni siquiera me sucedió cuando me quedé solo en México. Tal vez la razón es que nuestra ruptura fue tan inesperada como dolorosa. Al poco tiempo apareció el primer puñado de pelo blanco encima de una de mis patillas. Meses más tarde, ya ni siquiera hago el intento por contarlas. Cada cabello descolorido me recuerda a ti, y no estoy para eso. No sé muy bien qué voy a hacer. Supongo que aceptar que a los treinta y un años voy a parecerme más a mi padre que a mis hermanos.

Falta poco para mi cumpleaños. En un par de semanas serán treinta y dos. La vida ha sido un soplo, un chasquido de dedos, no hace nada yo andaba en ese triciclo rojo que me regalaron para una Navidad y ahora, cada tanto, tengo que pagar impuestos para que no me metan preso. Tengo casi treinta y dos años y siento que he vivido un siglo. Apenas comenzando mi tercera década, ya tengo encima dos divorcios, cuatro mudanzas de país, varios trabajos, renuncias, éxitos y fracasos. Supongo que es la condición de los tiempos que corren: que todo llegue rápido, dure poco, y se vaya para dar paso a algo nuevo que también se extinguirá en un suspiro. Mi padre cumplió cincuenta no hace mucho, y a veces a través de teléfono lo oigo quejarse de las mismas cosas que me quejo yo: que está cansado, que quisiera retirarse, que todo siempre ha sido tan difícil, que no ha tenido tiempo para gozar nada. Tal vez para los de su generación la crisis del cansancio llega a los cincuenta. En la mía, de seguro, a los treinta. Empecé a trabajar a los quince. Matemáticamente hablando, llevo la mitad de mi vida ganándome un sueldo todos los meses. Es lógico que esté cansado. Mi papá nunca se ha divorciado. Ha vivido con la misma mujer por más de tres décadas. Yo no. He desarmado tantas casas como ilusiones he tenido. Supongo que eso tendrá un peso emocional, será una suerte de residuo, de óxido que se va adhiriendo a las paredes del alma, de las articulaciones, y que hace cada vez más difícil el movimiento del cuerpo y del corazón. A veces me pregunto de qué me estaré quejando a los cincuenta. De lo mismo, probablemente. Para esos entonces tendré el pelo blanco por completo y habré dejado de angustiarme por esta paulatina nevada que no tengo cómo evitar.

La otra noche quise planchar mi camisa negra, ¿te acuerdas de ella?, una que compramos juntos en la Quinta Avenida en un arrebato de excentricidad y despilfarro. Tú decías que me quedaba bien. Me acordé de ti cuando la encontré en el clóset, arrugada entera, colgada como una bandera de luto. Tenía una cena de trabajo y necesitaba sentirme seguro de mi apariencia. Busqué una plancha, pero no encontré ninguna. No hay nada en este departamento: un par de vasos plásticos, dos rollos de papel higiénico, un jabón, el colchón del que ya te he hablado. ¿Sabes cuántas planchas he comprado en mi vida? Más de cinco, probablemente. Y cuando necesité una para poder estirar mi camisa negra no encontré ninguna. Mis padres tienen la misma plancha que les regalaron el día de su matrimonio: un dinosaurio de metal pulido con un cordón de tela negra, una pieza casi de museo a estas alturas del nuevo siglo. He comprado cinco planchas y no tengo ni una. Se han perdido todas en las mudanzas, en las separaciones, en la distribución de bienes que viene luego de la batalla final. Será el precio de cometer errores, de salir al mundo como un ciego a buscar una identidad que no llega, que se hace la esquiva, que ha jugueteado conmigo desde que tengo uso de razón. ¿A partir de qué se arma una identidad? ¿A partir de las cosas que te rodean? ¿A partir de tus preferencias en la cama? ¿Cuál es la materia prima de la identidad?, eso es lo que siempre he querido saber. Pero no me resulta. Cuando creo acercarme, cuando siento que por fin he conquistado una plataforma sobre la cual ponerme de pie, algo sucede, un ligero temblor, un vendaval inesperado, un cataclismo mayor. Fui esposo abnegado, y terminé por hacer más daño del que nunca hubiera querido. Traté de ser gay neoyorquino, y por poco me cuesta la vida. ¿Qué soy ahora? ¿Se puede construir una identidad a partir de la sobrevivencia…? ¿Será esa la palabra que me define: *sobrevivir*?

He comprado tantas cosas a lo largo de mi existencia, y ahora no tengo nada. Mejor. Eso quería: sentirme ligero de equipaje. Tal vez así consigo aligerarme también el alma. No te dejo ir, Ulises. Te tengo atrapado aquí, escondido en algún pliegue de mi cuerpo, reteniéndote con firmeza porque tengo la intuición de que cuando te hayas ido para siempre me daré cuenta de que en verdad estoy solo, que no tengo ni siquiera una plancha, que vivo en un departamento donde reinan el eco y el vacío. Desprendimiento, recuerdo las palabras de Joan, mi profesora de yoga, esa mujer neoyorquina que era espléndida. Tenía un cuerpo fabuloso y una edad tan indefinida que iba de los cuarenta a los ochenta años. "Let it go, let it go", repetía ella en mi oreja mientras yo torcía mis extremidades y buscaba encontrar el equilibrio que se me había extraviado en tantas discusiones contigo. Pero no puedo. Soy egoísta. Te quiero aquí aunque no seas mío, tal vez para que no seas de nadie más. Tengo vocación de titiritero, me gusta controlar los hilos de mi vida y de las vidas que me rodean. Será lo que llaman deformación profesional: años de manipular las existencias ficticias de cientos de personajes que no existían en ningún lugar salvo en mi cabeza y en la pantalla de millones de televisores. Bastaba que yo deseara que la protagonista de mi telenovela de turno cambiara de amor, para que el resultado se viera de inmediato en el capítulo del día siguiente. Si pudiera hacer eso conmigo ahora. Si todo se redujera a escribir de nuevo la escena, ésta que estoy viviendo hoy, y buscarme un destino nuevo y fabuloso. ¿Qué escribiría? Tal vez que tocan a mi puerta. Extrañado, me levanto y abro. Al otro lado hay un hombre impresionante, bello, inteligente, que me sonríe y dice que viene a quedarse conmigo por siempre jamás. La música arreciaría, los encuadres irían de su rostro de Adonis a mi expresión de felicidad. Close up intercalados que demuestren el mar de emociones que nos embargan a ambos. Luego, el final del capítulo. ¿Es eso lo que quiero? Y lo que es peor: ¿quiero que sea otro hombre, o que seas tú el que llame a mi puerta en esta nueva versión de mi escena? Por eso tengo canas: porque me empantano en buscar respuestas a preguntas que no me llevan a ninguna parte. Mara bautizó ese síntoma como el pienso-que-te-pienso, y creo que estoy gravemente enfermo de esa condición.

Debe ser bastante tarde. No se oye ningún ruido, ni siquiera afuera en la calle. Me he convertido en una especie de criatura de la noche, en un vampiro que cada tanto sale al balcón, saluda a la luna —la misma que debe estar iluminando tu sueño allá en Manhattan— y regresa al interior del departamento en busca de las sobras de una inocencia perdida. En un par de semanas cumplo treinta y dos años y nunca, nunca, había querido tanto retroceder el tiempo.

Diez

La mañana del viernes nos sorprendió a los dos sumidos en pequeños asuntos domésticos y con ganas de que ese día se congelara antes de que fuera necesario que yo saliera para el aeropuerto. Tú habías decidido quedarte en la casa, para acompañarme. Yo terminaba de hacer mi maleta con evidente mal humor. Era obvio que no quería tomar ese vuelo a Hong Kong. ¿Cómo iba a querer irme de tu lado y dejar atrás esa semana de película que habíamos vivido encerrados en tu departamento, gozando de excentricidades tan grandes como ver televisión, preparar una cena criolla y después echarnos en tu cama a amarnos con toda la paciencia del mundo? Mi viaje estaba previsto que durara cuatro meses. Sé que es una exageración, pero cuando hablé con la mujer de la aerolínea tú no existías en mi vida y yo estaba tan solo que cualquier alternativa que me permitiera olvidar que no existía nadie a mi lado era una buena excusa. Primero volaba a Hong Kong, donde me quedaba casi un mes en casa de mi hermana. De ahí me dirigía a Japón, Malasia, Singapur, Tailandia. Hasta antes de conocerte la sola idea de imaginarme paseando por la Muralla China me erizaba de felicidad los pelos. Ahora me sentía condenando a mis emociones. Abordar ese avión significaba jugarnos en contra. Siempre existía la posibilidad de perder el vuelo, de llegar tarde; el tráfico infernal de Nueva York puede ser una buena disculpa cuando se necesitan argumentos para atrasarse camino al aeropuerto. Pero me imaginé que tú no aprobarías eso, tu rectitud te lo impediría. Dabas la impresión de ser un hombre de una sola línea. Si yo había elegido irme de viaje a Asia por cuatro meses tenía que asumirlo con valentía y tragarme mis propios reclamos.

Me di cuenta de que también estabas de mal genio porque te oí discutir al teléfono. Algo sucedía con tu secretaria, parece. Llegaste al cuarto mascullando que eso pasa cuando uno no está ahí para supervisar las cosas, y no quise meterme. Tenía que concentrarme en terminar de cerrar mi maleta, dejar afuera mi pasaporte y el boleto de avión, para poder dedicarme a ti el resto del día. No tenía intenciones de separarme de tu lado hasta que fuera inevitable. Quería aprender de memoria tu perfil, el dibujo de tus manos, el baile cadencioso de tus pestañas al subir y bajar. Todo era una gran injusticia. Llevaba años buscando a alguien como tú y la vida sólo me había regalado cinco días de ensueño, de cuento de hadas, que yo interrumpía de golpe al meter medio globo terráqueo entre nosotros. Tú hiciste un par de nuevas llamadas.

Hablabas en inglés, yendo y viniendo por ese pasillo abultado de cajas, con Azúcar mordisqueándote los zapatos, sus uñas sonando como goterones de agua contra la madera del suelo. De pronto vi tu cabeza asomarse por la puerta de la habitación. Ni siquiera me miraste al decir:

—Tengo que ir a la oficina. Regreso enseguida.

Antes de que tuviera tiempo de responderte, el azote de la puerta del departamento cerró toda posibilidad de diálogo. ¿Ir a la oficina? ¿Hoy? Se suponía que era nuestro último día juntos. No podía haber nada más importante que eso. Nada. El taxi iba a pasar por mí a las cuatro de la tarde y yo contaba con tu presencia hasta que llegara ese momento. ¿Y si las cosas se complicaban con tu secretaria y no podías deshacerte de tus compromisos hasta la noche? ¿Eso iba a ser todo? ¿Así sería nuestra despedida? ¿Ni siquiera un beso?

No supe qué hacer. Azúcar, presintiendo mi desolación, llegó hasta mi lado y comenzó a lamerme las manos. Me fui a la sala y prendí la televisión. Y la apagué. Miré la hora en mi reloj pulsera: casi la una de la tarde. Volví a encender la televisión y busqué algún programa de música que me ayudara a pasar el rato. Me metí a la cocina y me preparé un sándwich. No tenías derecho de hacerme una cosa así. Me habías prometido que pasaríamos juntos nuestro último viernes, encerrados en tu departamento, besándonos, buscando alternativas para vernos lo antes posible, tal vez un viaje tuyo a México, a mi casa, porque la posibilidad de que viajaras a Asia y me encontraras allá era demasiado remota.

Sonó el teléfono. Mi primer impulso fue correr al aparato y tomar la llamada, pero me contuve. Esa no era mi casa y lo mejor sería que la grabadora se hiciera cargo de recibir el mensaje. Escuché tu voz anunciado que ese era el número de Ulises García, que por favor dejaran su nombre y teléfono después de la señal. Sonó un pitido y acto seguido irrumpió la voz de un tipo que, con toda intención, trataba de sonar sensual y provocativo: hola, baby, es Eddie. Cómo estás, tanto tiempo sin saber de ti. Voy a estar en Nueva York este fin de semana. Te llamo para que nos veamos. Resérvame la noche del sábado, ¿ok, baby? Un beso. No pude terminar de comerme el sándwich. Era obvio que apenas yo cruzara la puerta del avión, tú ibas a continuar con tu vida, la misma vida que has llevado todos los años de tu existencia. Cinco días no cambian a nadie. Pero si eso es verdad, ¿por qué me siento tan distinto después de mi paso por este departamento? Quién sabe cuántos Eddies más habría en tu camino. Irte con él a su hotel de paso sería una buena manera de olvidarme pronto, de asumir mi opción de haberme ido a Hong Kong. En qué estaba pensando. Tenemos diferentes visiones acerca de todo lo que ha pasado entre tú y yo. Para ti fue una semana divertida, tuviste buen sexo un par de noches, pudiste hablar de literatura, incluso retomaste la escritura de tu dichosa novela. Pero para mí fue el comienzo de algo, la conquista de un nuevo territorio, fue el hecho de dejar atrás esa tierra de nadie en la que he estado viviendo el último tiempo. Pero ese era mi problema. Tú no tenías ninguna responsabilidad sobre eso. No tenía derecho de exigirte que dejaras de lado tus obligaciones de oficina, que cancelaras tus citas calenturientas con tipos de seguro mucho más bellos que yo, para que te dedicaras a recorrer conmigo este nuevo espacio al que había llegado. Era una buena idea irme lejos. Algo dentro de mí me decía que no sería capaz de vivir ahí, que formar parte de la rutina de Chelsea debía tener un alto costo, que muy probablemente no me sería posible controlar mis arrebatos de celos cuando se te lanzaran encima para besarte y restregarse contra ti en la calle, como he visto que se saludan estos hombres desinhibidos que viven por aquí. O cuando llegaras tarde en la noche sé que hurgaría en tus ropas para buscar, con disimulo, eso sí, olores ajenos de algún Eddie que quiere arrebatarme tu cuerpo. No sé si podría soportar estar tan afuera del clóset. Se supone que sí, que me he estado entrenando para este momento desde el día de mi nacimiento. Desde que tengo uso de razón he soñado con el triunfo de besar a un hombre, de decirle a un hombre te amo, de tocar a un hombre sin que eso me provoque horas de remordimiento. Y aquí estoy, en Chelsea, el epicentro de la actividad gay del planeta. Aquí la ley es cumplir con la voluntad del cuerpo, dar rienda suelta a las pasiones y a los deseos. Debería sentirme en casa, tendría que estar celebrando que por fin encontré mi tribu, ese pedazo de tierra al que puedo llamar hogar, una zona de confort; pero no, tengo la misma sensación de vacío que siempre he tenido. ¿Qué hay de malo conmigo? ¿Por qué mierda jamás encajo en ningún lugar? Yo tendría que estar planeando mi mudanza a Manhattan y no huyendo al otro lado del mundo. Tendría que estar en la calle, saludando a mis pares, mirando chicos guapos y rescatando algún periódico viejo para enterarme de los mejores sitios a los cuales ir a mover el cuerpo sin pudor. Pero no, estoy terminando de cerrar la maleta, rojo de rabia porque tú no estás aquí y porque en tu grabadora telefónica hay un mensaje de un tipo que, evidentemente, quiere acostarse contigo y te dice baby con un tono que me rechina en los oídos. Y lo más probable es que te vayas a encontrar con él mañana. Debería entender eso, soy tan gay como tú y como el tal Eddie. ¿Y por qué no lo entiendo, entonces? ¿Habrá homosexuales de primera y segunda? A mí me han hecho sentir un escritor de segunda, un autor de subgénero: hago telenovelas, lo que me acerca más a Corín Tellado que a García Márquez. Tal vez ocurra lo mismo con la condición sexual. Eddie y tú, y todos los babies que viven a la redonda son gays de primera, que saben lo que quieren y lo consiguen. Yo no. Soy sólo un tipo asustadizo que sueña con una relación larga y amorosa, y algo me dice que jamás encontraré eso en Chelsea. Una alternativa podría ser sacarte de ahí, que te fueras conmigo a México, pero eso sería equivalente a desenterrar una planta y dejarla tirada con las raíces al aire. Tú perteneces a este sitio, es cosa de verte caminar por las calles. Tu cuerpo ha crecido siguiendo el patrón necesario. Tus pies se han amoldado al pavimento de esas veredas. Tienes lo que necesitas y cinco días conmigo a tu lado no van a cambiarte. Además, ni siquiera tengo claro qué hay entre tú y yo. Hablando en idioma chelsea, probablemente nada. Un *one night stand* que duró un poquito más, y ya. Un email de vez en cuando, hey, cómo estás, ¿en qué lugar del mundo te encuentras? Cariños, Ulises, y con eso bastaría para mantener viva la llamita de la posibilidad de que el día que regrese a Nueva York, por placer o trabajo, podamos volver a tener una noche de sexo casual. Pero en mi idioma y en mi mundo esos cinco días son mucho, mucho más significativos. ¿Pero no se supone que yo tendría que compartir el lenguaje contigo? A los dos nos gustan los hombres. A los dos nos gusta que nos la metan, o meterla, o las dos cosas a la vez. ¿Por qué entonces me siento como un híbrido, una suerte de Frankenstein hecho de pedazos de macho *straight* y de loca suelta? Soy un tipo que no ha terminado de cuajar, que se debate entre quedarse así, crudo, o arriesgarse a cocinarse más de la cuenta.

Son las tres de la tarde y tú todavía no llegas. No vas a volver. Voy a tener que bajar solo hasta la calle, esperar el taxi que quedó de llegar puntual a las cuatro, e irme con ganas de no volver. Siempre he pensado que soy un optimista a ultranza, aunque esta vez no logro encontrar el lado positivo a la situación. Quería al menos despedirme de ti, decirte de corazón que conocerte ha sido lo mejor que me ha pasado en la vida, que jamás, nunca, voy a olvidarte. O tal vez ni siquiera sería necesario decir nada. Sólo mirarte a los ojos, perderme en ese azul que es casi un blanco, un cielo prístino enmarcado de nubes, y grabar a fuego tu rostro en mis retinas. Llevarte conmigo a Hong Kong cosido a mis párpados, por dentro, para recurrir a tu imagen cada vez que me sintiera solo. Quería tocarte, Ulises. Pasarte la mano por una mejilla con una ternura que probablemente no encuentres en este barrio, porque aquí hay de todo menos ternura. Pero no. Bastó que llamara tu secretaria para que todo se fuera al demonio, para que tú perdieras el buen humor y tuvieras que salir azotando la puerta.

Regreso a la sala y apago la televisión. Y en ese momento los ladridos de Azúcar y un lejano tintineo de llaves me anuncian tu regreso. Ahí estás, al fin. Alcanzaste a llegar. Voy a poder mirarte a los ojos, voy a poder acariciarte el rostro, voy a poder darte las gracias por todo. Me pongo de pie. Tú entras apurado; tu ansiedad es una fuerza eléctrica que me llega a través del pasillo.

—¡Disculpa, perdón…! Todo es un caos en la oficina.

—No importa. Qué bueno que volviste.

—Tenía miedo de no estar aquí cuando te fueras.

Eso era todo lo que esperaba oír. Soy simple, me conformo con poco. Una oración así de concreta puede convertirme en el ser humano más feliz del mundo. Me acerco a ti y te abrazo, pero de inmediato te me escabulles y vas hacia tu cuarto.

—Tengo que mandar unos emails —te disculpas.

Algo te pasa, es obvio. No me has mirado a los ojos, evitas hacer contacto con mis pupilas. Mara me dijo que hacía mucho, mucho tiempo que vivías solo. Tal vez ya estabas cansado de tenerme ahí, como una sombra siguiendo tus pasos por la casa. Para eso existía Azúcar que, a ras de suelo, parecía ser una esclava mucho más eficiente que yo. Me senté en la cama mientras tú abrías archivos en tu computadora.

—¿Qué está pasando? —pregunté.

No contestaste.

—¿Ulises?

—Dime.

Me miraste desde tu silla, manipulando el mouse mientras yo sentía que un largo túnel, tan largo como los kilómetros que existen entre Nueva York y Hong Kong, se abría entre nosotros.

—¿Qué está pasando…?

—¿A qué te refieres?

—Con nosotros. ¿Qué hay entre nosotros? —inquirí, sabiendo que esa era exactamente la última pregunta que debía hacerte.

Hiciste una pausa. Dejaste el mouse y giraste la silla para quedar de frente a mí.

—Nada —fue tu sentencia.

Hubiese preferido un disparo, un sablazo en las costillas. No quise que vieras cómo mis ojos comenzaban a llenarse de agua. No quise mostrarme débil frente a ti, acostumbrado a ver hombres fuertes y recios en ese barrio donde abundan los músculos y la testosterona.

—Te vas… Tú vives en México, yo aquí… —el tono de tu voz más parecía una disculpa que una certeza.

—Entiendo.

—La pasamos bien, eres un gran tipo…

—Tú también.

—Pero te vas. La vida sigue, supongo… La tuya y la mía.

No pude dejar de pensar en el mensaje de Eddie en esa grabadora. Debí borrarlo, pensé con rabia. No me costó

SE IGNACIO VALENZUELA G.

nada volver a vivir nuestras sesiones de sexo y reemplazar mi rostro por el de otro tipo. Me extendiste una tarjetita.

—Toma, ahí están mis teléfonos, mi email. Si algún día vuelves a Nueva York, llámame.

Debería haberte dado la mía y repetir el discurso, pero al revés. Ofrecerte mi casa en México, agradecer tu hospitalidad que, por lo visto, nada tenía que ver con amor. Otra vez me había equivocado. Un error más incorporado a mi larga lista. Leí: ULISES GARCÍA, VICEPRESIDENTE DE COMUNICACIONES. Sí. Eras bueno comunicándote. En dos frases habías logrado sepultar cinco días de ilusiones. El ruido del timbre me salvó el pellejo. Ya no podía seguir en ese departamento. Tenía que salir huyendo de ahí, subirme a ese avión, envejecer un siglo durante las veintisiete horas de vuelo, interponer continentes enteros entre tu recuerdo y mi dolor.

—Es tu taxi —anunciaste, asomándote por la ventana.

Tomé la maleta y caminé hacia la puerta. Tú te quedaste en el cuarto, de pie junto a tu escritorio y tu computadora. Cuando por fin logré mirarte a los ojos, me lanzaste un beso.

—Adiós —creo que dijiste.

Abrí la puerta. En la película de mi vida, tú en este momento me detendrías, mandaríamos al demonio ese avión y a China entera, nos juraríamos amor eterno y dejaríamos que la música incidental nos pusiera la piel de gallina. Pero no. No había música sino un silencio incómodo. Tú seguías inmóvil y yo, por más que intentaba retrasar mi partida, ya estaba empezando a hacer el ridículo.

—Chao —fue lo único que pude articular.

Y salí del departamento, cerrando la puerta detrás mío.
Me enfrenté a la escalera, sucia, larga y desvencijada. Con el
linóleo carcomido y levantado en algunas zonas. Me aferré
con fuerza a la manilla de mi maleta y comencé a bajar. Eras
un cobarde. Habría jurado que, igual que yo, tenías los ojos
anegados en lágrimas. ¿Y por qué no me dijiste, entonces,
que se te destrozaba el corazón con mi partida? ¿Acaso tu
carné de miembro honorario del club de Chelsea te impedía
compartir tus emociones? ¿Y por qué no lo dije yo? Éramos un par de cobardes, simple y sencillamente. Llegué al
segundo nivel. Ahí estaba otra vez ese olor a comida rancia.
Por lo visto en el 2-E no eran buenos cocineros. Algo en mí
me hizo detenerme, intentar fijar en mi memoria esos detalles, ya que sería la última vez que los vería. Seguí bajando
hacia la calle.

—¡Diego!

Era tu voz. Venía de arriba. Antes de que tuviera tiempo
de darme cuenta de qué estaba ocurriendo, escuché tu cabal-
gata feroz escaleras abajo hasta llegar frente a mí. Te me fuiste
encima y me arrinconaste contra el muro. Solté mi maleta,
que se deslizó unos peldaños. Me besaste como nunca antes lo habías hecho, intentando esconderte entero dentro de
mí, midiendo el tamaño de mi amor a través de tu lengua y
tus labios. Tu rabioso corazón golpeteaba con tanta fuerza
que podía sentirlo casi dentro de mi pecho. Te amé, Ulises,
te amé. Y si soy honesto, a pesar de todo, lo sigo haciendo.
Incluso hoy, tanto tiempo después, vuelvo a sentir ese mareo
aturdido que me provocaban tus besos.

Te separaste de mí. Yo estaba desvencijado, apoyado apenas contra el muro sucio de tu edificio. Sonreíste como un niño que sabe que ha hecho algo indebido y que, sin embargo, no siente el más mínimo grado de culpa. Diste un paso hacia atrás, te llevaste una mano al pecho.

—El resto tienes que volver a buscarlo –dijiste con toda la intención del mundo antes de darme la espalda, echarte a correr hacia tu departamento y cerrar la puerta.

Comentario al margen: ese día se puso la primera piedra de lo que sería mi nueva identidad.

Once

Hace muchos años mi padre me regaló el diccionario de la
Real Academia Española, cuando yo era estudiante de literatura en la universidad. Reconozco que con el avance del
internet se me hace mucho más fácil buscar alguna información en línea y con sólo apretar un botón. El hecho de sacar
aquel enorme volumen de tapas duras de la caja de cartón
que me traje desde Nueva York y dar vueltas a las páginas
con un dedo ensalivado me parece demasiado añejo. Pero
hoy, quién sabe por qué, decidí sentarme en el suelo con
aquel diccionario frente a mí. Conservaba intacto su olor,
una mezcla de polvo, cuero del empaste y pegamento. Me
gusta oler los libros, como un animal de caza en busca de
letras.

La primera palabra que consulté fue identidad:

IDENTIDAD:

(Del lat. *identĭtas*)

1. f. Cualidad de idéntico.

2. f. Conjunto de rasgos propios de un individuo o de una colectividad que los caracterizan frente a los demás. Conjunto de elementos profundos que permiten saber que una persona es individual.

3. f. Conciencia que una persona tiene de ser ella misma y distinta a las demás.

4. f. Hecho de ser alguien o algo el mismo que se supone o se busca.

5. f. Mat. Igualdad algebraica que se verifica siempre, cualquiera que sea el valor de sus variables.

Mi dedo avanzó hacia la letra t. Me fue fácil ubicar la siguiente palabra:

TERREMOTO:

(Del lat. *terraemōtus*)

1. m. Sacudida del terreno ocasionada por fuerzas que actúan en lo profundo del globo.

Estaba comenzando a irse la luz natural. Me puse de pie, encendí un bombillo. El diccionario seguía abierto sobre el suelo, como un pájaro muerto con las alas desplegadas a cada lado del cuerpo. La tercera y última palabra que busqué fue tragedia.

TRAGEDIA:

(Del lat. *tragoedǐa*)

1. f. Obra dramática cuya acción presenta conflictos profundos y de apariencia fatal que mueven a compasión y espanto, con el fin de purificar estas pasiones en el espectador y llevarle a considerar el enigma del destino humano, y en la cual la pugna entre libertad y necesidad termina generalmente en un desenlace funesto.

2. f. Obra dramática en la que predominan algunos de los caracteres de la tragedia.

3. f. Obra de cualquier género literario o artístico en la que predominan rasgos propios de la tragedia.

4. f. Género trágico.

5. f. Suceso de la vida real capaz de suscitar emociones trágicas y profundas.

Cuando terminé de leer me volví a poner de pie y apagué la luz, buscando la oscuridad. Necesitaba pensar. En los tres casos se repetía, para mi sorpresa, la palabra *profundo*. No quise que esa se convirtiera en mi cuarta búsqueda. Entendí perfectamente de lo que me estaban hablando. Una identidad nace de la definición de elementos profundos de un ser humano, igual que un terremoto se precipita desde las profundidades de la Tierra para convertir en tragedia las emociones profundas de las personas. Eso me tranquilizó. A lo mejor era necesario que mi vida se desplomara por completo, igual que Chile, o México, durante los sismos que han marcado su historia. Mi identidad personal, al igual que la identidad nacional, está delimitada por la profundidad de sus tragedias. Uno puede calificar los dolores del mismo modo que los sismólogos lo hacen: en una escala numérica que mide el recuento de los daños. Sobre 5, la medición de Richter sentencia que debe ser posible ver algunos efectos del temblor en muros, tales como grietas o leves fisuras. Sobre 7, hay peligro de derrumbe. Sobre 10, el suceso puede ser considerado un cataclismo que no es otra cosa que cuando un movimiento telúrico modifica la geografía. Con una tragedia emocional sucede lo mismo. Las huellas que deja en el cuerpo, o en el alma, van desde una ligera molestia al suicidio. Ahora entiendo. El verdadero cambio nace en la raíz, en el centro. Por eso el resultado de una desgracia es, siempre, el movimiento hacia otro estado. Porque ese hecho dramático ha tocado la fibra que tiene que ver con el enigma de nuestro destino humano, que no es otra cosa que la lucha entre la vida y la muerte. Para conseguir una identidad hay que morir primero. Hay que bajar a las profundidades de la Tierra. Descendió a los infiernos, al tercer día resucitó de entre los muertos. No sé porque repetí parte del Credo, esa oración que hacía mil años mi boca no pronunciaba. Morir un poco, quitarse la piel a tirones y quedarse quieto en espera de que una nueva vuelva a crecer. Yo aún no resucitaba. Aún no salía del medio del infierno. Y del miedo. Hecho de ser alguien o algo el mismo que se supone o se busca, decía el diccionario acerca de identidad. Yo estaba buscando. Pero la búsqueda debía ser hacia adentro, hacia abajo, un viaje al origen, a las capas subterráneas que es donde se fraguan los temblores del cuerpo. Yo estaba buscando, pero afuera, y ese era mi gran error. Y mientras no volviera los ojos hacia mí mismo, las tragedias y los terremotos que derrumbaban cada tanto mi identidad iban a seguir ocurriendo sin provocar un verdadero cambio.

Se había hecho de noche. Y por primera vez no me importó estar en completa oscuridad.

Doce

Si he de ser honesto, no tuve mucha noción de mí durante el viaje a Hong Kong. Sólo recuerdo con precisión el momento en que la nave se elevó del suelo, cuando tuve la certeza física de que te estaba dejando atrás y busqué con desesperación en el mapa de esa ciudad, al otro lado de mi ventanilla, algo que me indicara la ubicación de tu departamento. Pero ese cuadriculado de calles y avenidas se hizo pequeño de golpe, luego fue cubierto por nubes, y me demoré un tiempo en comprender que ya, que todo había pasado, que tú eras un minúsculo grano de arena allá abajo, que yo estaba en el cielo y tú en el suelo y que muy pronto habría mares, tierra, horas y días de diferencia entre los dos.

Recliné mi asiento y cerré los ojos. No escuché ni el avance del carrito oloroso a comida plástica, ni la voz del capitán anunciando buen clima para nuestro vuelo. Estaba todavía en Nueva York, en el quiebre de la escalera de tu edificio, aplastado entre tu cuerpo y la pared grasosa, recibiendo esa avalancha de besos con la que me despediste. El resto tienes que volver a buscarlo. ¿El resto? ¿A qué te referías? ¿Era esa tu forma de proponerme empezar una relación? Un par de minutos antes habías sido suficientemente claro al sentenciar que entre tú y yo no existía nada. Tú te vas, yo me quedo... ¿A qué debía regresar? ¿A buscar qué? Saqué tu tarjeta de mi billetera y me entretuve mirándola un rato. Atrás habías escrito, a mano, el teléfono de tu departamento y tu celular. Me gustaba tu letra. Era como de niño. Eras un niño, Ulises, siempre lo fuiste, por eso me fue tan fácil enamorarme de ti. Un niño al que quería cuidar, proteger, mimar, pero para eso tenía que vencer primero una serie de obstáculos y el mayor, tengo que decirlo, eras tú mismo. No era fácil aventurarse a tu lado del mundo. Había mucha vegetación que cortar, muchos años de soledades y abandono, muchas resistencias convertidas en matojos de hierba seca. Tal vez a eso te referías cuando me suplicaste que volviera por el resto: probablemente necesitabas ayuda para limpiar tu jardín y dejarlo listo para una nueva primavera. ¿Que volviera cuándo? ¿Tenía que acortar mi viaje a Hong Kong, cancelar el resto de mi travesía y comprar un boleto directo a Nueva York? No me atrevía a llamarte apenas llegara al aeropuerto. Eran tantas las horas de diferencia que tenía miedo de equivocarme y despertarte a mitad de la noche, y activar en ti ese mal genio que te brota cuando alguien interrumpe tus rituales. Tal vez una buena idea era escribirte un email, algo casual, simpático, que te hiciera sonreír y te recordara lo mucho que te gustaba estar conmigo. Hey, hola, aquí ando, caminando de cabeza al otro lado del mundo. Un beso, Diego. No, eso era una idiotez. El chiste era malo y ni un descerebrado esbozaría siquiera una sonrisa agria. Pero lo de una notita electrónica era la solución y mi condena: sabía que, luego de mandarla, mi vida se iba a reducir a una eterna espera por una respuesta tuya junto a la computadora de mi hermana.

El aeropuerto de Hong Kong era lo más moderno que había visto en mi vida. Y sigue siéndolo, de hecho. Enormes estructuras de acero y cristal daban la bienvenida a miles, millones de pasajeros que ni siquiera parecían reparar en esa arquitectura futurista. Tengo la sensación de que todo fluyó rápido, eficiente y preciso. Atravesé espacios amplios que más bien parecían modernos templos, hice sellar mi pasaporte con un jeroglífico de caligramas y dibujitos, y salí al sector donde se recuperaban las maletas. En una de las tantas veces que se abrió y cerró la puerta de espejos que delimitaba esa zona con la de espera de los familiares, alcancé a divisar a mi hermana, dando brincos de felicidad y del brazo de Paul, su marido. Agité mi mano, contento, enamorado, con la certeza de que este nuevo tiempo que empezaba iba a tener tu nombre y tu apellido tatuados a fuego.

—¿Qué te hiciste? ¡Te operaste la nariz! —fue lo primero que me gritó mi hermana cuando fue mi turno de cruzar esa puerta de espejos para darles a ambos un abrazo.

—Claro que no —me reí.

—¡Estás distinto, tienes otra cara! ¿No es cierto, Paul?

Mi cuñado, claro, le dio la razón a ella. Y yo también. Porque cuando uno ha vivido la experiencia de haberte conocido, las cosas cambian por dentro y por fuera. Me habría gustado gritarle que estaba enamorado, que el mejor de los hombres me había pedido que regresara a Nueva York a buscar algo, una vida en común probablemente, y que a pesar de que estaba feliz en mi condición de recién llegado a esa esquina del mundo, me habría gustado subirme a un avión y hacer ese mismo día el camino de regreso.

Tomamos un tren que me hizo sentir en una película de ciencia ficción. No sabía que el aeropuerto de Hong Kong está en una isla y que para llegar a la ciudad es necesario hacer un trayecto en una suerte de tren supersónico, más parecido a una bala de plata que a la imagen de una locomotora clásica, con chimenea y vapor. Afuera el paisaje era similar al de Chile: suaves lomas verdes, el recorte permanente del mar allá al fondo, y un cielo tan azul como tus ojos. Y ahí estabas de nuevo. Incluso en ese paisaje asiático podía encontrar tu presencia. Intenté buscar mi propio reflejo en el cristal de la ventana, para ver si era cierto que me había cambiado la cara después de pasar por tus manos. Pero había demasiado sol, y no pude.

Luego de bajarnos del tren, que se detuvo en una estación parecida a una burbuja de cristal ahumado que, contra toda creatividad, se llamaba Central Station, los tres y mi maleta tomamos un taxi. La primera palabra que se me vino a la mente cuando me enfrenté a Hong Kong fue *contraste*.

Junto a edificios que parecían sacados del futuro se levantaba, con la misma solidez, un templo que debía llevar ahí más de mil años. Las calles subían y bajaban como rieles de una montaña rusa, creando nudos y tréboles por los cuales, supuse, sería bien difícil no perder el sentido de orientación. No había espacio libre que no estuviera oculto tras un anuncio: enormes carteles de refrescos, autos último modelo, teléfonos celulares que ofrecían acceso a internet *wireless* y fotografías digitales se peleaban entre ellos por llamar la atención del que fuera. Era demasiada información para una isla tan pequeña. Tal vez eso era lo que hacía a ese lugar tan especial.

El taxi comenzó a trepar por una ladera. Leí el nombre de la calle: Perkins Road, aunque los locales la llamaban Pakinsitó. Era, evidentemente, un barrio caro de este Hong Kong Island donde viven los *expats*, es decir, los que no son chinos. La población mayoritaria de esa zona está compuesta por europeos, americanos y australianos, que siguen sus propias tradiciones ajenos a lo que millones de habitantes de ojos rasgados practican día a día. El departamento de mi hermana resultó ser, como imaginé apenas bajamos del taxi, espléndido: amplio, tres cuartos, con una decoración de revista y un permanente olor a incienso de vainilla. Estaba en el piso quince de una torre altísima que se sacudía por el viento. A mí me daba cierto vértigo acercarme a los imponentes ventanales que, de techo a suelo, nos ofrecían la visión de la bahía. Al otro lado se alcanzaba a divisar el perfil oscuro de Kowloon, la isla donde vive la mayoría de los lugareños. Paul me aclaró que es el lugar más habitado del mundo, con una densidad altísima.

—¡Y ahí está el mercado Mongkok! —agregó mi hermana, fascinada—. Encuentras de todo, y regalado. Tenemos que ir.

Hong Kong eran tan diminuto como un simple roquerío perdido en medio del mar, por eso los edificios eran colosos monumentales y se podían encontrar construcciones hasta en las laderas más escarpadas de las montañas. Cualquier pedazo de tierra donde levantar un par de muros y un techo era un tesoro invaluable, sobre todo cuando las familias son tan numerosas y el terreno tan escaso. Me gustó el aire de esa ciudad: claro, transparente, entraba directo a los pulmones y parecía limpiarlo todo a su paso. La silueta de los rascacielos me recordó por un instante a Nueva York, pero aquí a causa de la humedad la vegetación era indómita y desproporcionada. Los árboles podían ser tan altos como un edificio habitacional, y las hojas de los matorrales, monumentales como un autobús de transporte público. El viento se colaba por entre los cristales del ventanal: un silbido casi hipnótico, un cantito que de tan permanente se hacía de pronto imperceptible.

—No te recomiendo que abras las ventanas —me aconsejó Paul—. Las ráfagas de aire pueden ser mortales.

Pensé en lo espantoso que sería vivir un tifón en ese departamento. Desde la sala de mi hermana se apreciaría con toda claridad la curvatura peligrosa de los rascacielos e, incluso, el posible derrumbe de uno de ellos. No pude dejar de pensar otra vez en Nueva York, en los atentados, en esas torres derritiéndose como la cera humeante. Aquí no serían aviones. Sería viento. Algo que no se ve, pero que se siente. Mucho más terrorífico. ¿Dónde te escondes del viento? ¿Cómo lo evitas si no tiene forma? Ni siquiera las ventanas carísimas de mi hermana podrían detenerlo.

Nunca he tenido claro si mi viaje a Hong Kong fue sencillamente un buen viaje o yo estaba de un ánimo especial. Porque incluso cosas que por lo general me molestan mucho, como un taxista grosero, o que me salgan espinillas por comer cosas a las que no estoy acostumbrado, esta vez ni siquiera me provocaron un mal rato. Era tu recuerdo, estoy casi seguro. Todo tenía un nuevo sentido. Las canciones de amor que se oían en la radio siempre encendida en la cocina, las nubes, la sonrisa de las personas en la calle.

La tarde de mi llegada le pedí a mi hermana su computadora. Quería revisar mis emails. No pensaba escribirte todavía. Quería dejar pasar un par de días, no fuera a ser que te sintieras agobiado con mi acoso electrónico. Lo que jamás esperé, nunca, fue encontrarme con un mensaje tuyo en mi buzón de entrada. El *subject* era: te pienso. Y ya. No habías escrito nada. Sólo el título de una carta que no necesitaba palabras para provocar en mí un ventarrón parecido a los que azotaban ese edificio de vez en cuando. Habías escrito. Me habías escrito. Tú también pensabas en mí, probablemente con la misma fuerza que yo en ti. Corrí al baño a escudriñarme la cara en el espejo. ¿Qué de interesante podías encontrar en estas facciones que llamara tu atención? Había tantos hombres bellos viviendo ahí, en Chelsea, al alcance de tu mano y de tu cuerpo. Sin embargo me escribías a mí, lanzabas este mensaje al mundo para que recorriera miles de kilómetros y me alcanzara en Hong Kong. Te sentí tan mío, Ulises, que me dio miedo. Por un instante alcancé a presentir la potencia de este amor que se estaba tejiendo entre los dos, y temí por mí si es que se abortaba a mitad de camino. Si no me sentía preparado para amarte, menos preparado iba a estar para poder dejarte. Pero no quise pensar en eso. Me mojé la cara y me fui al comedor, donde estaban mi hermana y Paul poniendo la mesa para la cena.

Al día siguiente, un nuevo mensaje tuyo amaneció en la computadora de Sofía: te huelo en las sábanas de mi cama. Era un hecho. Me estabas llamando, a gritos, para que volviera a tu lado. Y te iba a obedecer. Todavía no te escribía una sola línea y ya había recibido dos emails de tu parte. Eso era amor, Ulises, puro amor, aunque después hayas negado a gritos que sintieras algo por mí. Pero no me voy a adelantar, creo que ya te lo dije una vez. La verdad inequívoca era que, a través del monitor de esa computadora, podía escuchar tu voz de súplica. Y no te iba a defraudar.

Encontré a mi hermana en la sala, terminando de pasar la aspiradora.

—Sofía, me tengo que ir —le dije.

—¿Adónde? ¿Quieres que te acompañe?

—Tengo que volver a Nueva York.

Mi hermana apagó la aspiradora con la punta de un pie y me clavó la mirada. Por un instante volví a sentirme un niño, igual que cuando ella y yo jugábamos esos juegos que inventaba sobre la marcha para poder cambiar a mi antojo las reglas y ganarle siempre. Y entonces, cuando Sofía se daba cuenta de mi engaño, me miraba así, como lo está haciendo ahora, con una mezcla de desilusión por haber sorprendido a su hermano mayor en embustes de poco valor y rabia por ser menor y no poder imponer su autoridad.

Inventé algo que, por más que me esforcé, no sonó nunca a verdad: que mi agente había recibido una llamada de unos directores de televisión de Los Ángeles que querían empezar a producir telenovelas en español para el mercado latino, y que sólo estaban esperando por mí para echar a andar el proyecto. Como Sofía seguía en silencio, inventé que era importante que esos directores me vieran la cara pronto, que incluso podía significar que me tuviera que ir a vivir a Los Ángeles, y aunque no me gustara, era una buena ciudad para todo lo que tenga que ver con comunicaciones. ¡Se gana tanto dinero escribiendo para la televisión, carajo, ésa era una buena razón y ya!

—Tú me dijiste que ya no querías escribir más telenovelas —dijo ella.

—Pero ésta es una buena oportunidad —contesté. Y créeme, Ulises, regresarme por ti era una buena oportunidad.

—¡No puedo creerlo, llegaste ayer! —se exaltó Sofía y dejó caer el tubo de la aspiradora al suelo.

Le expliqué que tal vez podía quedarme una semana más, lo justo para conocer la ciudad y parte de los alrededores, pero que el plan de pasarme un mes con ellos, y de ahí salir a recorrer Asia, era imposible dada esta nueva situación laboral. Sé que Sofía no me creyó. Y no hice mucho esfuerzo en sonar sincero, sólo quería irme pronto. Contra su voluntad, llamó a Paul a la oficina y le pidió que cambiara mi vuelo a Nueva York para ese fin de semana. No tengo muy claro qué le habrá contestado él, porque mi hermana salió hacia su cuarto llevándose con ella el teléfono inalámbrico y su voz quedó fuera de mi alcance. Me acerqué a la ventana y pegué mi oído al marco de aluminio donde ambas hojas se juntaban. Ahí estaba el silbido del viento otra vez. Como un chorrito de agua invisible que nunca se acaba, que no te deja en paz para que recuerdes que siempre está ahí, acechante. Tal vez no exista calma, ni tranquilidad, en ninguna ciudad. O son los terremotos en Chile, el terrorismo en Nueva York, los tifones en Hong Kong. ¿A dónde se van los ciudadanos del mundo que, como yo, están cansados de los derrumbes, de las crisis, de vivir en permanente estado de alerta? Y no hablo de las tragedias naturales: hablo de las procesiones que se llevan por dentro. Ya suficiente tengo con mis propias emergencias del alma como para sentir que la tierra donde estoy viviendo no me protege.

Cuando Sofía volvió se quedó de pie en medio de la sala, pensé que tomaría otra vez la aspiradora para seguir con lo suyo. Pero no. Sólo se quedó ahí, mirándome en silencio.

—¿Qué pasa?

—¿Me vas a decir la verdad? —preguntó.

—¿De qué?

—Ya está. Paul va a cambiar tu boleto. Ahora dime por qué tienes que irte.

Reconozco que tuve tu nombre en la punta de la lengua. Bastaba sólo que separara un poco los labios para que ese Ulises saliera volando directo a las orejas de Sofía, o tal vez para que se lo llevara ese viento que, estoy seguro, había aumentado en intensidad desde el día de ayer. Pero no. No quise. Habría tenido mucho que explicar. Si ni yo puedo entender que un solo ser humano sea capaz de amar a una mujer y luego a un hombre, menos iba a ser capaz Sofía. A lo mejor por eso siempre me he sentido viviendo en esa tierra de nadie, esa tierra de Nunca Jamás, porque no he buscado definiciones ni me he decidido cruzar al otro lado de la frontera. Pero regresar a Nueva York, a tu lado, a tus brazos, a tu cama, significaba por fin dejar atrás ese país de indecisiones y ambigüedades donde había estado viviendo desde el día de mi nacimiento. Ese avión no sólo me iba a llevar a Manhattan: me iba a llevar a mi nuevo territorio. Iba a tener, por fin, pasaporte oficial de hombre que ama a otro hombre. Iba a construir mi identidad, bloque a bloque, a prueba de derrumbes, tifones o temblores.

Sofía se enojó conmigo, pero la molestia no le duró mucho. Esa tarde tomamos un taxi —que allá son rojos y no amarillos como en Nueva York— y nos fuimos juntos a pasear por Lan Kwai Fong, el sector de moda de Hong Kong que es donde se reúnen los *expats*. El lugar resultó ser un puñado de empinadas calles con bares y restoranes de aspecto moderno: mucho cristal ahumado, aluminio y anuncios de neón. Yo vivía en un permanente estado de ensoñación. Por un lado recorría un sector del planeta que siempre me ha intrigado y, por otro, tenía la certeza de que te vería pronto, bien pronto. Despertarse cada mañana sabiendo que alguien está pensando en uno, aunque sea lejos, hace toda la diferencia entre una vida opaca y una plena. Sofía y yo nos sentamos en una terraza al aire libre. El viento hacía volar las servilletas de la mesa y nos sacudía el pelo con fuerza, pero decidimos quedarnos ahí de todos modos. Me gustaba la brisa en la cara. Alcancé a escuchar a unos americanos, instalados a nuestras espaldas, que decían que el servicio de meteorología había anunciado una primera alerta por posibles ráfagas de viento más violentas de lo normal. Me inquieté por unos momentos: miré hacia el cielo a través del estrecho pasillo libre que dejaban los rascacielos que nos rodeaban y vi aquel lejano parche azul oscuro que comenzaba a encapotarse de nubes.

—No te preocupes —me dijo mi hermana—. Cada semana anuncian un tifón y nunca ha pasado nada.

Decidimos que lo mejor que podíamos hacer era seguir brindando con *cosmopolitans*. Cerca de las ocho de la noche se nos unió Paul, que venía directo de la oficina. Paul trabaja en inversiones, es corredor de la bolsa y también practica el ciclismo. Es un tipo amable, sonriente, que adora a mi hermana y por eso uno lo aprende a querer mucho más rápido. Su mundo es completamente opuesto al mío: él piensa en inversiones, en la bolsa de Tokio, en la de Londres, en mujeres; yo, en títulos de cuentos, en personajes que no existen, en identidades y en tu cuerpo, Ulises. Paul nos sorprendió a mitad del tercer brindis, bastante achispados por culpa del alcohol, riéndonos a gritos de sentirnos como Gulliver en el país de Liliput. Junto con sentarse a nuestra mesa, me extendió un papel impreso que se agitó con el viento igual que una bandera de paz: era el *e-ticket* de mi regreso.

—Lo siento, te vas el miércoles de la próxima semana. Todos los vuelos están llenos.

Reconozco que esa noticia estuvo a punto de echarme a perder la noche. Pero no lo permití. Tenía una semana y media para disfrutar Hong Kong. Sólo una semana y media más de residente oficial de mi propio país de Nunca Jamás. Ahora tenía visa indefinida para Gay Land, donde tú eras el presidente y yo el más ejemplar de los ciudadanos.

—¡Por Peter Pan y su tierra de Nunca Jamás! —levanté mi copa casi vacía, y ellos me imitaron con cierto desconcierto por el objeto de mi brindis.

Los tres reímos mucho. Y me seguí riendo fuerte, porque Peter Pan siempre me ha parecido tan maricón, con ese trajecito ajustado, las piernas enfundadas en lycra verde y esos modales de principito perverso que esconde algo. Era un hecho: ya me estaba convirtiendo en un habitante más de Chelsea, mi próximo paraíso en la tierra. Una burbuja protegida de tifones, movimientos de tierra y, con un poco de suerte, de nuevas tragedias inesperadas. Reconozco que me emocioné de sólo pensar que el tren se estaba deteniendo en mi estación terminal: el lugar seguro que andaba buscando.

Trece

Nadie recuerda muy bien por qué comenzó todo. Durante los recreos de media mañana, acodados algunos en la máquina de café instantáneo del pasillo recién alfombrado, los hombres de Recursos Humanos teorizaron que el origen del conflicto se dio después de la reducción de personal del mes de octubre. Desperté de golpe, desconcertado, con el cuello torcido y la espalda algo adolorida por culpa del colchón del sofá cama donde dormía. No necesité reflexionar mucho para darme cuenta de que había soñado con el primer párrafo de un cuento. Recordaba con toda claridad cada letra, cada palabra, cada oración. Eso no me pasa muy a menudo. Por lo general lo que me queda al amanecer son sensaciones, imágenes abstractas o la silueta de un personaje que, si tengo suerte, puede llegar a convertirse en algo más. Pero esta vez era distinto. Mi mente me estaba regalando el primer párrafo

completo. Y lo que era aún más insólito: sabía cómo prose-
guía esa historia. La tenía en la punta de los dedos, en mis
diez yemas que pulsaban como diez pequeños corazones digitales en espera de que abriera mi computadora portátil y
me decidiera a ser valiente. Y fue lo que hice, aún medio dormido, con el pelo revuelto y ese aspecto de náufrago miserable con el que siempre despierto. El alba aún estaba muy
lejos, eran apenas las dos y media de la mañana y la casa estaba en completo silencio. Desde la sala me llegaba el canto
de la filtración de aire y desde el dormitorio de mi hermana
los ronquidos acompasados de Paul. Así, con las piernas cru-
zadas y la computadora sobre ellas, celebré el hecho de que
por fin yo había abierto un archivo en ese disco duro para
algo que no fuera un capítulo de telenovela. Estaba escribiendo un cuento. Durante casi diez años había estado buscando con desesperación dentro de mí mismo un poco de
talento para escribir literatura: ser capaz de recrear atmósfe-
ras, situaciones y sucesos por medio de la narrativa, no de
diálogos que son el componente fundamental de un guion.
Pero no lo conseguía. Antes de caer en las fauces de la pantalla chica había sido alumno de un taller literario. Y el resultado de aquella época fue un libro de cuentos que me publicó
una editorial chilena. La crítica lo trató muy bien. Escritor
que sabe dar sorpresas. Posee, indudablemente, una original
capacidad imaginativa. En resumen, un libro de grata lectura
y un autor joven de promisoria proyección, escribió por ahí
alguien y el público pareció creerle. Pero mi siguiente paso
fue un nuevo y erróneo desvío. En lugar de comenzar a

trabajar en una novela, o en otro volumen de historias que me ayudara a consolidarme como un narrador de oficio, firmé un nuevo contrato por millones de pesos y me convertí en esclavo de un canal televisivo. Hasta antes de esa noche en Hong Kong estaba casi resignado a pensar que mi capacidad literaria se había atrofiado sin posibilidad de resurrección. Pero tú me habías devuelto mi capacidad de asombro, Ulises, me habías hecho creer que los milagros existen. Y la prueba más concreta que tenía era ésa: estaba escribiendo otra vez, poseído por esa suerte de fiebre que me viene cuando veo que soy capaz de darle vida a un mundo entero por medio de letras que elijo con delicadeza y que combino con artes de alquimista. En menos de dos horas había terminado el cuento. Lo bauticé "Mala memoria" y se lo dediqué a Sofía y Paul, por regalarme Hong Kong. El verdadero autor de esa historia eras tú, ¿lo tienes claro? El motivo de mi inspiración tenía tu nombre.

Hoy, tanto tiempo después, vuelvo a revisar ese cuento y me sigue pareciendo bueno. Se convirtió en la primera de casi veinte historias que escribí durante el tiempo que duró nuestro amor. Las agrupé todas bajo el título de "Salida de emergencia", y ni siquiera he pensado en publicarlas. No tengo apuro. No hay prisas. Nunca he escrito para que me lean, sino que porque no me queda otra alternativa. Es como dar un estornudo: no se puede evitar, y si no escupes fuera ese torbellino de saliva y aire comprimido corres el riesgo de morirte a causa de un coágulo cerebral. Lo mismo sucede con la escritura. Es inevitable y algo incómoda, igual que un estornudo dado en un mal momento. A veces hay que pedir perdón y tratar de seguir como si nada hubiese pasado. Pero con esos cuentos no tuve que pedir disculpas. Al contrario, di las gracias. Gracias a ti, por provocar ese estado de permanente inspiración. Gracias al disco duro de mi computadora, que nunca falló y obedeció mis embates de lunático al teclado. Gracias a Nueva York, que con sus edificios enormes y su cuadriculado de calles fue el escenario perfecto para mis sueños literarios. Y ahora, tan solo, tan lejos, dudo otra vez si seré capaz de volver a escribir algo que valga la pena. Tal vez he vuelto a mi tierra de Nunca Jamás. Tal vez sean los síntomas del pienso-que-te-pienso que Mara me diagnosticó.

Cuando al día siguiente le conté a Sofía de mi escritura nocturna y le leí el cuento, con dedicatoria incluida y todo, ella se emocionó hasta las lágrimas. Tan fieles que son siempre las hermanas. Sentenció que lo mejor que podíamos hacer era celebrar en grande ese acontecimiento. No quise contradecirla y la dejé que llamara a Paul a la oficina y le anunciara con voz llena de determinación que ese sábado y domingo nos íbamos los tres a Tailandia, aprovechado que yo me quedaba hasta el miércoles de la otra semana. Paul, como siempre, le contestó que así se haría y que él se encargaba de todo. Yo corrí en secreto a escribirte un email. Te conté de mi cuento, del viaje a Bangkok, de lo feliz que me haría conocer esa ciudad junto a ti. Te llevo conmigo, recuerdo que escribí. Y era cierto.

Nuestra llegada a Tailandia resultó mucho más agresiva de lo que imaginamos. Apenas atravesamos las puertas automáticas del aeropuerto de Don Muang, lo primero que nos encorvó los hombros fue el intenso calor. Se nos adhirió al cuerpo como una boa pegajosa, una mezcla de hirviente oxígeno y polución ambiental. Una larga fila de taxis nos cerró el paso. Los choferes nos gritaban para que eligiéramos su auto y nos abrían las puertas ofreciéndonos aire acondicionado. Yo intentaba mirar en todas las direcciones, aprenderme de memoria ese nuevo paisaje, pero lo único que conseguía ver eran edificios llenos de grietas, rostros idénticos los unos a los otros, y un cielo tan gris como la fumarola de una chimenea en mal estado.

El taxi voló por las calles. Eran las tres de la tarde y el sol convertía en mercurio líquido el asfalto de esa autopista de por lo menos seis carriles que nos transportaba hacia el Chateau de Bangkok, el hotel que Paul reservó a través de internet. De pronto la calle se elevaba para convertirse en un enorme puente que cruzaba por encima de los techos de lata de la ciudad. Cada tanto interrumpía la visión un edificio de cemento, salpicado de cientos de ventanas abiertas en espera de una corriente de aire algo más frío que esa incesante bocanada de horno que nos envolvía. Me llamó la atención la cantidad de mendigos en las calles: frente a cada semáforo, una ola de miseria humana se nos venía encima y lo único que se lograba distinguir eran manos sucias ofreciendo encendedores, tijeritas y artesanía local. El taxista los ahuyentaba en esa lengua imposible de definir, una serie de sonidos guturales y nasales que desafiaban los propios límites del entendimiento. Atravesamos un sector repleto de casitas salpicadas en medio de descampados, donde sus habitantes comían al aire libre y hervían algo que supuse sería sopa en enormes ollas ennegrecidas de hollín. De pronto apareció la silueta de lo que todos concluimos era el *downtown* de Bangkok. Unos minutos después el taxi se estacionó frente a la puerta del hotel que resultó ser mucho mejor de lo que yo suponía. Muchísimo mejor: nuestro cuarto de dos habitaciones estaba en el último piso y dominábamos gran parte de la ciudad desde la altura.

—Tenemos tres alternativas para esta tarde —apareció Sofía con un folleto turístico que seguramente obtuvo en la recepción—: paseo por los *klongs*, visita a la casa museo de Jim Thompson o ir al Gran Palace.

Dejé que ella y Paul decidieran. Yo estaba hipnotizado con la vista de esa ventana que más parecía el cristal de un helicóptero sobrevolando los techos de Bangkok. Intenté sacar la cuenta de cuántos aviones había abordado en los últimos dos años, pero se me hizo una tarea imposible. Eran cientos. Cuando me quedé completamente solo en aquella casa de México, con tres pisos y un enorme patio a mi disposición, decidí darme a la tarea de buscar un nuevo hogar. Y empecé a viajar. Obsesivamente. No pasaban dos días desde mi llegada antes de que ya estuviera de nuevo revisando un mapa y llamando para comprar el boleto. Ahora que lo pienso bien, no buscaba nada: por el contrario, estaba escapando de algo. Intentaba cruzar la frontera de mi país anodino, pero sus límites eran tan elásticos como los destinos de mis viajes. Faltabas tú, Ulises. Tu sola presencia me permitió por fin encontrar la puerta de escape, mi propia salida de emergencia.

El problema no era Chile, ni México, ni mi fracaso como hombre casado. El problema era que tú no estabas ahí.

Apenas salimos del hotel rumbo al Gran Palace ubiqué un pequeño café internet en la esquina opuesta. Sonreí, pensando que ése sería nuestro lugar de encuentro durante los próximos días, y me dejé arrastrar por mi hermana y mi cuñado hacia un nuevo taxi donde, rogué a quien quisiera escucharme, hubiera aire acondicionado.

Cuenta la historia que en 1351 el rey Ramathibodi I fundó la ciudad de Ayutthaya y la convirtió en la capital de Siam, como antes se llamaba a lo que hoy conocemos como el Reino de Tailandia. Ambiciosos y guerreros, él y los treinta y seis monarcas que lo sucedieron se encargaron de invadir imperios circundantes y construir templos y palacios que demostraran la opulencia a la que estaban acostumbrados. Eran buenos tiempos. Hasta que los birmanos sitiaron Ayutthaya durante más de quince meses. La ciudad terminó por caer en el sangriento año de 1767, luego de ver cómo eran fundidas las estatuas de oro, desmantelados los palacios, asesinada su gente. No quedó nada: sólo caos y ruina. Esa fue una verdadera tragedia para los tailandeses, el derrumbe completo de un imperio que sólo sabía de éxitos y comodidades. Pero como suele suceder luego de una desgracia de esa magnitud, en los años siguientes reinó una gran tranquilidad y bonanza. Ante el hecho de haberse quedado sin capital, fundaron Bangkok y se estableció la dinastía de los Rama. Más de dos siglos enteros vivieron en calma y prosperidad, sintiendo que las divinidades los estaban premiando por aquel episodio sangriento de Ayutthaya que traumatizó a generaciones enteras. Los monarcas tuvieron la sabiduría de escapar a cualquier forma de colonización, evitar guerras y controlar hambrunas. Pero del mismo modo que la tierra sísmica tiene que manifestarse cada tanto, las desgracias tampoco permiten que la gente se olvide de ellas. A mediados de la década de los noventa, en pleno siglo xx, Tailandia conoció la peor de las crisis económicas: era el resultado directo de haber tratado de implantar el sistema de libre mercado y de pertenecer al mundo moderno. La moneda perdió valor, gran parte de las empresas quebró en cosa de meses, fortunas enteras se esfumaron y la cesantía aumentó a niveles de catástrofe. Los tailandeses decidieron que este nuevo desplome, que nada tenía que envidiar a la caída de Ayutthaya, era el que los iba a llevar a un nuevo estado de gracia y tranquilidad. Era cosa de sufrir un poco, aguantar con sabiduría y resignación y echar mano de su religión apacible para soportar el vendaval. Y en esas estaban, igual que yo: buscándole un sentido al dolor para no volverse locos.

Durante ese fin de semana compré muchas cosas pensando en ti: una marioneta de aspecto milenario pero hecha, seguramente, la semana pasada. Una camisa con motivos budistas que sé te gustan tanto. Una figurita de Ganesha, la divinidad que abre caminos y divide las dificultades, con sus cuatro brazos y su trompa tallados en marfil. Contaba las horas para entregarte esos pequeños tesoros que atestiguaban lo mucho que había pensado en ti. En el vuelo de regreso nos enteramos de que los vientos habían empeorado en Hong

Kong. Algunas ráfagas alcanzaban niveles críticos y cundía cierta alerta por la zona. Efectivamente, apenas aterrizamos y salimos del avión, oímos el golpeteo invisible contra la manga de metal que nos conectó con la sala de desembarque. Pero los tres estábamos cansados, con los pulmones tan colapsados de contaminación, que no fuimos capaces de echarnos encima una mala noticia. Mi hermana se entretuvo la tarde de ese domingo en encontrarle ubicación a los cientos de adornos que compró en Bangkok: fundas para los cojines del sillón, varios manteles hechos a mano, un par de jarrones y mucha, mucha baratija que sacada de contexto se veía ahora más fea de lo que en verdad era. Yo recuerdo haberte escrito varios emails ese día, apurado, siempre atento a la puerta de aquel cuarto donde estaba la computadora, temiendo que de pronto mirara hacia atrás y Sofía o Paul —que sería mucho peor— estuvieran leyendo por encima de mi hombro. Ese corto pero intenso viaje a Tailandia me había servido para comprender que ya no quería seguir de errante por el mundo. Estaba viviendo el fin de un ciclo y el inicio de una nueva etapa. Como diría Robert McKee —el gringo que se ha hecho millonario dando seminarios de cómo escribir guiones en diez pasos y no morir en el intento— estaba concluyendo el primer acto de mi vida. El requisito para que eso suceda, al menos en el plano de la estructura dramática, es la irrupción de un suceso lo suficientemente potente que corte de raíz con la situación que se estaba viviendo. Y ese suceso había tenido lugar en SoHo, más exactamente en el cruce de las calles Prince y Green, un domingo de octubre a mediodía.

Por fin le había encontrado algún tipo de utilidad a la teoría, que siempre me ha parecido más estorbosa que eficiente. En la película que alguien estaba escribiendo de mi vida había ocurrido ese hecho trascendental que precipita la acción a un nuevo nivel de intensidad. Los personajes ya habían sido descritos en todas sus dimensiones, los habíamos conocido en sus escenarios y adivinábamos sus proyecciones dramáticas. Era hora de dejar correr el segundo acto, entonces. Lo mejor de todo es que ésa es siempre la parte más entretenida de la película.

Paul anunció que debíamos organizar una fiesta el martes en la noche, para que me fuera contento a Nueva York. Yo traté de disuadirlo haciéndole ver que las condiciones climáticas no eran las mejores, que probablemente nadie llegaría hasta Pakinsitó. Pero no hizo caso. Él quería que conociera a sus amigos de la oficina y Sofía se entusiasmó con tal rapidez que a los diez minutos ya estaba llamando a un par de amigas para que, a su vez, trajeran a otras amigas. Al parecer nadie se negó, lo que no dejó de sorprenderme.

—Lo que pasa contigo es que le tienes demasiado miedo a la naturaleza —se burló mi hermana—. Aquí la gente es más aventurera.

A partir de ese momento todo se convirtió en la antesala de lo que sería la gran noche. Sofía me obligó a acompañarla a comprarse ropa. Quería un escote profundo, algo que le dejara el ombligo al descubierto, tacones altos y mucho pelo revuelto. Son tan pocas las oportunidades que una tiene de disfrazarse, se quejó acomodándose los pechos en un brevísimo top de gamuza que más la asemejaba a una cantante de rock que a la esposa de un corredor de la bolsa.

—Te van a caer regio mis amigas, son un amor —me calmó, cuando descubrí que su lista de invitados contaba más de treinta personas y que todos ya habían confirmado.

Y entonces entendí que el asunto era al revés. La fiesta no era para agasajarme a mí, sino para lucirme frente al resto de sus conocidos. Este es mi hermano, el extraño, el que sale en la televisión, el que se ha pasado la mitad de la vida arriba de los aviones, el que a veces se pinta el pelo y se codea con los actores de moda. Les presento a Diego, el bohemio, el artista, el que lleva la vida que todos secretamente envidiamos. No, Sofía, nadie envidiaría mi vida. O al menos la vida que tuve hasta el fin de mi primer acto. Una vida que me costó bien cara, una vida cuyo precio fue vivir por mucho tiempo con los sentimientos hechos una trenza y el estigma de mentiroso latiéndome en la frente. Pero ahora las cosas serían distintas. Ahora por fin iba a convertirme en alguien digno de ser envidiado, iba a dejar de temer a los arrebatos de la naturaleza, a un posible derrumbe de mis huesos que me dejara convertido sólo en un montoncito de polvo ceniciento.

El martes por la mañana llegaron seis cajas de vino blanco y otras tantas de champaña, que Paul compró por teléfono. También desembarcaron un bufete completo que apenas cupo en la cocina. Tablas de queso, jamones, trocitos de pan untados en salsas imposibles de definir, rollitos de sushi, fruta seca y cientos de rebanadas de carnes frías tomaron por asalto el departamento y anunciaron que esa noche prometía ser inolvidable. Mi hermana compró velas como si el mundo se fuera a quedar a oscuras por una eternidad y las distribuyó por la casa provocando juegos de luces y sombras. A mí me habría gustado que tú fueras uno de esos invitados, Ulises. Muy pronto, me dije. Muy pronto voy a poder presentarte a mi familia, muy pronto serás parte de las fotografías que llenarán los álbumes que aún no tengo, pero prometo comprar para nuestra vida en común. Sólo tengo que hacer un par de confesiones antes de que llegue ese momento. Tengo que terminar de entender qué significó Bárbara, cuál es la función de su personaje durante el transcurso del primer acto. Tengo que descubrir cómo explicar esta dualidad de sentimientos sin herir a nadie, sobre todo a mí mismo. Pero lo voy a hacer, Ulises, de eso no tengas duda.

La tarde del martes el viento arremetió con energía. Yo cada tanto abría un poco las cortinas, lo justo para comprobar que los rascacielos seguían en su sitio y que al menos desde el piso quince la vida parecía normal. Los vidrios vibraban como si un ser vivo los estuviera empujando desde afuera, rabioso, celoso de la paz que se vivía dentro del departamento. Me quedé unos instantes con la nariz casi tocando el cristal helado: juraría que esa ventana estaba respirando, conteniendo el aire para provocar, en el momento menos pensado, un estallido que permitiría la invasión destructora de un chiflón que no tendríamos cómo detener. Avanzaría veloz por el pasillo, abriendo y cerrando puertas a su paso, apoderándose de objetos, adornos, reventando el resto de las ventanas para invitar a nuevas ráfagas que terminarían por pisotear el caos. Cerré las cortinas. Me habría gustado, en ese momento, estar en un primer piso.

La fiesta explotó esa noche junto con la primera canción leída por el ultramoderno equipo digital de mi cuñado. *Dancing Queen*, de Abba. Perfecto tema para levantar el ánimo, obligar a todo el mundo a saltar fuera de sus sillas y lanzarse a la pista de baile que, en este caso, era el sector del comedor del departamento. Efectivamente, los amigos de Sofía y Paul eran encantadores. Un par de corredores guapísimos con sus esposas embarazadas; una mujer ya mayor que llegó disfrazada de ángel, con aureola y alitas de plumas blancas, porque pensó que era una fiesta de Halloween y cuando se dio cuenta del error decidió quedarse así y ser una especie de hada madrina en un reino que no tenía nada de infantil; mucha mujer sola, de escotes abultados y faldas cortas que, tengo la impresión, mi hermana invitó para complacerme. Llegaron todos despeinados, dando avances del estado del tiempo, repitiendo con cierta ansiedad las noticias que venían oyendo en las radios de sus autos. Pero una vez dentro, protegidos por los cientos de velas y la comida que perfumaba el aire, olvidaban el mundo exterior y se entregaban a la diversión. Yo bailé casi toda la noche con Sofía y la de las alitas, que resultó ser alemana, así que prácticamente nos entendimos a base de señas e intuición. Cada tanto me acercaba a las ventanas. Ya no era necesario que pegara una mano al cristal, o que descorriera las cortinas. A algunos pasos de distancia ya se sentía la presión del viento que sacudía los marcos de aluminio pegados a la pared. Intenté decirle algo a Paul, pero no me hizo caso. Quise volver a bailar, pero escuchaba ese golpeteo frenético incluso por encima de la música. No sé si era sólo yo el que lo oía, pero nadie más parecía prestarle atención. Bebí muchas copas de vino blanco antes de que Paul comenzara a descorchar la champaña. Tal vez eso alteró mis sentidos. Sólo recuerdo que a partir de un momento las llamas de las velas empezaron a perder sus contornos y se fundieron con las luces de la ciudad al otro lado de la ventana de la sala: alguien había abierto las cortinas, dejándonos expuestos al tifón que se estaba formando a la altura del piso quince. Las risas se hicieron más intensas incluso que la música y el bramido del aire. Y quería gritar que se alejaran de ahí, que en cualquier momento los cristales iban a reventar como una piñata transparente, que yo tenía la capacidad de predecir las tragedias, pero no podía dejar de reírme. Intenté convencerme de que era tiempo de celebrar. De brincar. De sacudirme en esa pista de baile improvisada y espantar por fin todos esos fantasmas que ya no quería seguir cargando. Era libre. Ligero de equipaje. Mi alma había pasado por un servicio de lavandería y me la habían devuelto impecable, planchada y revestida de almidón. Eso no sucede todos los días. Sólo una vez se cambia de piel, y mi turno había llegado. Pero no podía despegar mi atención de las ventanas, del escándalo ensordecedor del huracán completo que ya estaba a punto de vencer los seguros para venir en mi búsqueda. Era mi culpa. Igual que el terremoto en Chile que interrumpió mi desvergonzado espionaje. Yo atraigo las desgracias. La naturaleza me castiga por todo el mal que he hecho. Por torcer de manera tan abrupta mi vida y la de los demás. Por perturbar tu paz de soltero de Chelsea. Era mi culpa. Me cubrí la cara porque los vidrios estallaron pero todo el mundo siguió bailando. George Michael cantaba *Outside* a toda voz cuando la música cesó de pronto. Todos se quedaron congelados en sus lugares, jadeantes.

—¡Esta canción está dedicada a mi cuñado! —vociferó Paul, ajeno por completo a la destrucción de su flamante departamento de Pakinsitó.

Y apretó play en su estéreo. De inmediato surgió la voz de Frank Sinatra y su inequívoco *New York, New York*. Sofía empezó a aplaudir y a contar a los que tuviera cerca que yo viajaba al día siguiente, en pocas horas, porque me estaban llamando unos directores de cine y que me haría famoso haciendo películas para Hollywood. Yo retrocedí, porque el viento era una mano abierta que venía directamente hacia mí, una garra de uñas filosas que me partirían en dos con sólo tocarme. *If I can make it there, I'm gonna make it anywhere, it's up to you, New York, New York...* Alguien apareció con una nueva ronda de champaña. Quise gritar, defenderme, pero fue inútil. Entonces me lancé al suelo, huyendo como un cobarde de mi propio castigo por ser tan malo. Yo iba a provocar el derrumbe de Hong Kong, del mismo modo que los birmanos destruyeron Ayutthaya allá en el reino de Siam. Mi desgracia se iba a convertir en castigo para millones de chinos que nada tenían que ver con mis pecados. Sofía se estaba riendo, alcancé a ver. Y Paul también. Y las ventanas estaban en su sitio, las cortinas cerradas, la música al más alto volumen. Mi hermana me trajo un vaso de agua. Tenía gotitas de sudor en la nariz: eso siempre le pasa cuando se acalora o hace algún esfuerzo.

—¿Te sientes mejor? —me preguntó.

—Estoy enamorado como un idiota –le confesé, mordiendo mis palabras cobardes para que no se me escaparan y me dejaran mudo.

—Ya lo sabía —me contestó ella y me besó en una mejilla.

Frank Sinatra se empinó en la escala musical para coronar el momento con un rotundo *New York, New York*. Paul, al centro de la pista de baile, fingía cantar usando una vela apagada como micrófono inalámbrico. La de las alitas era la más entusiasmada, alentándolo en primera fila. Al parecer me tenían compasión: el tifón había seguido de largo, otorgándome un tiempo más de vida.

—Es de un hombre —lancé por fin. Me dolía la cabeza y me costaba fijar la vista. Nunca más bebo champaña, ni vino, ni tequila. Lo juro.

La canción acabó con un estruendo de aplausos. Paul hizo una reverencia, lanzó besos al aire, agradeció a su público. Hubo una fracción de segundo, una breve eternidad, en que todo quedó en silencio. Al menos eso me pareció a mí.

—También lo sé, siempre lo he sabido —fue toda la respuesta de Sofía, y me tomó de la mano para llevarme a bailar *A Little Respect*, de Erasure, que comenzó a sonar en su comedor asiático convertido ahora en pista de confesiones. Y en mi campo de batalla.

I LOVE NEW YORK

Uno cobra conciencia de sí mismo
en su relación con el prójimo;
y por eso la relación con el prójimo
es insoportable.

"Plataforma", MICHEL HOUELLEBECQ

Uno

No hace mucho leí que recientes estadísticas demuestran que la edad en la que con más urgencia y necesidad se hace una consulta astrológica es la de los jóvenes que se sitúan entre los veintiocho y treinta y dos años. Y en un número bastante cercano, sucede lo mismo a la hora de hacer un seguimiento en cualquier despacho psicológico. Estos datos no son de extrañar si consideramos que, en la evolución del ser humano, la entrada a los treinta es una época fronteriza, crepuscular, que atemoriza. Es el momento de toma de conciencia: ya no se es un niño sino un adulto, y como tal se ha de asumir la responsabilidad de los propios actos.

La existencia humana está salpicada de etapas evolutivas para todos los gustos: edípica, pubertad, adolescencia, crisis de los cuarenta, y así. Cada una de ellas posee características propias. Sin embargo, atravesar el umbral de los treinta es uno de los más importantes para nuestra madurez. Incluso la astrología se ha hecho cargo del fenómeno y lo señala como el tránsito más trascendental. Así lo demuestran los millones de artículos que se han escrito en torno al "Primer retorno de Saturno". Este es el momento en que dicho planeta —después de completar una órbita en torno al Sol— vuelve a pasar por el mismo punto en el que se encontraba cuando nacimos. De este modo se produce una conjunción con Saturno natal. Este fenómeno ocurre cada veintinueve años y medio, aunque su efecto acostumbra anunciarse un año y medio antes, hacia los veintiocho años, y puede prolongarse bastante más allá de los treinta.

De este modo, cada veintinueve años terminamos un ciclo saturnal, o de madurez, para comenzar otro nuevo.

Aunque no seamos necesariamente consciente durante todo el tiempo que dura el ciclo completo, en esos dos años Saturno se encargará de que nos enteremos de dónde provienen nuestras limitaciones personales. ¿Y cuál es su forma de hacer esto? Poner en evidencia los puntos débiles de nuestra estructura, tanto física como psíquica. En nuestra existencia se crea un trasfondo de angustia y pesadez, que no tiene otro fin que el de hacernos tomar conciencia de lo superfluo, del lastre innecesario y que ahora empieza a pesar. Es tiempo de vaciar el equipaje y volver a echar dentro lo exclusivamente necesario.

Cada individuo experimenta esto en un escenario diferente. Lo común es que para todos el "Primer retorno de Saturno" es una oportunidad de cambio y transformación.

Es el inicio de un nuevo ciclo, que vuelve a su retorno a los sesenta años.

Las lecciones de Saturno siempre duelen al principio: es un pequeño dolor, una limitación, algo que nos incomoda, algo que nos desacelera, nos obliga a parar, nos fuerza a pensar. Es algo así como el ascenso por una empinada montaña, cuya cima nos parece inalcanzable. Se hace un deber la autodisciplina, el esfuerzo sacrificado y la administración de los recursos para poder culminar algún día este proceso, aunque el fin se vea lejano e incierto. Los años que se viven a la sombra de Saturno llevan encima el peso del pago de deudas, como si cada día fuera la presentación de un examen final o el juicio que la vida nos hace por los errores cometidos en el pasado. De este modo, la culpa, el pecado y, por tanto, el castigo son una constante.

El retorno de Saturno es un renacimiento. La personalidad está lo suficientemente sólida para independizarse del pasado, del conocimiento ajeno, para armarse y estructurarse por sí sola. También es una ruptura de los moldes viejos: es la libertad de haber aprendido una lección, el beneficio de una primera madurez, el discernimiento de reconocer lo que ya no sirve, de romper con lo ajeno para construir lo propio.

El mayor problema con el que se corre el riesgo de chocar en esta etapa es el bloqueo. Ya que tenemos que trabajar con el principio de la aceptación, existe el peligro de quedar varados en unos límites que en muchos casos no pasan de ser ficticios, o cuando menos temporales. En este sentido Saturno, como guardián del *statu quo* y del raciocinio más pragmático, pasa a convertirse en el gran ilusionista que nos embauca en una dicotomía social sobre lo que está bien y lo que está mal, en un rol de no puedo/no debo, con el que podemos terminar encarcelados para el resto de nuestras vidas. Porque una cosa es tomar conciencia y aceptar nuestras limitaciones como carne perecedera, como humanos y como animales sociales —que en verdad es lo que hacemos a los treinta años—, y otra muy distinta es conformarnos con ellas, que nos estanquemos. Que creamos a pie juntillas que sólo hay un modo correcto de vivir. Y es que a esa edad también se acentúa la visión de futuro, que por lo general se nos presenta como un día de neblina en el que casi no se ve más allá de nuestra nariz.

Como cada vez que se aprende una lección, el paso de Saturno por nuestra vida puede ser humillante, caótico, desestabilizador. Pero al igual que a aquellos profesores de infancia que nos hicieron la vida imposible, años más tarde su presencia la recordamos con cierto cariño e incluso con nostalgia. Saturno es nuestra sombra, tanto individual como colectiva. El gran aprendizaje de los treinta años es no olvidar nunca que hay una enorme diferencia entre pisar tierra y dejarnos enterrar en vida.

Regresé de Hong Kong a Nueva York el 31 de octubre, con treinta años cumplidos. En ese momento no noté aquella sombra que desde lo alto me seguía los pasos: una sombra enorme, del tamaño de un planeta. Fue más tarde que abrí los ojos. Y me pregunté cuánto tiempo llevaría yo ahí, en medio de aquel charco de oscuridad.

Dos

Estoy cometiendo un error, fue lo único que pensé cuando la peluquera me cortó el primer mechón de cabello. Y seguí pensándolo con cada corte de su tijera. El suelo se fue llenando de bucles, igual que mis hombros y la batita blanca con el logotipo del salón de belleza. Decidí bajar la vista hacia la revista que tenía entre las manos, un ejemplar de *People* del mes pasado. Hablaban de Jennifer López y de su supuesto romance con Ben Affleck. Traté de leer el artículo, a pesar de que nunca he soportado a ese tipo. Pero cualquier cosa era mejor, incluso Ben Affleck, que mirar cómo trasquilaban mi cabeza. Tenía que hacerlo. Esa mata de pelo suelto, una suerte de llamarada amarilla que se sacudía con el viento, era un desacato para un barrio como éste. Es curioso. En este sector se cometen los peores excesos: drogas, sexo, violencia. Pero mientras se hagan siguiendo el estilo, la etiqueta visual, todo está bien. Y aquí la regla era clara: el cabello se lleva corto, como un militar que está a punto del desfile más importante de su vida. Y yo no iba a desafiar a Chelsea. No ahora que por fin había encontrado mi pedazo de tierra y, junto con él, todo un estilo de vida. Es sólo miedo al cambio, pensé. Han sido muchos años con el cabello largo y ondulado. Por otro lado, todo iba a ser más fácil ahora. No iba a tener que gastar tanto dinero en champús ni en cremas capilares. Ya no me iba a preocupar de que se me enredara, o que se cayera y yo contara con angustia los cabellos en mi almohada cada mañana. Ahora eso iba a cambiar: un duchazo rápido, un poco de espuma en la cabeza, y ya. Incluso podría usar gorros para el frío sin quedar completamente despeinado cuando me los quitara. Por donde se viera, había sido una decisión acertada. Algo decía el artículo de *People*, que Jennifer López y Affleck se conocieron durante el rodaje de una película. Leí tres veces el título, pero no lo retuve. Estaba preocupado por vencer el frío que atenazaba mis orejas, expuestas ahora como el resto de mi cuello y nuca. No quise levantar la vista. No iba a ver. Tú me habías sugerido esa mañana que el pelo corto me quedaría muy bien, que tenía lindos ojos y que se perdían entre tanto mechón desordenado. Por eso salí a buscar una peluquería. Para darte la sorpresa. Para demostrarte a ti —y a mí también, claro— que podía ser un habitante más de esa calle, un digno ciudadano de Chelsea. Yo buscaba una identidad y la había encontrado. No era tiempo, entonces, de empantanarse en tonteras ni en sentimentalismos. Si tenía que afeitarme entera la cabeza para pertenecer a aquel mundo, lo iba a hacer. Una y mil veces. Aunque no fuera capaz de levantar la vista y enfrentarme a mi reflejo en aquella peluquería.

—*"Veri moch betta"* —oí exclamar a la asiática que enarbolaba las tijeras.

Era hora de abandonar esa revista. El trabajo estaba hecho y yo tenía que dar mi aprobación. Alcé la mirada y me topé con mí mismo allí enfrente, un yo que desde el espejo me miraba con asombro, con los ojos muy abiertos, sorprendido, un yo que por un instante no reconocí. No. Mi imagen no estaba ahí. En lo más mínimo. Nunca me había visto así: el cabello era una pelusa oscura que cubría apenas lo alto de mi cabeza. No había pedido nada tan categórico: fui bien enfático al exigir un *look messy*, algo que se moviera con el viento, que yo pudiera jugar con el pelo si quería, usar gel, armar mechones. Pero aquí no había ninguna posibilidad, así de corto estaba. Es sólo miedo al cambio, me consolé. Lo distinto nos asusta en un primer momento, hasta que nos acostumbramos, hasta que esta nueva realidad se hace parte de nosotros. El pelo crece, y en mi caso crece rápido. Miré hacia el suelo y vi todo mi cabello ahí, cadáveres de mechones desparramados en torno a la silla.

—*Like it...?* —preguntó la mujer, algo inquieta por mi largo silencio.

—*Yes* —contesté yo, y evité buscar otra vez la mirada de ese nuevo yo en el espejo.

Ella quedó feliz. Algo dijo en un inglés tan masticado que me fue imposible entenderle. Busqué los dólares en mi bolsillo y se los pasé. Ella agradeció juntando las palmas de ambas manos a la altura del pecho e hizo una ligera reverencia. Caminé hacia la puerta. Antes de salir, me volví hacia atrás: habían comenzado a barrer mi pelo.

A ti te iba a gustar, estaba seguro de eso. Iba a ser una demostración de mi amor por ti, una forma de decirte sin palabras: mírame, Ulises, acabo de cortar con mi pasado. Aquí estoy, nuevo. Recién inventado. ¿Qué más quieres que haga? Te lo merecías, Ulises. Nadie nunca me había hecho tan feliz como tú. No se cumplían aún tres días de mi regreso de Hong Kong, y a cada momento estaba más seguro de haber tomado la decisión correcta. Las horas que duró el viaje hacia el aeropuerto Kennedy las viví al borde de la desesperación. Quería llegar. Con angustia. Todavía tenía en la mente mi despedida de Sofía y Paul allá en Pakinsitó, cuando me acompañaron hasta el taxi que me llevaría a Central Station para subirme al tren que me dejaría en el terminal aéreo. Los iba a extrañar, y mucho. Y ellos a mí también, supongo. Sofía me abrazó con fuerza. Sentí sus sollozos ahogados contra mi cuello mientras sus manos me palmoteaban con suavidad la espalda.

—Cuídate —me susurró con dulzura—. Y dale mis saludos a Ulises.

Yo asentí despacio. Luego fue el turno de Paul, que también se veía visiblemente emocionado. Me subí al taxi y cerré la puerta. Ellos se quedaron ahí, anclados en las escaleras de la puerta de entrada del edificio, sacudiendo apenas las manos en señal de despedida. Quise mirar hacia otro lado:

siempre he odiado el final de las cosas. Pero esta vez no pude. Me quedé así, con la cabeza vuelta hacia atrás, viendo a Sofía y a Paul empequeñecer juntos y con la mano en alto, hasta que se hicieron tan insignificantes como dos manchitas de suciedad en el cristal de aquella ventana. Iba a encontrarme contigo. La noche anterior te había llamado para contarte que ya tenía hecha la maleta, que sólo contaba los segundos para subirme al avión, y tu voz atravesó el mundo entero para celebrar conmigo la buena noticia. Sonabas ansioso. Supongo que para ti también esas horas de espera se harían insoportables, minutos lisiados e incapaces de apurar el reloj. El vuelo sólo acentuó ese estado. Traté de dormir, pero fue inútil. Vi dos veces la misma película, hasta que una sensación de náusea me obligó a caminar por el pasillo, de punta a punta. Me senté en la parte trasera y me quedé ahí, mirando por la ventanilla. Una ciudad entera hecha de nubes logró capturar mi atención. Me entretuve en seguir los contornos imprecisos de aquellas construcciones de vapor de agua, monumentales edificios que atravesábamos sin respeto, desgajando todo el trabajo de la naturaleza. Cuando me mandaron a sentar de nuevo a mi lugar, me quedaban más de diez horas de vuelo.

Eran las ocho de la noche al aterrizar. Desde el Kennedy te llamé al celular. Contestaste de inmediato. Era obvio que estabas al pendiente de mi llegada. Me dijiste que estabas en la casa, que tomara un taxi hasta la calle 18, entre la octava y la novena avenidas: tu departamento. Te lancé un beso, tú sólo me respondiste bye. Entonces marqué el número de Liliana. Ella pareció un poco desconcertada cuando me contestó.

–¿De dónde me llamas? —preguntó mi agente—¿De China?

—Estoy en Nueva York. Volví por Ulises —fue mi respuesta.

Tengo que reconocer que para eso la llamé: para que me hiciera todo tipo de preguntas que me moría de ganas de responder. ¿Cómo fue?, ¿qué pasó?, ¿vas a vivir en Nueva York?, ¿van a mudarse a un nuevo departamento o se van a quedar en el de Ulises?, ¿estás enamorado? Asumí ese momento como un pequeño triunfo. Por fin mi vida le interesaba a alguien, incluso a mí. Quedamos de almorzar esa semana. Liliana no me iba a dejar en paz hasta que saciara toda su sed de curiosidad. Antes de colgar me dijo que estaba feliz por mí, y por ti también.

—Bienvenido a Nueva York, precioso. Ojalá todos tus sueños se te hagan realidad.

Yo estaba seguro de que así sería. Desde el taxi, la visión de aquellos rascacielos iluminados me llenó el corazón de alegría. Era mi ciudad. Era mía. *If I can make it there, I'm gonna make it anywhere, it's up to you, New York, New York,* como dijo Frank Sinatra. ¿Te das cuenta todo lo que provocaste con el solo hecho de haberte presentado un día ante mí? Cambiaste la órbita de mi vida, de mi propio sistema solar. Pero una vez establecido el nuevo orden, te permití instalarte igual que un sol: al centro, dominando el equilibrio precario de las estrellas. Yo me convertí en un satélite que existe sólo porque hay otro planeta que lo contiene, sin trayectoria propia. Pero no voy a hablar de eso ahora, no todavía. Aquellos eran buenos tiempos, los mejores tal vez. A medida que el taxi se acercaba a tu calle sentía crecer el tambor dentro del pecho. Las manos me sudaban. ¿Cómo sería el reencuentro? ¿Qué íbamos a decirnos una vez que estuviéramos cara a cara? ¿Harían falta las palabras? Por si acaso, yo tenía un libreto ensayado: una serie de frases precisas que fui construyendo en el avión. Quería sonar perfecto. No quería que te desilusionaras al verme otra vez. Quería ser el hombre de tu vida. Ese hombre con el que debes fantasear en más de una ocasión. Por eso me corté el pelo, para parecerme a él. Para darte la seguridad de que estaba comprometido incluso con tus fantasías.

El taxi se estacionó frente a la desvencijada puerta gris. Tomé mi maleta y corrí hacia ella. Apreté el botón del timbre. Pasaron unos instantes y se escuchó un retazo de tu voz, desarticulada por la vejez del intercomunicador.

—*Yes...?*

—Ulises, soy yo... —dije en un suspiro.

El chasquido de la cerradura metálica al abrirse sonó como un ábrete sésamo que, mágicamente, me permitía el ingreso al país de mis sueños. Ahí estaba otra vez la escalera sucia, el olor a comida, el griterío de la televisión con los que soñé cada noche de mi viaje a Hong Kong. Trepé a duras penas arrastrando la maleta, sabiendo que aparecerías a ayudarme en cualquier momento. Cuando llegué al segundo nivel me extrañé de no verte. ¿No ibas a salir a recibirme? Me enfrenté al nuevo tramo de peldaños, los que me llevaban a tu departamento. Un último esfuerzo, pensé. Mi equipaje pesaba cada vez más. El pelo se me pegaba a la cara a causa del sudor. ¿Dónde estabas? Por fin llegué frente a tu puerta. Iba a tocar el timbre cuando me di cuenta de que estaba abierta. Empujé despacio, y asomé la cabeza.

—¿Ulises...?

El interior estaba oscuro. Me preparé para recibir el ataque de Azúcar en los tobillos, pero ella tampoco apareció. Miré hacia ambos extremos del pasillo: la sala estaba en penumbras, y la puerta de tu cuarto cerrada.

—¿Ulises?

Ya no me gustaba este silencio. Me sentía mareado después de tantas horas de vuelo, sin dormir, anhelante, esperando aterrizar desde el momento mismo que despegamos. No quería juegos ni menos bromitas donde tu desaparecías misteriosamente del departamento, te esfumabas en el aire luego de abrirme la puerta sucia de tu edificio. Yo quería que salieras a recibirme, me tomaras la maleta, me besaras en la escalera, me dijeras todo lo que me habías extrañado, me hicieras un recuento completo de tus días sin mí, dieras saltitos de ansiedad para que te entregara tus regalos. Pero no estabas. Tu departamento se veía aún más desordenado que cuando me fui, había olor a orina de perro. ¿Dónde carajos estabas?

—¡Ulises!

Avancé hacia tu cuarto y abrí con violencia. La manilla metálica de la puerta chocó con fuerza contra el muro, pero no me importó. El interior también estaba a oscuras. Busqué a tientas el interruptor, molesto, cansado, quería verte y tú te me escondías, Ulises, ya no me gustaba tu juego, ¿sabes cuántas horas acabo de volar? ¿Tienes idea de lo que es atravesar medio planeta, retroceder en el tiempo incluso? Porque cuando salí de Hong Kong era la mañana del miércoles, y acabo de llegar y es la noche del martes, fenómenos que no entiendo por qué ocurren por más que me los expliquen. Cuando la luz se encendió tuve que cerrar los ojos unos instantes, violentado por el cambio de intensidad y el cansancio de mis pupilas. Fue ahí que alcancé a ver, entre las ranuras imprecisas de mis párpados, los manchones rojos encima de la cama, enormes goterones color fuego repartidos a lo largo del cobertor. El corazón me dio un grito de alerta; retrocedí un paso. Algo andaba mal, yo lo sabía. Lo sabía desde que estaba en las escaleras. A mí no me iban a salir bien las cosas, en qué estaba pensando. A mí todo me sale mal. Pensé en tu sida, en la sangre, me abrumé al darme cuenta de que ni siquiera sabía decir en inglés manden rápido una ambulancia, se está muriendo. De pronto las puertas de tu clóset se abrieron con estrépito y una sombra se abalanzó hacia mí. Tardé unos segundos en darme cuenta de que eras tú, que te me venías encima con una sonrisa de niño enorme celebrando su cumpleaños, me diste un abrazo de oso cavernario, de amante ansioso, Ulises, mi Ulises, y me arrastraste hacia la cama donde cientos de pétalos de rosa nos recibieron.

–¿Te gustan? Son para ti —me murmuraste al oído antes de echarte encima, aplastando mis miedos inútiles.

Cómo te iba a decir que no, Ulises. Me habías comprado flores rojas para celebrar mi regreso. Te habías dado el trabajo de desmenuzar rosas y de lanzarlas sobre la cama. Se me arrugaba el alma de ternura sólo de imaginar tus manos rudas y poco acostumbradas a esos menesteres cogiendo los pétalos con la mayor delicadeza posible, imaginando nervioso cómo se vería el resultado final. Jamás te habría negado el placer de verme con el pelo corto. Por eso no me quejo, porque me estás ayudando a quererte mejor, me estás ayudando a convertirme poco a poco en tu amante de verdad, en ese hombre con el que soñaste tantos años y que llegó de pronto, sin aviso, y que estaba moviendo las fichas de su vida para poder quedarse ahí contigo, para siempre. Sin que tú supieras te ofrecí mis treinta años, mi cabello, mi cuerpo, para que hicieras con ellos lo que desearas. Era mi forma de agradecer a la vida esta segunda oportunidad que me estaba regalando. Eso es algo muy extraño: va en contra de todas las leyes naturales. Por algún motivo me habían seleccionado para volver a empezar.

El aire frío de noviembre me envolvió la nuca y las orejas mientras caminaba de la peluquería al departamento. Me levanté el cuello de la camisa, intentando proteger esa piel que durante tantos años se escondió bajo capas de cabello, el mismo que ahora barrían sin respeto ni consideración. ¿Dónde iría a terminar? En el fondo de una bolsa de basura, pegoteado de restos de comida china, hediondo a soya, ese mismo pelo que durante tantos años me preocupé de preservar como un sello de personalidad. Incluso una vez, mucho tiempo antes, cuando aún vivía en Chile, me habían hecho una entrevista para saber mis secretos de belleza. Todas las preguntas habían tenido que ver con mi cabello. Y ahora se iba en una bolsa plástica a Staten Island, que es donde lanzan la basura de Manhattan. Pero no me importaba. Te iba a gustar mi nueva imagen, estaba seguro. No me reconocía cuando pasaba frente a una vitrina que devolvía a quemarropa mi nueva silueta. Era cosa de costumbre. Siempre es cosa de costumbre. Cuando entré al departamento, te oí en tu cuarto. Me asomé nervioso, esperando ver tu fascinada expresión de alegría. Estabas frente a la computadora.

—¿Ulises…?

Te volviste hacia mí y sonreíste.

—Cambiaste mucho—fue tu respuesta.

—¿Te gusta?

Asentiste con la cabeza y volviste a sumergirte en la computadora. Como me quedé unos segundos ahí, inmóvil, esperando algo más, me dijiste:

—Estoy terminando un capítulo de la novela.

Eso significaba que tenía que salir de ahí, dejarte solo para que pudieras completar tu ritual de la escritura en silencio y privacidad. Por lo menos te había gustado el corte de pelo, lo sabía. Me veía distinto. Claro, ahora yo era igual a todos los que circulaban por las calles, allá abajo. Me metí al baño. Siempre he pensado que uno se ve distinto en el espejo del baño. Ese no miente y dice la verdad así, sin descaro. Era otra persona. Me veía más joven, más niño. Nadie podría decir que tengo treinta años, pensé, y eso siempre es una ventaja. Pero quedó tan corto. Yo le pedí a la mujer algo menos categórico, no me entendió. Hizo lo que le dio la gana. Pero no se veía mal, era cosa de costumbre. Me fui a la sala y encendí la televisión. Bajé el volumen para que no te molestara, cosa que siempre hacía cuando te encerrabas a escribir. Estaban transmitiendo un programa de chismes de Hollywood. Una platinada animadora hablaba con toda propiedad sobre el supuesto y secreto romance que Jennifer López y Ben Affleck tenían en esos momentos. Bajé la vista: ni siquiera quería verme reflejado en el cristal de la pantalla.

Tres

El departamento era simple, largo y angosto como un vagón de tren. La puerta de entrada estaba a mitad de camino. Hacia la izquierda se ubicaba la sala, la cocina, y un breve espacio intermedio que tú tenías convertido en bodega. Hacia la derecha, el baño y tu cuarto. Eso era todo. Había un clóset dentro del dormitorio y otro que estaba tapiado detrás de cajas, bolsas con ropa, restos de unas repisas de madera y torres de discos compactos. No había lugar para mí. Por más que lo buscara, era físicamente imposible que yo acomodara mis pocas pertenencias en tu departamento. Por eso lo único que pude hacer fue meter mi maleta bajo la cama, y cada vez que necesitaba sacar un nuevo par de calcetines la deslizaba como un cajón hacia afuera, desde donde salía cubierta de polvo y de pelos de Azúcar. El problema eran las camisas: siempre estaban arrugadas y con mal olor. Tampoco había espacio dentro tu propio clóset: tu ropa era un nido de serpientes, balanceándose apenas de una barra de madera curvada por el peso. No sabía dónde sentarme a escribir, y eso podía convertirse en un verdadero problema. Como un nómada pasé varias horas tratando de ubicar una esquina donde me sintiera cómodo y estorbara lo menos posible. Yo sabía que vivías solo hacía años, y eso provoca mañas difíciles de cambiar. Yo no quería molestar. Deseaba con desesperación que no te arrepintieras de haberme abierto las puertas de tu generosidad, cansado de pronto por estar chocando con mi cuerpo que aún no hacía suyo el espacio que le rodeaba. Por eso, cuando te veía aparecer con tu plato de comida para disponerte a ver un nuevo capítulo de *ER*, yo tomaba mi computadora portátil y me iba al cuarto. Y después del café, cuando tú llegabas al dormitorio para sentarte a escribir un rato más tu novela, yo tenía que recoger mis cosas y volver a la sala, donde todavía quedaba el rastro del olor de tu cuerpo y de la carne guisada. No podía dejar de pensar en el enorme estudio-biblioteca que tenía en México, un espacio casi tan grande como tu departamento entero sólo para mí, donde yo había acomodado un escritorio de madera oscura, una silla de ejecutivo, anatómica, acojinada y llena de posiciones ergonométricas, una mesa de reuniones y mucho, mucho espacio libre para pasearme en busca de ideas y soluciones a los argumentos de mis telenovelas. Estaba dispuesto a cambiar todo eso. Ya lo había hecho. Me parecía sano aprender a escribir en condiciones adversas. La imaginación y el talento no saben de comodidades. Cuando lo tenemos todo, hacemos poco. La carencia multiplica la genialidad. Un verdadero escritor no depende de un cojín mullido, ni de una mesa a la altura precisa. Después de mi divorcio había decidido vaciar la mochila de mi vida, desprenderme de todo lo que no me permitiera volar con comodidad. Y esos arrebatos de burguesía acomodada, de escritor de sillón de cuero y mesa barnizada no iban conmigo. No con este nuevo yo, que usa el pelo corto igual que todos los de su clase. Iba a escribir mis cuentos con la computadora sobre las rodillas, doblado en dos en tu sillón, en la cama, e incluso en los peldaños de la escalera si era necesario.

El baño tampoco fue un tema fácil. Traté de acomodar mi jabón —uno especial que me recomendó el dermatólogo de Chile: verde, en gel, ideal para limpiar los poros desde adentro sin violentar la piel—, pero no supe dónde. Sobre el estanque del inodoro había un gabinete plástico al que se le habían caído las dos puertas, dejando a la vista dos tablillas repletas de hojas de afeitar usadas y nuevas, envases metálicos que supuse serían desodorantes, o espray para el cabello, quién sabe. Los rollos de papel higiénico hacían equilibrio apenas, igual que una escultura de arte moderno de ésas que tanto llenan los museos de Nueva York. Bajo el lavamanos había otras repisas, invadidas de toallas, cajas de venditas adhesivas, enjuagues estomacales y un par de dispositivos para lavar los intestinos. Me pasé la mano por la cara: tenía calor, a pesar de que afuera la temperatura bajaba barriendo con el otoño sin piedad. Acomodé mi cepillo de dientes junto al tuyo —dentro de un vaso que tendría que haber estado en

EL FILO DE TU PIEL

la cocina y no ahí, junto a un pedazo de un jabón sucio—, y el resto de mis cosas las guardé otra vez en la maleta.

—Creo que deberíamos buscarnos un nuevo departamento —me atreví a interrumpirte un día—. Uno donde quepamos los dos.

Me miraste como si no entendieras de lo que estaba hablando. Yo me arrepentí de haber abierto la boca, porque tal vez era cosa de ingenio más que de un real problema de falta de espacio. Quizá había que empujar todas las cajas del pasillo hacia un costado, intentar recuperar ese clóset clausurado y meter ahí dentro mis cosas. A lo mejor era mi educación de niño cómodo, mis malos hábitos de haber vivido los últimos años rodeado por una sirvienta y un chofer, dueño de una casa de tres pisos donde tenía dos armarios completos para la ropa de temporada, y dos más para la que no estaba usando. Si de verdad quería salir al mundo y formar parte de él, tenía que aprender sus reglas y sus leyes. Y en Nueva York se vive así: como en un tráiler estrecho que se celebra igual que si fuera el más grande de los palacios.

—No me voy a mudar de aquí. Me gusta este departamento —fue tu respuesta.

—Es que no sé dónde guardar mi ropa. Todavía la tengo en la maleta.

—Las rentas están altísimas. Aquí la tenemos controlada.

Eso era algo de lo que yo no entendía. Eran los canales de televisión los que siempre negociaban mis contratos con las inmobiliarias. Yo sólo iba a la última reunión, firmaba un papel que ni leía y regresaba a sacar de las cajas mis adornos y mis libros. Las palabras *renta controlada* desarmaron cualquier intento de réplica, porque eran términos que se escapaban a mi capacidad de comprensión. Y siguen siéndolo.

—Podemos hacer otra cosa —sugeriste—. Remodelar este lugar, por ejemplo.

Eso sí me gustó. Pregunté si podríamos pintar los muros, deshacernos de las cajas del pasillo, cambiar la decoración de los muebles y del baño. Me dijiste que sí. Que yo me hiciera cargo de todo, que tenía carta blanca. Te amé por eso, Ulises. Era lo que estaba buscando: un hogar, y tú me lo estabas ofreciendo a manos llenas. Después de que me quedé solo en la casa de México, despedí a la sirvienta y al chofer. Las hojas secas empezaron a acumularse en el patio, y fue ahí cuando yo decidí que era tiempo de salir al mundo en busca de un nuevo lugar donde vivir. Pero no era sólo la búsqueda de cuatro muros y un techo. Era esto lo que yo necesitaba de nuevo: un nido de verdad, circundado por los terrenos de mi nueva tribu. En lugar de pagar una fortuna en contratar a un corredor de propiedades que nos buscara un nuevo departamento, desfalcarnos en meses de garantía y en pagos de renta no controlada, íbamos a invertir el dinero en transformar ese espacio en nuestro propio espacio. Tuyo y mío. Eso iba a permitir, de paso, terminar con el comentario de "el departamento de Ulises". Entonces sería "el departamento de Ulises y Diego". Me imaginé la expresión de asombro de Liliana cuando entrara otra vez y se quedara con la boca abierta ante todo lo que pretendía hacer ahí dentro.

Había que llamar a Mara a Puerto Rico y contarle lo que pensábamos hacer. Se pondría feliz. Ella te adora, Ulises, y sabe lo que es bueno para ti. Supongo que compartir una vida con alguien a quien quieres es lo máximo a lo que podemos aspirar. Eran buenos tiempos esos, para los dos.

Lo primero que hicimos fue llamar al Ejército de Salvación, para que vinieran por las cajas. Dentro había pedazos de computadoras viejas, sartenes, vasos rotos, cientos de revistas de salud y ejercicios, recortes de periódicos con noticias añejas sobre el avance del sida y las miles de teorías que se han tejido en torno de una posible cura. Cuando el pasillo quedó vacío, sentí por primera vez que la remodelación iba en serio, y que tú estabas tan entusiasmado como yo. Me llevaste corriendo al Bed, Bath and Beyond de la Sexta Avenida, donde compramos un clóset armable para mí, un mueble nuevo para el baño —con puertecitas de vidrio, armazón de acero inoxidable e incluso un tubo para colgar las toallas— y cortinas nuevas. Las anteriores, un par de persianas venecianas rotas y tan sucias que ya era imposible limpiarlas, se nos cayeron encima un par de veces y por eso terminaron destartaladas junto al resto de la basura allá abajo en la calle. Todo lo pagábamos a medias, como un matrimonio ejemplar. Supongo que eso éramos: una pareja de recién casados construyendo el hogar. Tú te ibas cada mañana a la oficina, y cuando volvías, por la tarde, yo te mostraba mis nuevos avances. Logré armar mi clóset luego de dos días de tratar de entender un manual de hágalo-usted-mismo que nunca conseguí descifrar. Me corté un par de dedos, por poco me vuelo una uña y me enterré cientos de astillas, pero al final no me importó. Era la primera vez que hacía algo así y, por lo pronto, tenía el sabor de la novedad. Juntos lo acomodamos en una esquina del cuarto y me ayudaste a colgar mi ropa dentro. Entonces tú, contagiado por mi entusiasmo, te encerraste una tarde entera a limpiar el dormitorio. Sacaste más de seis bolsas llenas de papeles inútiles y otras tantas de documentos que necesitabas, pero que no era necesario tener ahí. Fue entonces que se te ocurrió la idea de arrendar una bodega.

—Aquí cerca, en la calle 23, hay un almacén en renta —me dijiste, sudado entero pero con una sonrisa de recién nacido.

Te besé tanto, Ulises, aunque no te gustaban esos arrebatos de emoción. Me explicaste que no eras una persona que demostrara de ese modo su amor. A ti los cariños, los besos, los arrumacos, te ponían nervioso. Sentías que debías devolver la mano del mismo modo y te sentías presionado. Si yo te daba un beso así, sin motivo aparente, no eras capaz de aceptarlo y ya. En tu mente quedabas con una sensación de deuda: no estábamos a mano. Entonces me besabas por obligación, brusco, buscando así recuperar el equilibrio que había roto sin proponérmelo. Pero en ese momento no me importó. Por fin tenía un clóset para acomodar mis camisas y una casa que poco a poco iba cobrando forma.

Más tarde le tocó el turno a los pintores. Fue tu secretaria la que nos recomendó un par de amigos de su barrio que, por un precio altísimo, comparado con la mano de obra en México, prometían transformar por completo el lugar usando sólo sus brochas y un poco de color. Me dejaste seleccionar a mí las tonalidades: para el pasillo y la sala elegí un cáscara de huevo, un blanco con un ligero tono arena en el resultado final; para nuestro dormitorio consideré lavanda, porque una vez había leído que induce al sueño y a la relajación. Y para el muro contra el cual daba la cabecera de la cama, inventamos juntos una combinación del mismo lavanda con un tono de azul más oscuro. La idea era conseguir un efecto de manchas imprecisas pero armónicas, como la visión de un sueño que está a punto de cobrar forma pero que se queda a medias, en el temblor previo que precede a una toma de conciencia. Yo era feliz. Completamente feliz.

Los pintores comenzaron su trabajo. Nuestro hogar en ese entonces tenía el aspecto de un campamento azotado por una desgracia devastadora. Los muebles agonizaban cubiertos de plástico, nada estaba en su sitio, la basura y el polvo se acumulaban en las esquinas porque era inútil limpiar con esas personas entrando y saliendo todo el día del lugar. Me gustó darme cuenta de que, efectivamente, el departamento entero parecía haber sido sacudido por un violento terremoto. Pero esta vez el resultado era completamente opuesto al de siempre: ahora las cosas iban a terminar mejor de lo que habían empezado. Ese desastre, originado en el centro mismo de nuestro hogar, nos estaba cambiando la vida a los dos. A ti, porque por fin habías conseguido estabilidad y un proyecto de vida; a mí, porque estaba cruzando la meta de mi propia carrera de obstáculos. El cambio da miedo. Pero cuando se supera y se enfrenta, se obtienen los resultados que uno siempre ha querido. Resultó que los amigos de tu secretaria también eran carpinteros. Les encargamos a ellos mismos que construyeran repisas para acomodar ahí los cientos de libros que hasta ahora formaban altas torres bamboleantes. Íbamos a tener una biblioteca. Y el lugar elegido fue ese espacio del pasillo que hasta hace poco me arrancaba temblores de desesperación. Cuando terminaron, tú y yo nos quedamos con la boca abierta. Era increíble lo mucho que se había logrado en tan poco espacio. Para unificar los colores de ese departamento que se transformaba ante nuestros ojos, se te ocurrió la idea de revestir algunos muros con madera. Así evitábamos que Azúcar rasguñara la pintura y, de paso, se lograba una perfecta unión entre las puertas de los clósets, la nueva biblioteca y el tono del parqué del suelo. Yo volví a ir un par de veces a Bed, Bath and Beyond. Sin decirte nada compré muchas velas grandes y gordas, como cirios de iglesia, que fui acumulando dentro de mi armario nuevo y armado por mí esperando el momento preciso para acomodarlas. También elegí una planta verde grande, con muchas hojas que colgaran y se movieran con el viento. Cuando las paredes estuvieron secas, volví a ubicar los cuadros, pero esta vez con sentido estético. Acomodé los muebles de distinto modo, para crear el efecto de que todo, todo, incluso lo viejo, era nuevo. Repartí las velas por la casa y puse un par de jarrones con flores frescas que compré carísimas en un Deli cerca de la casa. Encendí algunos inciensos: el nag champa se esparció como el vuelo de una noticia alegre, impregnando de especias nuestro nuevo hogar. Esa tarde tú llegaste del trabajo, cansado y con la nariz roja por el frío que comenzaba a estremecer las calles. Te detuviste de golpe en la puerta. Tuviste un instante de vacilación, como si te hubieras equivocado de departamento. Me viste de pie, respirando agitado del cansancio y del apuro por terminar pronto para darte la sorpresa de tu vida. No dijiste nada. Te quitaste la mochila que cargabas en un hombro —eras un ejecutivo de mochila, no de portafolios, y eso me encantaba de ti—, y diste un paso hacia adelante. No me atreví a moverme. Echaste un rápido vistazo a todos tus libros acomodados en las nuevas repisas; descubriste la mesita que yo había rescatado de la basura y que ahora hacía esquina junto a una silla que apareció una vez que recogimos los montones de ropa sucia; reparaste en las velas y las flores, en el nuevo orden de los cuadros y en la disposición de los muebles. En medio de todo me viste a mí, sucio y cansado, pero más feliz que nunca en toda mi vida. Fue la única vez que vi lágrimas en tus ojos, Ulises. Ni siquiera cuando me dijiste todo aquello que puso fin a nuestra relación, ni siquiera cuando me hacías la maleta con tus manos manchadas de sangre, ni siquiera cuando me asegurabas que nunca te habías enamorado de mí, vi anegarse de agua tus pupilas. Diste un paso en mi dirección y yo corrí a tu encuentro. Me abrazaste como se abraza sólo una vez en la vida: cuando se sabe que aquello que se tiene enfrente es para siempre. Cuando uno se hace por fin hombre. Cuando se ha encontrado y no se tiene que seguir buscando. No me soltaste en mucho tiempo. Esa noche hicimos el amor y, por más que lo intenté, no pude despegar los ojos del muro de nuestra cabecera. Los colores se me metieron dentro, lavanda y azul, y con ellos pinté mil veces la oscuridad del otro lado de mis párpados cerrados. Después nos acurrucamos desnudos, tú contra mi espalda. Me pusiste una mano en el pecho, la otra a la altura del estómago. Fue una sensación muy dulce: un breve espacio de eternidad con olor a pintura nueva.

Cuatro

Cuando una relación de pareja se acaba, la vida entera se vuelve un largo transcurrir de horas insensibles. Se conservan las actividades habituales pero sólo en estructura. Uno actúa sólo en la forma. Porque el fondo se ha vaciado: ya no se hace nada con el corazón. Es un órgano muerto, que repite hasta el infinito su estúpido acto de latir pero ya no sabe muy bien para qué. Por eso me sorprende darme cuenta de que todavía extraño nuestro departamento: eso significa que algo de sensibilidad me queda por ahí. Volver a pensar en él duele. Vivir otra vez esas semanas de remodelación, de locura y cansancio, de carrera contra el tiempo para conseguir, lo antes posible, nuestro espacio propio, arde como una llaga mal cicatrizada. No sé si me gusta saber que aún puedo sentir, extrañar, desear. A veces preferiría terminar de volverme un cadáver viviente, vaciarme por completo y quedarme existiendo como una piel rellena de aire por dentro, un pellejo inflable que cumple con sus mínimas obligaciones de ser humano. Sé que Mara te ha visto un par de veces en este tiempo. Ha viajado a Nueva York y se ha quedado contigo, durmiendo protegida del invierno por esas paredes pintadas de blanco con un ligero tono arena, mi elección. Cuando regresó, me contó que todo estaba idéntico, que no habías tocado nada. Eso me hundió un poco más. No pude evitar volver a percibir el olor tan especial que nuestra casa llegó a tener: mezcla perfecta de comida y velas aromáticas. Recordé mi ritual de encender las mechas cada tarde: dejar que la luz anaranjada de las llamitas se hiciera cargo de las sombras y se entretuviera en seguirle el ritmo al humo de los inciensos. Yo sé que a ti te gustaba llegar después del trabajo y a veces del gimnasio, y encontrarte con esa burbuja fragante y luminosa en que se había convertido tu departamento. La cena estaba lista, había música especialmente seleccionada. Pero ya no estoy ahí. Trato de reconstruir ese mismo espíritu ahora en este lugar, pero por más que soplo, como un dios mortal, mi nueva casa no se levanta ni tampoco anda. Y el lugar es espléndido: se entra a un recibidor donde hay una puerta que comunica con un pequeño baño, ideal para las visitas que todavía no tengo. A mano izquierda está la cocina, amplia, cómoda, llena de cajones, puertas, espacios prácticos para guardar y almacenar. La estufa es enorme; en el horno cabe un pavo entero y sobra espacio. Nunca la he encendido. En uno de los muros hay una abertura en arco que comunica con el comedor y la sala. De este modo el cocinero de turno no queda aislado de la conversación. También es un buen lugar para pasar los platos calientes, las botellas de vino que reemplazarán a las que ya se vaciaron o las bandejitas de queso y jamón que acompañarán los tragos. Pero no he descorchado ni una sola botella. Creo que nadie ha hablado en voz alta dentro de este departamento. Sólo la dueña, cuando vine a conocerlo y me decidí por fin a arrendarlo. La estancia es grande, muy amplia. Si tuviera muebles se vería preciosa, estoy seguro. Tiene un ventanal de lado a lado, de techo a suelo, que se proyecta más allá de una terraza lo suficientemente espaciosa como para poner una mesa con sillas metálicas, y muchas plantas y flores. Cerca de la ventana está la escalera que comunica con el segundo nivel. Sí, es un dúplex. Esa fue una de las cosas que más me gustaron: la independencia que se tiene del sector de las habitaciones con la cocina y la sala. Si hubiera invitados, o alguien me viniera a ver, yo podría estar dándome una ducha con toda calma sin tener que preocuparme en salir apurado del baño, envuelto en toallas, para no ser visto por mis visitas. Arriba hay tres habitaciones: en una instalaré algún día mi escritorio; la otra será el cuarto de huéspedes, y la más grande es la mía. Ahí dentro sólo hay un colchón. Y la orquídea, de la que ya te hablé. Nada más. Por suerte aquí en Puerto Rico también hay un Bed, Bath and Beyond. Acompañé a Mara un día y terminé comprando varias velas, grandes, como cirios de iglesia, ¿recuerdas? Las puse cerca de mi cama. Las prendo cada noche, y pido luz para mí y la gente que quiero. No tengo que decirlo, pero tú caes dentro de ese grupo de personas. Junto con raspar el fósforo y dejar que la pólvora se convierta en una luciérnaga en llamas vuelvo a ver tu cara, esa cara que hace tanto tiempo no veo y que comienza a perder su definición. Cuando intento rescatar tu imagen, el recuerdo parece salir de debajo del agua, esfumando los márgenes, matizando los colores, distorsionando las fronteras que antes enmarcaban a la perfección tus facciones. Cierro los ojos. He aprendido que el dolor se resiste mejor cuando uno está en la oscuridad. Tal vez porque no se ve. Porque la realidad concreta ayuda a la sensación de desamparo. Si me quedo ahí, perdido en la nada de mis párpados caídos, puedo alterar lo que me rodea, modificar a voluntad mi propio espacio. De ese modo el departamento ya no se siente tan vacío, tan sin olor; mi propio cuerpo no lo percibo sacudido por la soledad. Quisiera cerrar los ojos y quedarme así días enteros, levantar escudos de noche negra para que la luz del día no me recuerde lo que no quiero saber. Ni ver.

Yo era un tipo valiente, lo juro. No sé qué me pasó. Era arrojado, en el buen sentido de la palabra. No aventurero, pero sí entregado a mis ideales, a mi ideología. Era capaz de defender mis convicciones hasta límites que bordeaban el fanatismo. Cuando una idea se me metía en la cabeza, no había quien me hiciera cambiar de parecer. Tauro, al fin y al cabo. Con ascendente Aries, para peor. No sé en qué momento decidí que cuando se trataba de ti, tú siempre tenías la razón. Que cualquier argumento que yo esgrimiera quedaba disminuido frente al poderío de tu determinación. Descalificaba *a priori* mis ideas y mis propias necesidades. En qué momento permití que eso me sucediera. Todo lo que poseía lo había conseguido gracias a mi capacidad de hacerles creer a los que tenía enfrente que yo era dueño de la verdad, aunque no fuera cierto. De hecho, así comenzó mi carrera como guionista: convenciendo a los ejecutivos del canal de televisión más importante de Chile de que su vida no sería la misma después de ofrecerme un contrato. Yo había ido a las oficinas del departamento de ficción dramática a dejar mi *curriculum vitae*. Necesitaba dinero y quería trabajar aunque fuera del ayudante del segundo ayudante. Cualquier cosa me parecía un sueño. Tomé el autobús desde la universidad y me bajé en la puerta del canal. Tenía diecinueve años y esa rara seguridad que da la ignorancia de no tener muy claros los riesgos que se están corriendo. Cuando llegué hasta la secretaria correcta, le ofrecí el papel que contenía la breve historia de mi vida: un par de cursos como guionista, la colaboración como escritor adjunto en un programa infantil, nada importante. Ella lo leyó sin mayor interés. Y me lo regresó.

—Lo siento. Pero no estamos recibiendo *curriculums* a no ser que vengan acompañados por una idea de telenovela —sentenció.

—No tengo ninguna idea para telenovela —repliqué con cierta molestia—. Sólo quiero que guarde mis datos, por si surge alguna oportunidad de…

—Lo siento —me cortó en el acto, y tomó una llamada telefónica para dejar bien claro que la conversación se había acabado.

Te lo aseguro, Ulises. En esa época a mí nadie me dejaba callado. En lugar de dar la media vuelta y regresar a mi casa con la cola entre las piernas, abrí mi mochila, saqué uno de mis cuadernos de la universidad —era el de gramática diacrónica, que siempre me pareció la cosa más aburrida del mundo— y arranqué una página. Y ahí, de pie en un pasillo, apoyado contra un muro y dejando correr mi imaginación a todo lo que daba, escribí las veinte líneas que me cambiaron la vida: esta es la historia de dos jóvenes que tienen todos los motivos del mundo para odiarse, y sin embargo se aman. Así empezaban. Yo todavía no sabía quiénes eran esos dos jóvenes, ni por qué se amaban con tal intensidad a pesar de que su destino parecía ser otro. Ahí entendí que escribir es responder. El acto de escribir es buscar contestaciones a preguntas que no nos dejan vivir en paz. Es el único modo que tenemos algunos seres humanos de restablecer un orden, de sentir que el mundo es menos inhóspito y que, por mucho que haya sucesos que no tienen explicación, siempre habrá una forma de tranquilizar la incertidumbre. A lo mejor por eso escribí tanto durante mi estadía en Nueva York. Para tratar de descubrir qué hacía ahí, qué me deparaba el destino, qué ideas cruzaban por tu cabeza. Inventar historias nunca ha sido difícil para mí. Aquel día, de pie en el pasillo del canal de televisión, no tuve que pensar mucho para dar con un argumento interesante. Cuando la secretaria —se llama Paula, y con el tiempo se convirtió en una buena amiga— terminó de hablar por teléfono, le extendí mi *curriculum* y la hoja de papel hilachenta.

—Ahí tiene —le dije—. Mis datos y una idea para telenovela.

A los tres días me llamaron para que volviera a una reunión. Paula me comentó, con cierta complicidad, que habían quedado encantados con el tema propuesto. A nadie se le había ocurrido una cosa así, me dijo antes de cortarme la llamada y dejarme con el alma hecha un remolino. Los ejecutivos querían conocerme, profundizar en la materia. En esos tiempos yo era valiente. Tal vez porque no sabía lo que estaba apostando. Crecer es perder seguridad en sí mismo, porque uno adquiere conciencia de todo lo que pone en juego cuando se arriesga. Yo siempre tuve muy presente todo lo que se me iba entre los dedos si me enfrentaba a ti. A lo mejor por eso nunca quise contradecirte, ni menos hacerte sentir que estabas equivocado.

La noche antes de mi reunión con los mandamases no dormí. Me levanté confundido, con las ideas revueltas, pero echando mano a mi vocación de cuentacuentos. Me recibió Paula con cierta agitación; incluso me ofreció un café. Lo rechacé. Tú sabes que no tomo café. Lo sabes, ¿cierto? ¿Recuerdas ese detalle? Yo no le había tomado el peso a la situación. Sólo pensaba que luego de la reunión tendría que volar a la universidad para no llegar tarde. Tenía una clase de semántica y después otra de teoría literaria, mi favorita, porque lo único que uno hace es inventar posibilidades insólitas y jugar a adivinar lo que un escritor quiso hacer a la hora de vomitar su texto. Las puertas de la sala de juntas se abrieron y la secretaria me hizo un gesto para que entrara. Adentro, haciendo ronda en torno a una enorme mesa de madera pulida, había un grupo de seis personas. No supe quiénes eran, porque nadie se presentó. De hecho, nadie habló durante el primer momento. Sólo se quedaron mirándome con expresión de desconcierto, como haciéndose entre ellos una pregunta que nadie formuló, pero que todos parecieron entender. Todos, menos yo.

—¿Tú eres el hijo de la persona que estamos esperando? —inquirió, por fin, el que se convertiría en mi próximo jefe.

—No creo… —contesté.

—¿Tú escribiste esto? —dijo, y me enseñó mi indecente página arrancada de mi cuaderno de gramática diacrónica.

Asentí con la cabeza. Un suspiro de frustración dio la vuelta a la mesa.

—Qué lástima. Era una buena idea. Pero tú eres un niño —fue su respuesta. Y se puso de pie, dando por terminada la reunión que me cambiaría la vida.

—Un momento —dijo otro, que no había abierto la boca—. A mí me gustó lo que nos presentó —se volvió hacia mí y me miró casi suplicante—. ¿Tienes un capítulo que puedas mostrarnos?

—Claro —inventé en el acto—. Lo tengo en mi casa.

Me explicaron que necesitaban comprobar que yo fuera capaz de dialogar y estructurar una historia en escenas, en secuencias, en bloques con cortes comerciales y un final potente que dejara el alma en vilo y que obligara a los televidentes a rogar para que llegara pronto el capítulo del día siguiente. Les aseguré que tenía el mejor episodio uno de las telenovelas chilenas, una historia original, fresca, que se los podía llevar cuando quisieran.

—Mañana, a las once —sentenció el mismo que por poco me corta de raíz la carrera—. Mientras no revisemos ese texto, no vale la pena seguir hablando.

Y salió del lugar. Yo regresé a mi casa. No fui a la universidad, ni siquiera me acordé de mis clases de semántica y teoría literaria. Sólo pensaba que me había metido en uno de los líos más grandes de mi vida y que ahora, por bocón, tenía que escribir, en un par de horas, el primer capítulo de una telenovela. Nunca había visto siquiera un episodio en papel. No me imaginaba cómo podía ser el formato, ni menos el lenguaje técnico para introducir una escena. Eché mano de mi sentido común. Yo sólo quería un trabajo, como ayudante del ayudante del último ayudante. Tener que pasar la noche en vela, urdiendo una historia que poco y nada tenía que ver con mis intereses, no estaba ni en mis planes más remotos. Yo soñaba con ser un escritor serio, respetado, uno que tuviera la oportunidad de poner en práctica toda esa información inútil que estaba recibiendo a raudales en la universidad. Un escritor que se leyera en libros y no en las pantallas de un televisor. Pero la vida siempre dispone hechos inesperados que cambian de sentido la brújula. Situé la acción dramática de la historia que inventaba en Santiago de Chile, agregué un puñado de jóvenes insolentes y rabiosos, una pareja central que cultivaba una clásica relación de amor-odio, y un secreto que ni yo mismo sabía cuál era, pero que cada tanto amenazaba con cambiarles la vida a todos los personajes. Al día siguiente llegué con cuarenta páginas escritas por intuición y olfato y que presenté puntual a las once mientras rogaba que nadie me hiciera demasiadas preguntas que no me sentía capaz de responder. Mientras yo esperaba afuera, sentado junto a Paula, quien insistía en ofrecerme tazas de café, ellos adentro sacaron copias y leyeron en silencio. Antes de que salieran a darme la buena noticia, yo sabía que iban a contratarme. De hecho, siempre lo había sabido: desde que me sorprendí a mí mismo sentado frente a mi computadora la noche anterior, gozando como un niño al inventar situaciones, moviendo hilos a diestra y siniestra, inventando causas para provocar efectos. Así era yo, Ulises. Arrojado. Insolente. El resto es historia. O mi historia, al menos, ésa que tú desprestigiaste con un silencio sepulcral. Firmé un contrato millonario del que pronto se enteró la prensa. Comencé a sentir el acoso de algunos periodistas que intentaron descubrir qué favores le debían a este tipo de diecinueve años que el canal más importante de la televisión chilena había contratado para que escribiera la nueva apuesta dramática de la temporada. Tuve que aprender a hablar sin decir nada que pudiera comprometerme, y puse en práctica mis nuevos conocimientos en cada entrevista. Fue necesario que venciera mis pudores ante las cámaras fotográficas. Ésa fue la época en que comencé a preocuparme del pelo, por consejo del departamento de relaciones públicas.

—La imagen es la que vende —me explicaban unas ejecutivas mientras me miraban de arriba abajo con ojo crítico—. Vas a necesitar cambiar tu vestuario.

—Algo más agresivo —decía la otra.

—Algo único, que demuestre que eres joven y alternativo —remataba la primera.

Así terminé convertido en un personaje de mí mismo. Mi clóset se llenó de todo tipo de combinaciones de telas, texturas y colores. Aprendí que los terciopelos lucen más impactantes de noche y que los cuellos anchos y puntiagudos les van mejor a los flacos. Dejé que una vez a la semana me masajearan el cuerpo y me hicieran limpieza de poros. Mis compañeros de curso y algunos profesores no fueron capaces de asumir el cambio y decidieron ignorarme espantados de que me hubiera vendido sin pudor alguno a lo que ellos llamaban "la caja idiota". Para mí todo era un juego. Un divertido episodio que, según yo, acabaría junto con la palabra FIN del último capítulo. Pero no fue así. La telenovela se convirtió en el éxito de la temporada y, junto con ella, yo volé catapultado hacia arriba. Fue un verdadero terremoto en mi vida, un movimiento telúrico que se extendió durante varios años. Demasiados, tal vez, porque terminé por acostumbrarme al mareo de la tierra movediza bajo mis pies. Todo el mundo me quería conocer, me llamaban de los canales de la competencia, me ofrecían portadas de revistas y filmé incluso un par de anuncios comerciales. Yo no había cumplido veinte años y tenía una carrera de ensueño por la que muchos hubieran matado. Y yo sólo había tenido que mentir sin que me costara el más mínimo esfuerzo. Dije lo que no era cierto, y me creyeron. Tal vez si hubiese hecho lo mismo contigo todavía estaríamos juntos. Pero a tu lado decidí ser honesto, y eso terminó por sepultar nuestra relación. Pero en mi pasado televisivo era un mentiroso de primera, y me pagaban por eso. Aprendí a sonreír cuando no tenía ganas de hacerlo. Tuve que estrechar la mano de personas que me parecían repugnantes, pero que eran imprescindibles para seguir conservando mi estrellato. Fue necesario que desarrollara un verdadero lenguaje inocuo y deslavado para no herir nunca susceptibilidades. Me convertí en un gran mentiroso. El mejor de todos. Si tú me hubieras conocido en aquella época habrías sentido asco por mí, lo sé. Me di cuenta una noche que decidí mostrarte en internet algunas entrevistas mías que todavía circulaban por la red. Las leíste en silencio, con el ceño fruncido. Hiciste un comentario agrio en torno a la foto, algo de mi pelo, del color estridente de mis pantalones. Y ya. Supe que no te sentías a gusto con mi pasado, con las opciones que había decidido tomar. Traté de explicarte que gracias a ese vendaval de telenovelas podía darme el lujo de pasear por el mundo sin tener que trabajar. Que si estaba en Nueva York así, tan cómodamente a tu lado e incluso con visa de residencia, se debía a eso. Pero no hiciste más comentarios. Ni esa noche ni nunca más. Regresaste a tu esquina del cuarto y pude leer en la densidad de tu espalda que había cometido un error al mostrarte esas páginas en la pantalla de mi computadora. Aprendí que contigo tenía que eliminar por completo esos años que ahora recuerdo del mismo modo que se recuerda una película de infancia, casi un producto de mi fantasía. Supongo que la frivolidad y el sida nunca han sido una buena dupla. Me imagino que haber visto al virus así de cerca, cara a cara en el ramaje de tus venas, te otorga el beneficio de sentirte distinto al resto. Oler el aliento de la muerte es casi un privilegio, pienso ahora. Te autoriza a subir un par de peldaños y poder juzgar al resto desde esa posición de altura. Eso hiciste tú: demostrarme desde el primer día que no compartíamos el mismo plano de superficie. Pero el error no fue tuyo: fue mío. Mi pelea no es contigo. Es conmigo, Ulises. Por haber permitido que hicieras eso.

Yo era un tipo valiente. Y ahora vivo encerrado en este departamento vacío porque no me atrevo a salir a las calles. Temo encontrarme con tu rostro repetido en cada uno de tus compatriotas. Me asusta pensar que podrías viajar a esta isla sin que yo supiera y verte pasar de pronto por una avenida, ajeno e inalcanzable. Por eso prefiero quedarme aquí, rogando para que nunca amanezca y no tenga que enfrentarme a la luz, que siempre ilumina, que siempre revela, que siempre termina por confirmarme que me falta tanto, que estoy empezando, que estoy bien lejos de todo. Finalmente terminé yo mismo por convertirme en una mentira. Una de esas que me hicieron vivir tan bien y que provocaron que me perdieras el respeto.

Cierro los ojos. Como si el hecho de no ver nada disminuyera el alcance y la brutalidad de mis pensamientos.

Cinco

A Liliana no le gustó para nada mi corte de pelo y no se cansó de repetirlo durante todo el almuerzo. Como mi agente primero, y luego como mi amiga, se encargó de puntualizar que la melena era mi sello personal, que mi rostro se hacía inolvidable por aquel marco movedizo de mechones desordenados que uno no podía dejar de mirar.

—Ahora te ves igualito a todos esos Chelsea Boys que viven por tu calle —se quejó, bebiendo su copa de Merlot.

No le dije que de eso se trataba, pero una sensación de misión cumplida me llenó de esperanza. Chelsea Boy, me gustó el término, no lo había escuchado nunca. Era perfecto. El gentilicio exacto basado en la apariencia física y no en el lugar de tu nacimiento.

—Y éste sólo es el comienzo —le dije a Liliana—. Hoy en la tarde me inscribo en un gimnasio.

Mi amiga contuvo una carcajada y se limpió la boca con la orilla de una servilleta de tela.

—¡Por favor, si tú no te mueves ni en defensa propia! —se rió fuerte.

Era cierto, pero eso iba a cambiar. Lo había decidido la noche anterior, aún entre tus brazos y con tu comentario sangrándome en las orejas. Habías sido duro, brutal más bien. Nos habíamos acostado temprano, porque tenías que levantarte antes de las siete de la mañana. Pero la cercanía de nuestros cuerpos terminó por empujarnos a un beso largo, apasionado, que se convirtió en el preludio de mucho más. Bajé mi boca hacia tu pecho, te mordí las tetillas, me desplacé hacia tus brazos, al quiebre de tus hombros. Me gustaba morderte con suavidad. Empezabas a quejarte de inmediato, venciendo resistencias, y de pronto lanzabas ese suspiro definitivo que me abría las puertas para entrar de lleno al amor. Mientras paseaba mis labios ahora por tu cuello y el caracol de tus orejas, bajé una mano hacia tus calzoncillos. Palpé a través de la tela: te estabas poniendo duro. Deslicé dentro los dedos y ayudé a que tu piel siguiera recogiéndose en sí misma para dejar al descubierto todos tus tejidos. Tus manos trataban de quitarme la camiseta con la que pensaba dormir. Te ayudé, y también te desvestí. Me acomodé encima tuyo, con la cabeza vuelta hacia tu miembro. Me gustaban tanto nuestras noches.

—Me encanta tu cuerpo —recuerdo que dije en un jadeo.

—Yo también quisiera tocar buenos músculos —fue tu respuesta, y me llegó como un balde de agua congelada.

Me enderecé a tientas, buscando tu rostro para terminar de comprender el comentario con el que me habías noqueado. Sé que lo hiciste sin maldad: habíamos decidido ser honestos el uno con el otro, ¿recuerdas? Pero mientras intentaba asimilar lo que había oído, el espejo de cuerpo entero que teníamos colgado tras la puerta del cuarto me devolvió mi imagen: me vi casi transparente, un esqueleto recubierto de piel, un andamiaje de huesos y articulaciones puntiagudas desordenándose en torno de ti. Tú eras tan hermoso: color canela, de músculos perfectamente definidos y armónicos, duro y compacto, con esos tatuajes de marinero errante que hacían que te vieras tan sensual. Yo tenía la piel demasiado blanca, las piernas y los brazos tubulares, sin forma alguna, y muchos granitos rojos repartidos por ahí. Cerré los ojos, abrumado.

—Me gustas así —dijiste, atrayéndome otra vez a tu lado.

Pero ya no te creí. Esa noche por primera vez sentí el peso de lo real: no era alguien atractivo, ni deseable. A un Chelsea Boy de verdad jamás le harían ese comentario. Por más que te esforzaste, no logré venirme. Mi cabeza estaba en otra parte, repasando con precisión cada centímetro de mi cuerpo. No era un asunto de comer más, de engordar. Había que tomar decisiones drásticas. Si había adquirido una nueva identidad, tenía que asumir todas las consecuencias. Seguir cambiando. Parecerme lo más posible a la imagen ideal que te habías formado de mí. Era hora de darte en el gusto.

El gimnasio quedaba a tres cuadras de la casa, en la Avenida Once, al borde del río. Eran los antiguos muelles del puerto, convertidos ahora en modernísimas instalaciones. Atravesé su umbral como pidiendo permiso y perdón al mismo tiempo: permiso porque era la primera vez que estaba ahí; perdón por mi apariencia de desnutrido de cabello corto. Al ver a todos aquellos tipos de cuerpos perfectos, camisetas cortas y sin mangas, pantaloncillos estrechos como de ciclista, tuve el impulso de salir corriendo de ahí. Jamás me vería como ellos. Nunca sería capaz de usar esa ropa deportiva, de hecho. Algunos tenían guantes de cuero en las manos, supongo que para no dañarse con las pesas y las mancuernas. Eran los mismos que llenaban las calles del barrio exhibiendo el resultado de su disciplina y desalentando a los que, como yo, no teníamos la fortuna de parecernos a ellos. Se repartían por el lugar, dueños del espacio y de las miradas que no intentaban espantar. Al contrario. Se diría que gozaban de provocar que la mayor cantidad de pupilas se les pegaran como moscas. En los camerinos eran los que se paseaban desnudos, yendo y viniendo desde las duchas hacia los casilleros. Hablaban fuerte, se reían con estruendo. Para qué tener modales y respeto: tenían un cuerpo, y eso en Chelsea era suficiente. Y todos eran así. Yo era el único ajeno, deambulando en ese corral que no me pertenecía pero que soñaba con conquistar alguna vez. Te imaginé a ti circulando entre las máquinas de ejercicios, exhibiéndote como el resto, saludando a tus amigos de verdad y a los que se morían de ganas de serlo, imponiéndote por presencia y por la determinación de tus ojos azules. Tenía tanto camino que recorrer. Estaba tan lejos de la meta.

El encargado del lugar se esmeró en señalarme las virtudes del gimnasio. Había cientos de máquinas, cada una destinada a desarrollar un músculo en particular. Muchas bicicletas estáticas y corredoras. Una enorme piscina como un mar de agua dulce y baldosas blancas. Varias pistas de atletismo, algunos rings de boxeo e incluso la ladera falsa de una montaña para practicar alpinismo. Era el sueño de cualquier deportista. En cambio, a mí la promesa de tanta actividad me provocaba cansancio y fatiga anticipada. No hice muchas preguntas y me dejé convencer por promesas de una vida mejor, sana, con actividades recreativas y mucha vida social en cada uno de los tres niveles del gimnasio. Esa parte nunca me importó. Una vez al mes se organizaban fiestas para que los miembros se conocieran entre ellos y nacieran nuevas amistades o, incluso, romances. Nunca fui a una. También había charlas acerca de cómo mejorar la nutrición, o consejos para una salud ejemplar. Tampoco asistí. Yo no buscaba nada que no fuera convertirme lo antes posible en la copia fiel de cualquiera de los tipos que me rodeaban. Necesitaba resultados urgentes. No iba a permitir que me volvieras a hacer un comentario como el de la noche anterior. Si había sido capaz de remodelar en menos de tres semanas todo tu departamento, iba a hacer lo mismo con mi cuerpo. No podía ser tan difícil. Tenía la firme determinación de demostrarte de lo que era capaz. Ese mismo día compré ropa deportiva y fijé una cita para la evaluación médica requerida antes de comenzar con cualquier serie de ejercicios. Llegué esa noche a la casa, cargado de bolsas, cansado pero con esperanzas. Ese era un buen principio.

Han pasado los años y sigo con mi rutina de ir casi todos los días al gimnasio. Supongo que te debo esa costumbre. Incluso hoy, instalado aquí en Puerto Rico, hago el esfuerzo de levantarme temprano cada mañana y partir a ejercitar mis músculos. Estoy igual de flaco, no he subido un gramo. Y no me importa, al contrario; he aprendido a querer este cuerpo, a darme cuenta de que es único y que es precisamente eso lo que lo hace especial. Me dejé crecer el pelo y cultivo una sombra de barba que nunca me afeito. A veces yo mismo me olvido de que tengo varios tatuajes repartidos por mi torso, y cuando me quito la camiseta frente al espejo me sorprendo de mi propia valentía de haber permitido que una aguja me pintara de negro un dibujo en la piel. Fueron tantas las cosas que sucedieron. Y voy a tratar de contártelas paso a paso, Ulises. A ver si de ese modo convierto mis experiencias en ficción: así juego a que esos hechos son producto de mi imaginación de escritor y no realidades que duelen de tan verídicas que son.

Los primeros días después de comenzar a ejercitarme, no me pude mover de tan adolorido. Pero no me importó. Caminaba como fuera las tres cuadras hasta el gimnasio, empezando a soportar las primeras nevadas de ese diciembre que tú y yo compartimos. La Navidad se acercaba con su promesa de buenos deseos y felicidad, pero parecías ajeno al entusiasmo general. No quisiste acompañarme a comprar tu regalo ni tampoco te dejaste convencer de armar un árbol entre los dos. Pero no me importó. Seguí recortándome el cabello cada cuatro semanas. Seguí caminando las tres cuadras todos los días. Seguí encendiendo cada noche las velas y algunos inciensos. Seguí buscando tus labios para saberme amado por ti.

No hubo oportunidad de celebrar nuestro segundo mes juntos: tú tenías que levantarte temprano y no quisiste desvelarte. Pero tampoco me importó. Me bastaba con abrazarte cada noche para contarnos nuestras insignificantes aventuras del día, arropados en un nudo de piernas y sábanas recién cambiadas.

Cuánto se puede mentir uno.

Seis

Es un hecho: la identidad está construida sobre el miedo. Incluso la identidad nacional, ésa que se forja a partir de la experiencia colectiva y no de la individual, tiene como base el miedo. La Francia actual nació salpicada de sangre y de cabezas acumuladas como racimos de uvas en canastos de mimbre, allá por 1789. El Chile de este siglo, ese Chile frívolo y farsante que no soporto, es producto directo de una dictadura feroz que nos dejó a todos con temor a nosotros mismos. Supongo que por eso es más cómodo mirar hacia afuera, buscar modelos y referentes en latitudes lejanas, olvidarnos de nuestras raíces y jugar a que somos mejores ahora. Pienso también en Puerto Rico. Su identidad es el resultado de una constante lucha contra esa bota norteamericana que amenaza cada día con terminar de imponer su dominio de colonia. Y México: ese enorme país que pelea con sus propias fronteras, que acarrea en sus espaldas el horror de una invasión española que aniquiló un imperio entero, que devastó para siempre una cultura como la azteca, y cuya identidad se preserva a duras penas a través de procesiones religiosas y enormes banderas que se enarbolan en cada plaza.

¿Y yo? Mi identidad es el cambio. Creo. Tal vez por eso no tengo una; a lo mejor ése es el motivo de sentir que ando persiguiendo algo que no alcanzo. Y eso me da miedo. Mucho miedo. No ver resultados es algo que altera, sobre todo cuando se ha trabajado tanto por conseguir lo que no se tiene. Soy demasiado *straight* para ser el gay que quiero ser, pero cuando estaba casado era demasiado homosexual para poder cumplir como un marido de tiempo completo. En Chile me siento extranjero después de tantos años de vivir vagando por el mundo, y soy inequívocamente chileno para poder asimilarme como un nativo más cuando vivo en otro país. Tengo el pelo muy rubio para ser el izquierdista que sueño, y soy completamente de izquierda para poder asumirme como un rubio con todo lo que eso implica. Me gusta demasiado la comodidad burguesa para ser un bohemio de tomo y lomo, pero no puedo negar mi bohemia irrefrenable a la hora de querer actuar como un burgués. En resumidas cuentas, siempre estoy a mitad de camino, estoy en vilo entre lo posible y lo probable. Sé de todo lo que me estoy perdiendo al no ser una persona definida, y ésa es mi tragedia. Si viviera en la ignorancia, si no tuviera acceso a la información que tengo, no habría problema. Mi mundo sería un espacio reducido a mi alrededor: un patiecito mínimo, un borde de tierra rodeando mis cuatro costados, y yo sería feliz en mi parcela reducida. Pero no. A través tuyo, Ulises, tuve la opción de divisar la lejanía, el horizonte infinito de alternativas que existen para alguien como yo. Por eso tengo miedo. Porque conocí el mundo y lo perdí. Porque alcancé a probar el sabor triunfal de la meta, ese breve ramalazo de felicidad al sentir que estaba por fin terminando el viaje. Y de pronto, como en una pesadilla de medianoche, la línea de arribo se evaporó frente a mis propios ojos, el fin se convirtió en inicio, la llegada en una nueva partida. Perdí en un instante esa identidad que tanto tiempo me había costado construir a base de gimnasio, de recortes de pelo, de vestuario nuevo y gustos que de tan rutinarios estaba creyendo que ya eran míos. Y me quedé de nuevo en ese punto intermedio, esa frontera entre el todo y la nada donde he vivido mi vida entera: la mitad de la cancha, la tierra de nadie. Por eso tengo miedo. Porque ahora, perdido como estoy, no sé dónde volver a buscar ese sello que me hará ser alguien otra vez.

Allá en Chelsea todo era fácil. Se es gay a tiempo completo, con todo lo que eso implica. Los anuncios de la calle hablaban a todo color de sexo, de fiestas, de drogas, de todo lo que se supone que un homosexual de este siglo tiene que hacer y saber. Era cosa de seguir las pistas, el camino amarillo, y llegar con éxito a destino. Eso es lo paradójico, en todo caso. El sida vino a convertirse en el mayor miedo y le dio una nueva identidad al amor de hombre a hombre. A pesar de aquel vendaval de hormonas y testosterona, el amor tiene que ser invisible, cuidadoso, protegido. El sexo vende. Y el miedo también. Sobre todo en esas calles. Pero probar la carne puede ser mortal. Tú me dijiste que internet estaba cumpliendo la función de los bares de antaño, que era cosa de ingresar a una sala virtual para encontrarse con un millar de hombres excitados y hambrientos de placer. Un placer cibernético, claro, donde el orgasmo tiene como telón de fondo el frío monitor de una computadora, o las caricias dependen de un mouse y no de una mano con cinco dedos. El sida es eso: miedo y sexo, de ahí que se haya vendido tan rápido. El enemigo se escondía entre los genitales de todos esos hombres calientes, por eso mismo se hizo tan deseable. El sida, igual que Saturno allá en el espacio, es una sombra enorme que nos obliga a mirar de frente nuestros miedos y nuestro origen. ¿Será por eso que te deseé desde que te conocí? Tal vez tú y tu enfermedad se convirtieron en el espejo donde vi retratado el pavor que tengo a que mi amor se contamine por culpa de un virus que nadie ha invitado. Y yo no sólo lo tenía cerca: dormía en mi cama. No tenía que pasar por la angustia de encontrarme un día con un amante enfermo. Me evité la sorpresa y decidí irme a vivir con uno. Si no puedes contra ellos, únete. Y como nunca he sido bueno para luchar contra mis miedos, tomé la opción de hacer con ellos mi modo de vida. Vivir el miedo cada día. Eso fue mi paso por Nueva York. Un campo de batalla donde yo intentaba mantenerme en pie mientras, en la otra esquina y de cara a mí, estaba esa gran sombra hecha de los pedazos de todo lo que me hace temblar de espanto: rechazo, enfermedad, fracaso y, sobre todo, soledad. Por eso acepté que la vida a tu lado me fuera borrando y me convirtiera en un dibujo desteñido: por temor a perder la guerra.

—Vamos a ir a Roxy —anunciaste un día.

Me explicaste que tenías ganas de ir a bailar como en los viejos tiempos, cuando te juntabas con tus amigos y pasabas noches enteras —y parte de la mañana siguiente— sacudiéndote al compás de la música techno. Me hablaste del poder del éxtasis, de lo impresionante que era elevarse hasta el techo catapultado por esa pastillita mágica. De cómo se podía sentir la música entrar por cada poro, directamente al sistema nervioso. Tuve miedo. Miedo de tus amigos a los que no conocía, pero que imaginaba tentándote para llevarte lejos de mí, hacia esa otra orilla, el lado oscuro del mundo en el que poco a poco me estaba metiendo. Yo hubiese preferido quedarme en el departamento, viendo una buena película, protegido por las llamas amables de las velas y el aroma de casa que tanto esfuerzo me había costado implantar. Pero tú tenías ganas de perderte. Tenía que ser mi culpa: tal vez mis esfuerzos por armarte un hogar te estaban volviendo loco. Quizá necesitabas soltar mis amarras, correr lejos, sumergirte entero en ese mar de cuerpos sudorosos y descamisados, dejarte toquetear por manos rudas y desconocidas, tan distintas a las mías. Tuve miedo. No quería ir a bailar contigo. No quería verte en ese ambiente. No confiaba en mí, en mi propia capacidad para asumir que esa noche podría descubrirte haciendo cosas que ni me atrevía a imaginar. ¿Si te daban ganas de irte al baño con un apasionado desconocido? ¿Te lo iba a impedir? No, no me atrevería a hacerlo. Un éxtasis puede cambiar tu conciencia y yo no quería estar ahí para ver tu transformación.

—¿Te gusta la idea? —preguntaste, y vi el brillo de ansiedad en el pozo azul de tus ojos.

—Sí, me encanta —contesté. Y me mordí los labios para que no los vieras temblar.

Esa noche te vi elegir con paciencia diferentes opciones de ropa. Te decidiste por una camiseta negra, ajustada y sin mangas, que tenía la palabra HEAVEN estampada en brillos sobre tu pecho. Te veías tan atractivo. Tus jeans también eran negros, igual que las botas que desempolvaste del fondo de tu clóset. Nos echamos encima abrigos gruesos, guantes y bufandas, porque el frío de diciembre se estaba haciendo cada vez más intenso. Caminamos hasta el Roxy, cuya fachada resultó ser sólo una puerta casi imperceptible bajo un toldo con las cuatro letras escritas en plateado. Tú conocías al encargado de seleccionar el ingreso de la gente. Le hiciste una seña de saludo, él te lanzó un beso que se suponía era de coquetería, y nos abrió el cordón que nos bloqueaba el paso. Una vez dentro, una monumental escalera bordeada de espejos nos llevó hasta la taquilla. Creo que no te había visto sonreír de esa manera. Y entonces tuve más miedo. Porque jamás podría retenerte a mi lado. Las tentaciones allá adentro iban a ser infinitas y yo no sería capaz de competir contra ellas. Mientras pagábamos nos llegaban los acordes amortiguados de la música. Traté de respirar hondo, de dejarme llevar; son sólo unas horas, mañana despertaremos juntos como todos los días, al final de la noche se irá conmigo al departamento. Cruzó frente a nosotros un par de tipos que reconocí del gimnasio, enfundados en cuero negro, de pantalones tan apretados como una piel postiza. Juraría que cruzaste una mirada llena de intención con ellos. Yo, en cambio, iba vestido con los únicos jeans que tenía, gastados y ya sin forma, y una camisa con la que podría ir a almorzar a la casa de mis abuelos un domingo cualquiera. Todo estaba mal. Traté de tomarte la mano, pero no te dejaste.

—Tú sabes que no soy de ese tipo de persona –dijiste, y te echaste a caminar hacia las puertas que se abrían sobre la pista de baile.

Te seguí. Tuve que reconocer que el lugar era sencillamente espectacular: tenía varios pisos, una barra tan grande como atestada de gente estaba, y un sistema de juego de luces de primer nivel. La música me tomó por los brazos, atenazándome para no dejarme ir. Te vi abrirte paso, manchado de colores, sonriendo a medida que nos internábamos en ese bosque de cuerpos y sudor. Tal vez las cosas no serían tan malas. Estábamos a unos días de Navidad y yo había decidido que éste sería mi regalo: sobrevivir a una noche de tentaciones. De pronto corriste hacia otro sector del lugar. Habías visto a alguien que te hacía señas con euforia. Se abrazaron con urgencia, tú te reías fuerte, se hablaban en las orejas para ganarle a la música y su estridencia metálica. Juraría incluso que lo besaste en los labios. Me quedé petrificado en medio de la pista. Nadie parecía notar mi presencia. Las miradas no se detenían en mí, me saltaban por encima de la cabeza o de los hombros. Me pasaban por delante torsos monumentales, brazos enormes como raíces de roble, estómagos definidos con precisión. Algunas parejas se besaban y sus lenguas se teñían con los colores de ese arcoíris electrónico. Te dejé de ver. Lo primero que pensé fue que tenía mi juego de llaves del departamento. Que en el peor de los casos podía irme cuando quisiera, meterme a la cama y echarme a llorar hasta que la puerta se abriera y yo tuviera que secarme las lágrimas y simular que estaba dormido, que nada malo había pasado. Avancé por entre rostros que no alcancé a divisar del todo por la falta de luz. Vi manos que se tocaban entre ellas, dedos que abrían botones, bocas que se buscaban con gula, cabezas de cabellos cortos que giraban al compás de la música: pulsaciones casi orgánicas, un solo tono repetido hasta el infinito marcando el ritmo de todos los latidos de todos los corazones encerrados en ese lugar.

Una mano me extendió una botella. Eras tú. Ya no tenías camiseta y exhibías tus dos tatuajes que yo creía que sólo eran míos. Estaba tan equivocado.

—¡¿Te gusta…?!

—Este lugar es increíble… —contesté, y me llené la boca de cerveza para poder justificar el silencio tras mi mentira.

Entonces te acercaste a mí. Sentí tu mano trepar por mi espalda y me quedé inmóvil, aterrado de que el más mínimo de mis movimientos la ahuyentara. Me mordí los labios para evitar que un gemido se me escapara. Aunque el otro grito, allá abajo, el que venía del interior de mis pantalones, había empezado su aullido y golpeaba con fuerza contra la tela. Tu boca buscó la mía, tu lengua hurgueteó un rato al amparo de mi paladar. Hubiese querido ver la cara de los que nos rodeaban: envidiosos de que tú, tú, me estuvieras besando a mí y no a ellos. A mí, que más parecía un personaje de ficción perdido en medio de una pista de baile.

—Feliz Navidad... —te oí susurrar.

Y abriste la mano, como un mago que quiere comenzar su número estelar. En el centro de tu palma había una pastilla, una diminuta pastilla blanca. Mi cabeza se llenó de preguntas. Tú adivinaste mis pensamientos:

—No pasa nada. Te va a gustar.

Tuve miedo. Iba a ser una mala noche. Alcancé a pensar en nuestro departamento protegido, en que recién era la una de la mañana, que aún había mucha noche que vivir. Abriste la boca y dejaste escapar tu lengua. La acercaste despacio a la pastilla, al igual que una serpiente que tantea primero a su presa. Con el toque justo de saliva la pegaste a tu lengua y te la llevaste a los labios, sujetándola con los dientes. Te acercaste a mí. Te dejé, porque no iba a darte motivos para huir, para desilusionarte de mí. Hasta mis oídos llegaban susurros, quejidos humanos, pulsaciones; ya no pude distinguir, pero sentir esas respiraciones calientes circulando a mi alrededor me aceleraron los latidos. Tú te acercaste a mi boca, y yo te dejé... Comenzaste a besarme, y también te dejé... Te dejé, sí... El bulto en mi pantalón crecía como mi propia urgencia. Cerré los ojos y sentí el regalo de tu lengua cuando depositaste aquella pastilla encima de mi propia lengua, y yo te dejé, sabiendo, permitiendo... porque eras tú, Ulises, sólo porque eras tú y yo estaba siguiendo las reglas de mi nueva identidad. Cerraste los ojos. Tu mano se aferró a mi nuca. Tragué de un solo golpe. Juraría que las letras brillantes del HEAVEN, en tu camiseta, brillaron más.

Los quejidos aumentaron en intensidad. Tú comenzaste a soplar un aire tibio dentro de mi oreja, juguetón, entrégate, ábrete, esta noche es tuya... y te alejaste de mí. Me quedé tembloroso, equilibrándome en la poca conciencia que todavía me conectaba a la tierra. Te quise recuperar, pero estaba oscuro. Los rojos y los amarillos habían desaparecido, y en su lugar sólo quedaban azules oscuros y un ultravioleta que convertía los blancos en manchas fantasmagóricas. Sólo había siluetas un poco menos negras repartidas en el negro de aquella pista de baile. Siluetas que se agitaban, que se retorcían, que parecían mugir, pedir más, y en el aire flotaba un olor ácido, a sudor, a piel mojada... Di un par de pasos. ¿Dónde estabas? Tenía mucho miedo de lo que podía pasar, de haberme tragado esa pastilla. ¿Y si me provocaba algo grave? Vómitos, una crisis de pánico, podían suceder tantas cosas. Metí la mano al bolsillo y me aferré a las llaves del departamento.

Avancé hacia el fondo de la pista, buscando algún lugar en la periferia donde sentarme, tal vez un espacio más alto desde donde pudiera ubicarte con mayor facilidad. Me detuve en seco: en una esquina descubrí un cuerpo desnudo, mojado entero, encajado entre un par de piernas que lo atenazaban. Uno de los tipos tenía una vena azul que le cruzaba la frente, casi a punto de estallar. Apretaba la boca y sus carnes rojas se sacudían con el esfuerzo. Pura piel, sólo piel, mucha piel. Un par de manos, que venían avanzando desde su espalda, le rodearon el pecho y se instalaron en sus pezones. Después no vi más. Me faltó el aire. Por más que abrí la boca para tragar, no llegó nada a mis pulmones. Sólo calor. Bocanadas hirvientes que aumentaban más mi ahogo. Necesitaba encontrarte, Ulises. No debí haber aceptado ni la invitación ni tu regalo. Escuché risas, gritos de aliento, quejidos de placer. Aquella vena estaba a punto de explotar, grande y palpitante; un río a punto de desbordarse. ¿Ulises? Aquí estoy... Cerca, muy cerca, sólo que no puedes verme... ¿Te gusta...? ¿Se parece esto a alguna de tus fantasías...? Creo que sí... Bienvenido a mi mundo, Diego. Entrégate. Elige tu presa y lánzate sobre ella. Eso hacemos los hombres desvergonzados, los hombres que amamos a otros hombres. Demuéstrame que eres uno de ellos, de nosotros. ¿Ulises? ¿Eres tú? Aquí estoy. No me ves, pero yo te veo.

Iba a seguir buscándote, pero algo sucedió. No sé qué fue. Sentí como si mis pupilas se abrieran de golpe, del mismo modo que si las hubieran apuntado con un chorro de luz. Así, tan dilatadas, dejaron entrar todas las luces al interior de mis ojos y por un segundo me vi en un incendio. Al parpadear, la sensación se esfumó. Alguien estaba frente a mí, hablándome sin voz. No eras tú. Lo vi mover los labios, pero sus palabras se perdían entre su boca y mis orejas. Di un paso hacia atrás. Me afirmé en un tipo que bailaba cerca de mí, porque tuve la impresión de que por un segundo el suelo se había convertido en una escalera, que los tablones de madera eran peldaños, todos en diferentes niveles, que cada uno de mis pies estaba en alturas distintas, y abrí las manos para mantener el equilibrio. Alguien me envolvió con sus brazos cubiertos de sudor, me pasó su mano por la cara, intentó arrastrarme hacia el suelo; ven, ven, entrégate, demuéstrame que me quieres, que estás dispuesto a todo… Y me resistí, traté de desprenderme de aquella voz cargada de alcohol y lengua traposa, pero era más fuerte que yo… Y tú estabas ahí de nuevo, esta vez riéndote, dándome besos en la cara que sentía como pequeños golpes eléctricos. La gloria. Estar contigo es el paraíso, el cielo, mi propio HEAVEN, mi piel te pertenece, tú sabes deslizarte debajo, como humo, te acomodas ahí, entre mis músculos, besándome despacio, alejándome de aquel caos, instalándome en alguna nube, en alguna estrella, solos los dos… Es amor. Lo que siento por ti es amor, es éxtasis, es querer aferrarte con todas mis fuerzas, regalarme entero para que hagas conmigo lo que quieras… Soy tuyo, Ulises… Te amo, Ulises… Y no sólo lo grito yo. Lo gritan mis labios, todos mis poros, mis ojos que también te hablan, lo grita mi sexo que aprendió a reaccionar ante tu voz… Mi cuerpo es una gran boca que te besa, que se deja besar… Soy tuyo, Ulises… Es amor… Lo que siento por ti es amor… amor…

Una mano tomó la mía, para guiarme. Me ayudó a ponerme de pie y caminamos juntos. Hundí la cabeza entre mis hombros, protegiéndome de aquella jaula ardiente de cuerpos que parecían rodearme por los cuatro lados. La mano seguía arrastrándome. Juntos esquivamos cuerpos tumbados en el suelo, trozos humanos montados los unos sobre los otros, bocas abiertas que buscaban esquinas y pliegues que lamer, que introducir, que apretar. Los gemidos aumentaban de intensidad hasta abarcarlo todo, hasta hacerse sólo uno, una gran trenza hecha de voces y placer, un solo grito, un solo cuerpo enorme, imposible de evitar, imposible de esquivar, un cuerpo caliente y viscoso repartido por las cuatro esquinas de ese lugar que nunca debí haber conocido. Goza, Diego. Esta fantasía es tuya. Tú la provocaste. Nació en tu cabeza… en esa zona donde nacen los sueños que no confesamos. Volutas de humo me cerraban el paso. Y yo las atravesaba; incluso podía sentir el quejido del humo al desvanecerse derrotado por mí. Los contornos de los cuerpos, los muros, la barra del bar, todo resplandecía con fosforescencia propia, enmarcadas las siluetas por delgados neones verdes y azules. ¿O era el aura de las cosas? Tal vez, porque de pronto los colores se expandían hacia los lados, como un arcoíris de tonos metálicos.

Y la mano seguía llevándome por ese lugar que parecía no tener fin.

HEAVEN… HEAVEN… era lo único que veía delante de mí. ¿Dónde estaba mi paraíso? La hache de pronto se hacía más grande que el resto de las letras. Y la ene final se convertía en nudo, abrazada a sí misma, tímida, chiquita… Nunca pensé que yo mismo me pareciera tanto a una letra ene. Me sonreí y estiré una mano hacia ella, para cogerla y acunarla en mi palma. Escuché tu risa allá adelante. Eres bonito, Diego… No, no soy bonito… Nunca lo he sido. Por eso nadie se ha detenido a mirarme alguna vez, por eso nadie nunca me ha acariciado el cuerpo, me ha aceptado una cita, ha compartido una noche conmigo... Bonito no soy... O no lo era hasta antes de cruzar la puerta de tu departamento... Bonito no soy... Aunque me gusta que tú me lo digas porque algún día podría creerte. ¿Dónde estás? Perdí tu mano. Intento buscar las llaves en mi bolsillo, pero no doy con él. Mis miembros no me pertenecen; también me han abandonado. No me dejes solo aquí... Tengo miedo de esta oscuridad... de este suelo inestable... de mis propios ojos tan abiertos que no filtran nada y devoran todo lo que ven... Tengo miedo de ese cuerpo monstruoso que devora otros cuerpos, que los aplasta con sus carnes, que evapora, que hierve... ¿Dónde estás, Ulises...? Mis manos están huérfanas de tus manos... Quiero salir de ahí, quiero esa escalera alfombrada que me va a llevar a la calle, al aire puro, aire sin olor a piel, sin olor a sudor, sin olor a humedad; tengo a toda esa gente pegada a los pulmones, a las pestañas, y me echo a correr, derribando las flechas de luz que se lanzan en bandada hacia mí, las golpeo, las esquivo, las dejo estrellarse en mi pecho, y sigo corriendo, y corro a pesar de los arcoíris azules que me bloquean la vista y que intentan confundirme y hacerme perder la ruta. Y piso sin cuidado manos, piernas, torsos, y los quejidos se confunden con gritos de dolor, con reclamos, con insinuaciones. Estoy perdido en la selva, esta selva oscura y sin estrellas, y me perdí porque tú me soltaste la mano, te fuiste, me abandonaste para siempre; seguramente huiste con alguien más atractivo que yo, estarás por ahí clavado a otro, o dejándote atravesar con los ojos en blanco y gritando como un animal salvaje, y mis ojos se siguen tragando sin pausa todas las luces que existen a mi paso, devorando la noche, mis pupilas enormes como una boca gritando, como las bocas de terror que gritan de dolor y de placer, como las bocas que alcanzo a ver ahora delante de mí, como las bocas, las bocas… Y ahí está la escalera, gigante, desproporcionada, la escalera por la que entré hace un rato, ¿o hace horas?… Y corro hacia ella y veo surgir de los peldaños oscuros manos que intentan detenerme, gritos que me llaman por mi nombre; pero mis pies ya no pueden, se resisten, los tobillos se doblan, culpa del suelo irregular, y me caigo hacia adelante, la alfombra me traga con sus colores, sus hilos se tejen otra vez por encima de mí, los contornos de la escalera también brillan de neón azul, y recupero tu voz que se ríe a gritos, que intenta darme agua de una botella, y te sigues riendo de mí, tú y varios más que te rodean, bendito, mejor me lo llevo a casa, seguramente le cayó mal, y yo sólo trato de morirme pronto para volver a nacer… y poder abrir otra vez los ojos… Tu mano vuelve a tomar la mía. Gracias. Ahí está otra vez HEAVEN. Gracias también… No te fuiste, te quedaste conmigo. Feliz Navidad, mi amor. Feliz…

Siete

Al día siguiente desperté con la misma sensación de muerte en vida que un paciente terminal experimenta al salir de un coma. El departamento estaba en completo silencio. La ropa que habías usado la noche anterior —la camiseta negra, los jeans y las botas— estaba tirada en el suelo junto con la mía, aún hedionda a cigarrillo y sudor. Había un plato con restos de un sándwich en la mesita al lado de la cama. Las cortinas estaban cerradas, por eso no supe distinguir qué hora era. Tenía la boca seca, los ojos hinchados.

—¿Ulises…?

Mi voz sonó opaca, cavernosa. Nunca más. Me lo juré con solemnidad y determinación. Los estados alterados no eran lo mío. Ya me costaba trabajo mantenerme entero en este mundo, donde los sentidos responden a los estímulos externos, como para jugar al valiente y derribar las barreras entre realidad y alucinación. Una punzada aguda me cruzaba de lado a lado la cabeza: un tornillo delgado pero doloroso clavado debajo del hueso. Descubrí mi reloj pulsera dentro del baño: la una y cuarto de la tarde. Tú estabas en yoga. Cómo habías logrado levantarte, me pregunté. Después de tantas horas de sueño yo ni siquiera conseguía asomar la cabeza del pantano donde me sentía atrapado. Pero tú eras capaz de superarte a ti mismo, pasar por encima del cansancio, de las drogas, de lo que fuera, con tal de no romper tus hábitos. Fue tu orden el que te salvó la vida, Ulises, siempre lo he creído. La estructura, el cimiento firme sobre el cual construiste tu existencia. Era la única alternativa que tenías para vencer esa epidemia que mataba a todos menos a ti. Tu Palm Pilot se llenó de horarios precisos e inviolables. Y si el yoga contribuía a mantener indetectable al sida, pues tú ibas a tu clase a pesar de que la noche anterior te hubieras metido hasta el dedo. El orden excesivo te salvó, pero nos condenó. No quiero hablar de eso ahora. Todavía duele, y mucho, sentir que sólo fui parte de un calendario de actividades en tu vida. No quiero, Ulises. Todavía no puedo hablar de eso.

Efectivamente llegaste una hora y media más tarde, cargando tu *mat* y tu mochila con la ropa de ejercicios. Ni te asomaste por el cuarto, donde yo todavía intentaba a duras penas recoger los restos de mi cuerpo para volver a armarme con cierta dignidad. Te metiste a la cocina. Te oí manipular las ollas, golpeando los aluminios contra la estufa, la grifería. Consideré que ya era hora de levantarme, de hacer la cama, ventilar el dormitorio y darme un baño. Me dio cierta vergüenza sentirme de pronto atendido por ti, de seguro mucho más cansado que yo después de una noche de juerga, una mañana breve y una intensa clase de yoga. Estaba comenzando a estirar las sábanas, cuando entraste de pronto.

—Voy a escribir un rato —fue todo tu saludo.

Comprendí. Tenía que salir de ahí, irme a la sala a hacer tiempo mientras tú dejabas volar la musa que te convertía en autista por las siguientes horas.

—Calenté para mí lo que quedó de la cena de anoche —dijiste antes de que yo terminara de cerrar la puerta para dejarte solo.

Eso también lo entendí: habías cocinado sólo para ti. En qué momento se me había ocurrido que podías sentir algo de compasión por mi lamentable estado poséxtasis. Recuerdo que me quedé sin almorzar. Se me quitó el hambre. Y tampoco me bañé. Lo único que hice fue ver televisión, los ojos en permanente lucha contra el sueño que no me dejaba en paz. Te oí ir un par de veces al baño. También en un momento te metiste a la cocina a prepararte un café. Regresaste al cuarto, cerrando otra vez la puerta. Me hubiese sentado a escribir también, pero mi computadora estaba bajo la cama y me dolían las piernas. Por eso no fui capaz de hacer nada. Ni siquiera de cambiar de canal. Vi una película de Doris Day, una donde ella se hace famosa haciendo anuncios para jabones y su cara termina en todos los carteles de la ciudad.

Cuando abrí los ojos ya se había hecho de noche. La televisión seguía encendida, pero en *mute*. La puerta del cuarto estaba abierta y, claramente, tú habías salido. Me encontré con un papelito que decía: fui al cine, llego a las nueve y media. Ulises. Seguramente habías ido a buscarme a la sala para invitarme a ir contigo, pero te dio pena verme dormir desmadejado en el sofá. Le quitaste el volumen al televisor y te fuiste a ver una película. No me sentía de ánimo de salir de todos modos. Pero hubiera hecho el esfuerzo, sólo por pasar algo del día contigo. Cuando entré al cuarto, para recostarme otra vez, me di cuenta de que tenías la cama llena de papeles y revistas que estabas consultando para escribir tu novela. Intenté ordenarlos en una esquina, para recuperar el espacio justo para echarme de espaldas. Me topé con un papel donde leí: *To do list,* sábado.

Eras increíble, Ulises. Tan ordenado, preciso. Las ideas agrupadas en conceptos, en renglones claros e informativos. Que nada se quedara fuera, ni al azar. Leí: 11 a.m., Laundry; 12 p.m., yoga; 2 p.m., escribir novela; 6 p.m., cine; 9:30 p.m., llamar a papá. Ahí estaba el resumen de tu día sábado, planificado hasta en su más mínimo detalle. O sea que esta noche llamarías a tu familia a Puerto Rico. Me dio cierta angustia saber con anticipación tus movimientos. ¿Y el valor de lo espontáneo? ¿Qué tal si yo te quisiera invitar a cenar a las nueve y media? No habríamos podido ir porque tú ya habías sentenciado que tu tiempo se iba a destinar a realizar una llamada telefónica. ¿Y mañana, domingo? Quién sabe. Habría que consultarlo con la *To do list* del día siguiente. Me afirmé al borde de la cama: me sentí caer en un tobogán de rutina, deslizándome sin posibilidad de freno por días idénticos los unos a los otros, repetidos hasta el infinito como dos espejos que se enfrentan. Si al menos en tus listas hubiera un renglón de "amar a Diego con todo el corazón". Pero no. Tus jornadas se iban entre trámites rutinarios, clases para fortalecer el cuerpo, sesiones de escritura y descanso nocturno. ¿Y yo? ¿A qué hora me tocaba a mí? ¿Dónde estaba yo en tus prioridades?

Me senté y traté de escribir mi propio listado de actividades. Y no supe qué anotar. ¿Qué hacía yo con mis días? Escribir a veces un cuento, cuando por fin lograba concentrarme y hacer coordinar mis ideas con el movimiento de mis dedos en el teclado. Ir al gimnasio. Los lunes me gustaba barrer, cosa que nunca antes había hecho en mi vida, pero los pelos de Azúcar eran tantos que a veces me costaba trabajo respirar. Pero con esas ocupaciones de pacotilla no iba a llegar a ningún lado. Y, claro, ahora entendía que para ti fuera más entretenido ir solo al cine que despertarme y llevarme contigo. ¿De qué te iba a hablar? ¿De Doris Day y su obsesión por los jabones? ¿De cómo yo había desarrollado una técnica infalible para recoger los pelos de tu perra sin que se esparcieran como una maldición por todo el departamento? ¿De qué?

Cuando volviste, a las nueve en punto, me sorprendiste sentado en el borde de la cama, en medio de la oscuridad, mirando por la ventana. No necesité ver la hora para saber que, a las nueve y media precisas, tú tomaste el teléfono y marcaste el número de tus padres. Me dolía el estómago. Una leve sensación de mareo me hizo cerrar los ojos. Esa noche quise decirte algo agradable, pero no supe qué.

Ocho

Mi relación con Sofía siempre fue muy estrecha. Desde chicos. Tal vez para protegerla de los demás siempre la incluí en mis juegos, por más rudos o exigentes que fueran. Desde bien pequeña, se acostumbró a trepar paredes conmigo, a saltar por los techos del barrio como una ardilla, a clavetear sin pausa para construir una casa arriba de un árbol, o a someterse con resignación y obediencia a todos mis requerimientos de hermano mayor. Por eso cuando me llamó desde Hong Kong para avisarme que estaba embarazada, los ojos se me llenaron de lágrimas. Volví a vernos juntos trepados en alguna rama alta, mientras yo le contaba un cuento inventado por mí en ese instante. Sentí un golpe de nostalgia en el pecho. Quise rebelarme contra el paso del tiempo, detener con uñas y dientes el transcurso de las horas, empantanarme para siempre en un charco de agua inmóvil, sin posibilidad alguna de dar un paso hacia adelante o hacia atrás. Sofía iba a ser madre, me convertiría en tío, y así, con la misma facilidad, iba a celebrar en cualquier momento mis cincuenta años, la cabeza blanca de canas, la piel estrujada de arrugas. No quería. Me daba miedo la vejez, sobre todo el hecho de imaginarme solo, demasiado tembloroso para salir a la calle, yendo a la cocina a buscar un vaso de leche en un pijama con olor a decrepitud, quejándome de mi destino de viejo solo. Me encontraría muerto algún vecino, seguramente alertado por el olor, tirado en el suelo del baño. Esa imagen me estremece: un cuerpo en ruinas desplomado sobre baldosas amarillentas por falta de limpieza.

Tú te alegraste por Sofía. Incluso hablaste con ella por teléfono. Yo te escuchaba emocionado: por fin estaba acercándome a mi sueño, el de incorporarte a mi familia como un integrante más. Me faltaba, eso sí, un pequeño detalle que superar: contarles a todos de tu sida. Me parecía justo para ti que ellos supieran de tu enfermedad. Si todo seguía así, en algún momento tendríamos que ir a Chile para presentarte. ¿Qué explicación ibas a dar por ese batallón de medicinas que tenías que acarrear e, incluso, guardar en el refrigerador? ¿Que eran píldoras para quemar grasa? Yo no te iba a hacer eso. El sida era parte de nuestra vida de pareja, tú eras el hombre que había elegido por el resto de mis días, y al que no le gustara el hecho se podía quedar gritando solo en una esquina. Si no le tenía miedo al virus, menos iba a temer por la reacción de mi familia.

Esa noche me pediste que te hablara de mi infancia. Reconozco que me emocionó tu interés. A lo mejor no eras hábil

a la hora de acariciar espontáneamente, o un beso dado porque sí te complicaba más de la cuenta; pero esos breves momentos en que me mirabas a los ojos con toda la honestidad
de tu alma y me pedías que te contara de mi vida me bastaban
para seguir amándote con locura. Querías una anécdota. Entonces miré hacia atrás, buscando entre mis recuerdos.
Eduardo Acevedo 2380: la dirección de la casa donde crecí. Si
hoy era flaco, en aquella época lo era aún más, con el pelo
siempre tapándome los ojos, las rodillas huesudas y un permanente estado de excitación que no me dejaba quedarme en
paz mucho rato. El aire de ese jardín siempre olía a flores, a
ciruelas maduras, a tierra recién mojada, a inocencia que tan
poco tiempo duró. Podía pasarme tardes enteras recostado
en una hamaca que mi padre instaló entre dos árboles, so-
ñando con viajes fuera de Chile, presintiendo que había todo
un mundo más allá, al otro lado de esa cordillera que el es-
mog estaba empezando a esconder. Era un chico silencioso,
pero de armas tomar. Recordé a la perfección el año en que
estrenaron *Flashdance*. Me miraste con cierto desconcierto.
Te conté que fue la primera película que vi aprovechándome
de la estatura: yo sólo tenía once años, y estaba calificada para
mayores de catorce. Pero el tipo que recibió mi boleto, en la
puerta del cine, no dudó de mi edad. Entré seguro de que todos los que me rodeaban podían sentir el golpeteo frenético
de mi corazón ansioso. Me senté atrás, para apreciar por completo la pantalla. Siempre supe que la película me iba a gustar.
Era tan mala, lo sé, pero ya te dije: tenía sólo once años. Ponte
en mi lugar. Imagínate lo intoxicante que puede ser para un

niño de Chile, del Chile de los años ochenta además, que se enfrenta por primera vez al mundo de la música estridente, de los colores chillones, de cuerpos sudados que se sacuden con impudicia y frenesí. Me enamoré de Jennifer Beals. Soñé durante semanas enteras con su salto mortal en la última escena, con esa catarata de agua que le caía encima quién sabe desde dónde, con sus coreografías que hoy me aburren y dan risa. Pero esa noche tuve la idea: haría *Flashdance* en mi propia casa. Y Sofía sería la protagonista.

Armar la escenografía fue cosa fácil. El lugar elegido fue la terraza de la casa. Sobre ella había un techo de madera, ideal para provocar sombra durante el verano y proteger de la lluvia en el invierno. Sofía bailaría allí, copiando los movimientos de la protagonista que me había aprendido de memoria, y en el momento cúlmine de su danza se sentaría en una silla. Y yo, desde el techo, le vaciaría encima una cubeta de agua. Era perfecto. Incluso decidí añadir público al evento, para que así todos gozaran del espectáculo y de mi talento como improvisado director creativo. A Sofía, claro, no le gustó la idea. Ella hubiera preferido irse con sus amigas a patinar por la calle, o al menos a coleccionar laminitas o servilletas de papel, pero mi poder de dictador-mayor no le dio alternativa. Ensayamos el baile durante días enteros. No hubo espacio para la improvisación, ni siquiera para el cansancio. La fecha del estreno era el sábado y todo tenía que salir perfecto.

Tú te empezaste a reír, Ulises. Parece que estabas divertido con mi cuento de infancia. Me acomodé en la cama, de cara a ti. Habría dado mi vida entera por conservar ese momento tan simple y significativo, tú y yo compartiendo un colchón, sin más adornos que nuestros propios recuerdos y un solo objetivo: el de querernos más.

Te seguí contando que Sofía llegó a bailar aquella canción como una verdadera profesional. Entonces decidí invitar a la calle entera. Fui personalmente a hablar con los Bobadilla, que vivían en la casa de la esquina. Junto a ellos estaban los Christie, un matrimonio gringo con muchos hijos ruidosos pero simpáticos. Ellos aceptaron encantados e, incluso, me preguntaron si podían llevar a su abuela recién operada de várices que estaría ese fin de semana alojándose con ellos. Estaba eufórico. Mi show iba a ser un éxito de audiencia. Mis padres miraban con cierta inquietud el montonal de sillas que yo acarreaba hacia el jardín, y que disponía en hileras dejando un pasillo central. Sabían que era inútil detenerme. No les habría hecho caso. Además, nos habían visto a Sofía y a mí ensayar con tanta entrega y dedicación que no se hubiesen atrevido a cancelarnos la noche. La cita era a las nueve en punto, la hora perfecta para que el calor del verano chileno se hubiera convertido en una agradable brisa, y para poder apreciar el complicado sistema de iluminación que ideé para darle dramatismo al número. Varias lámparas —de los veladores de mis padres, la de mi escritorio, incluso una que le pedí a los vecinos— colgaban desde el techo sujetas por ganchos de ropa, iluminando distintos sectores del improvisado escenario. Tenía entrenado a Gonzalo, un amigo del colegio al que invité a última hora para que se convirtiera en mi esclavo, para que encendiera y apagara los interruptores y así los focos titilaran como candilejas de verdad. No había dejado nada al azar.

—¡No te rías! —te regañé—. No me vas a dejar terminar la historia…

Tú te echabas hacia atrás, conteniendo apenas las carcajadas.

—Eres tan lindo —me dijiste con la mayor de tus ternuras, y a mí se me nubló la vista.

De rodillas avancé hacia ti. Te besé despacio en los labios, mordiendo con suavidad el inferior. Tú cerraste los ojos, te acomodaste en la cama para que pudiera sentarme en tus piernas. Te rodeé el pecho con mis brazos: yo era un koala eligiendo un tronco firme y saludable donde quedarme a pasar la noche.

—Sigue… —suplicaste con tu boca pegada a mi oreja.

También cerré los ojos, mareado por tu aroma de hombre cariñoso. Y te conté que mis invitados llegaron puntuales a las nueve, divertidos y haciéndose guiños cómplices con mis padres que trataban de pedir disculpas por anticipado, asegurándole a todos que ellos tampoco sabían de qué se trataba eso, pero que ya que estaban ahí se sentaran donde quisieran e intentaran pasar un buen rato. La abuela de mis vecinos llegó escoltada por dos enfermeras porque casi no podía pisar el suelo. Tenía las piernas vendadas, algo de dolor y muchas ganas de ver mi espectáculo. La senté al centro de la primera fila: el lugar de honor con el que premié su entusiasmo y su compromiso. Sofía intentaba calmar sus nervios encerrada en la cocina, donde la escondí en aislamiento riguroso para no interrumpir su concentración. Le di las últimas órdenes. Ella asintió con la boca apretada y los nudillos blancos de tan tensos. Me fui al patio trasero, donde tenía la cubeta llena de agua hasta el borde y una escalera que me iba a permitir subir al techo de la casa y de ahí llegar hasta la terraza donde ya el público comenzaba a aplaudir, impaciente. Fue entonces que reparé en un pequeño detalle: nunca, hasta ese momento, habíamos ensayado el baile con el agua; por lo tanto, nunca había trepado esos peldaños cargando el balde al mismo tiempo. Fue una tarea casi imposible. Los brazos me temblaban y resoplaba por el esfuerzo. Desde el patio trasero oía la música que ya comenzaba a sonar en las bocinas. *What a feeling*, gritaba la cantante a voz en cuello, y yo trataba de apurar el paso, levantando esa enorme cubeta repleta de agua que la convertía en peso muerto. A duras penas llegué al techo. Cuando apoyé el primer pie en una de las tejas, ésta crujió y se partió por la mitad. Con horror me di cuenta de que lo que venía a continuación era grave: tenía que atravesar el techo entero para llegar al lado de la terraza. Agarré el balde con las dos manos y me apuré lo más posible. Fui quebrando todas las tejas a mi paso, dejando una grieta de terremoto tras de mí. Más tarde me ocuparía de eso, ahora lo más importante era estar a tiempo al borde del enrejado de madera, justo cuando Sofía se sentara en la silla y se preparara para recibir el duchazo que dejaría a todos en el público con la boca abierta. Llegué en el momento preciso: desde la altura vi a todos sonriendo emocionados al ver a mi hermana bailar; la abuela seguía el compás de la música con ambas manos, mis padres se miraban con orgullo disimulado, mi amigo Gonzalo prendía y apagaba las luces con precisión y todo, todo, era un éxito rotundo. Llegó el instante. La cantante hizo una pausa, las notas de la canción subieron en intensidad, Sofía tomó su lugar en la silla. Echó la cabeza hacia atrás, cerrando los ojos y preparándose para el chapuzón. Entonces intenté acercarme lo más posible al borde. Di un paso hasta donde la orilla me lo permitió. Traté de inclinar el balde hacia adelante. Pero tenía las manos mojadas de sudor, por el esfuerzo. La cubeta se me resbaló sin que pudiera evitarlo. La vi caer como un proyectil, directo a Sofía. Cerré los ojos, paralizándome como un ladrón al que acaban de sorprender. Oí el ruido seco del balde estrellándose en la cabeza de mi hermana, el grito al unísono del público, el salpicón de agua que ensopó a todos por igual, pero más aún a la abuela de mis vecinos a quien se le empaparon los vendajes y se le pegaron a las heridas aún frescas. La pobre mujer se quejaba con aullidos entrecortados, empujando a las enfermeras para que la sacaran de ahí. Mi mamá corrió hacia Sofía: se le había partido la frente y sangraba aturdida sin entender muy bien qué era lo que había sucedido. Fue en ese momento que mi papá me descubrió en lo alto, como una gárgola aterrorizada por todo lo que provoqué.

—¡Ni te atrevas a bajar de ahí! —me amenazó con furia.

Y obedecí su orden.

Te sigues riendo fuerte, bendito, tu hermana, pobrecita, decías casi sin voz, y la señora de las várices, mira cómo terminó por ir a ver tu show, y me sentía flotar por toda la importancia y la atención que me dabas. Aún estaba encima tuyo, apretado contra tu cuerpo, rodeado por tus brazos que no tenían intención de dejarme ir. Hice el intento de echarme hacia el lado, pero no me lo permitiste.

—No, quédate aquí —suplicaste.

Y obedecí tu orden.

Te quiero, Ulises: no lo voy a seguir negando. Te quiero con la contundencia de lo que se pensó que sería hasta el final. No sabes lo que duele recordar esto. ¿Por qué las cosas no podían ser siempre así? Tú, yo, la noche y una simple anécdota que ya casi no recordaba. Creo que esa fue una de las últimas veces que nos reímos de esa manera. Después todo se complicó y vino lo que no quiero ni siquiera pronunciar, lo que no sé si seré capaz de recordar para traspasar a esta computadora. ¿Tendré la valentía de seguir escribiendo? ¿Tendrás la valentía de seguir leyendo si esto algún día te cae en las manos?

Nueve

Por orden de Liliana decidí empezar a estudiar inglés en la universidad.

—Y no me discutas —sentenció—. Vas a perfeccionar el idioma, tanto el escrito como el hablado. Si decidiste vivir aquí, que te sirva de algo. ¡No todo va a ser tirar con Ulises!

Tan gráfica ella. Y directa. Pero no dejaba de tener razón. Por algún motivo me acordé de tus *To do lists* cuando me explicó que tenía que sacarle jugo a Nueva York. No era mucho lo que estaba haciendo después de todo, y el breve espacio del departamento a veces conseguía ponerme de mal humor. Nunca he sido una persona que soporte bien la rutina; por el contrario: el hecho de saber con exactitud qué voy a estar haciendo el día o la semana siguiente me altera. Me gusta lo inesperado y, hasta este momento, la ciudad se me ofrecía sin ningún tipo de sorpresas. Cada jornada transcurría con idéntica precisión: luego de que te ibas al trabajo, revisaba mis emails. Me metía a la ducha y me preparaba un desayuno. Entonces partía al gimnasio, para estar de regreso en la casa y almorzar ahí. El resto de la tarde me quedaba viendo televisión, o a veces revisando mis cuentos, o leyendo algún libro que sacaba de tu biblioteca. El momento más emocionante era cuando los ladridos de Azúcar me anunciaban tu regreso y yo corría a abrirte la puerta. Me lanzaba encima tuyo y te acompañaba al cuarto para que te cambiaras la ropa por algo más cómodo y te pusieras a cocinar. Cenábamos viendo alguna película, o *ER* los martes por la noche, y después te encerrabas a escribir un poco. Cuando te veía abrir nuevamente la puerta del dormitorio me metía a la cama y, con suerte, lograba hacerte el amor. Si conseguía un curso de inglés durante las mañanas podría ir al gimnasio en la tarde y mi día sería aún más movido.

La New School University quedaba en la esquina de la Quinta Avenida y la calle 14. Podría haber ido en taxi, pero me gustaba caminar a pesar de la nieve que se convertía en barro en las esquinas. Bajo el gorro de lana me acomodaba los audífonos de mi Ipod, ubicaba alguna canción que me echara a volar el espíritu y me perdía por las calles sintiéndome dueño de la ciudad. Es impresionante cómo un poco de música puede hacer una gran diferencia. De inmediato lo que siempre fue el mismo trayecto aburrido de un punto a otro se convertía en una escena de película, un momento significativo que se queda en la memoria para siempre. Una buena canción oída en el momento preciso equivale a una fotografía indeleble que no se va más. Tengo cientos de esas fotografías neoyorquinas en la mente. Casi todo el repertorio de Madonna me recuerda mis caminatas universitarias. Luego de revisar muchos folletos y de entrevistarme con la directora del departamento de inglés como segunda lengua, tomé cuatro cursos: Writing in English, Grammar, Topics in Culture y Listening and Speaking.

—Así me gusta —aprobó Liliana cuando le mostré la malla curricular en su oficina—. Lo mejor de todo es que Ulises puede ayudarte con las tareas.

Y me cerró el ojo con picardía. El día que pagué la primera cuota y me dieron mis horarios y los libros que tenía que comprar, reconozco que el pecho se me desbordó de emoción. Tenía una vida que yo había elegido. Para darme en el gusto a mí, a nadie más. Estaba haciendo bien las cosas, no había duda al respecto. Camino a nuestra casa pasé por el French Bistró, un restorán en la calle 23 que siempre me había llamado la atención. Su fachada imitaba esos clásicos lugares para comer del campo francés: madera oscura y ventanas estrechas orilladas de maceteros con cardenales y plantas verdes. El menú lo escribían sobre unas pizarras negras, con perfecta caligrafía, y servían sidra en tazones. Hice una reservación para esa noche.

—Dos personas —confirmé, con el corazón arrebatado por las buenas noticias que tenía para darte.

Eran casi las siete cuando llegué al departamento. Me cambié de ropa y dejé sobre la cama todos los papeles de la universidad. Te los quería enseñar uno a uno, para que comentáramos los cursos y me aconsejaras si lo considerabas prudente. Era un gran paso el que había dado. Con un perfecto dominio del inglés todo se me iba a hacer más fácil. La visión de verme escribiendo ensayos en otro idioma, concentrado frente a mi computadora, y preguntándote mis dudas mientras tú circulabas a mi alrededor me nubló la visión. Era demasiada perfección. Era una vida de sueño. Y tú eras el protagonista de esa escena a la que tendría que buscarle la música perfecta para que nunca se me olvidara. Me bañé y me vestí para nuestra cena romántica de celebración. Estaba terminando de abrocharme la camisa cuando Azúcar empezó a ladrar. Casi de inmediato sentí el tintineo de las llaves al otro lado de la puerta. Me asomé al pasillo, con una sonrisa de amor que había estado ensayando todo el día sin darme cuenta.

—Mi amor, qué bueno que ya estás aquí... —te saludé apenas entraste al departamento.

Tú me miraste unos instantes, pero no dijiste nada. Avanzaste hacia el cuarto, te quitaste la mochila y te sentaste al borde de la cama. Ni me atreví a tocarte: así de fuerte era la energía que despedías. Te pasaste la mano por la cara, como borrando de tu piel el frío de la calle. Lanzaste lejos los zapatos, te desabrochaste el botón del cuello. Sin cuidado, sin siquiera mirar de qué se trataba, empujaste hacia un lado todos mis papeles universitarios y te desplomaste de espaldas sobre el colchón.

—¿Te sientes mal? —fue lo único que se me ocurrió preguntar.

—Déjame solo, por favor —gruñiste antes de taparte la cara con la almohada.

Salí del cuarto, cerrando la puerta tras de mí. Miré la hora en el reloj del microondas: ya tendríamos que estar yéndonos al French Bistró. El tipo del restorán había sido bien enfático al aclararme que si no llegábamos puntualmente perdíamos la reservación. ¿Estabas enfermo? ¿Habías tenido un problema en el trabajo? No supe qué hacer. Ese departamento era tan estrecho, un largo corredor que de punta a cabo no permitía más de veinte pasos. Me fui a sentar a la sala, rogando para que salieras pronto, para que pudiera anunciarte que una mesa nos estaba esperando; entonces tú sonreirías con satisfacción y me dirías: gracias, mi amor, era lo que me hacía falta.

Pero no saliste del dormitorio en casi una hora y media. Y cuando lo hiciste ya estabas en calzoncillos, con el pelo revuelto y un inequívoco aire de que algo no andaba bien. Te metiste a la cocina. Escuché que abrías el cajón de tus medicinas, que ibas seleccionando las necesarias y que las ponías en un platito. Recuerdo tan bien el ruido de esas pastillas al caer sobre la cerámica: goterones de diferentes colores y sonidos, una escala musical que se repetía idéntica por las mañanas y por las noches. Cuando volviste a salir de la cocina te encontraste conmigo sentado en el sillón, seguramente mirándote con desconcierto, a mitad de vestir para nuestra cena que naufragó igual que mi entusiasmo.

—A veces necesito estar solo un rato —dijiste sin que te preguntara nada—. Extraño llegar a mi casa y que no haya nadie a mi alrededor.

Recuerdo que sólo pude seguir con la mirada clavada en ti, en tu imagen de hombre abrumado que estaba haciendo un gran esfuerzo por decirme lo que le estaba consumiendo el espíritu.

—Me gusta el silencio. Durante el día me la paso solucionando problemas, todo el mundo me busca y me habla. Cuando llego en la noche quisiera poder olvidarme de todo eso.

—¿Qué hice…? —pregunté, asumiendo de inmediato que el problema tenía que ser yo.

No respondiste a mi pregunta. Respiraste hondo y comenzaste a tomar tus medicinas. Dejaste el vaso dentro del fregadero y lo llenaste de agua. Saliste otra vez al pasillo. Para esos entonces yo iba en caída libre, deslizándome por el plano inclinado en que se había convertido la noche: un largo y enjabonado resbalín que me alejaba de ti a la velocidad de la luz.

—Te voy a pedir algo. Que no me hables cuando llegue del trabajo. Dame una hora para que aterrice, para que recupere la paz. Hazme ese favor.

Asentí, aturdido. ¿Qué estaba pasando? ¿Qué juego era ése? No sabía si iba a ser capaz de aguantarme las ganas de saludarte como me gustaba hacerlo, brincarte encima y darte un beso de amante emocionado con tu regreso. ¿Qué? Tú ibas a entrar al departamento, me ibas a hacer una ligera inclinación de cabeza, yo haría otra —frío y distante— a modo de bienvenida, te irías a cocinar mientras yo evitaría respirar incluso para no provocarte una asfixia con mi presencia. ¿Qué estupidez era ésa…? ¿Una hora de silencio? Te imaginé ese día en la oficina anotando en tus listas de mierda el siguiente renglón: 8:30 a 9:30 p.m., silencio total. Luego habrías ingresado el dato a tu Palm Pilot para que se pusiera en práctica. Esa noche me metí a la cama convertido en una sombra, un fantasma que hizo hasta lo imposible por no tocarte, ni siquiera rozarte el cuerpo, a ver si así conseguías olvidarte de mí por un rato. Mi presencia te estaba abrumando. Mi desembarque en Chelsea, que tanta alegría te provocó en un primer momento, se estaba convirtiendo en una invasión de la que había que empezar a protegerse. Me quedé alerta la noche entera, porque se me empezó a helar la sangre como si la tierra fuera a sacudirse en cualquier momento. Mi cuerpo entero me gritaba que una desgracia estaba acechándome, pero pensé que se trataba de un desastre de la naturaleza, un suceso ajeno, que ocurría fuera de las paredes de nuestro hogar que parecía encogerse y empeorar las cosas. Jamás imaginé que la tragedia dormía junto a mí, y que para ésa no había ni siquiera cinco segundos de gracia.

A la mañana siguiente despertaste de buen humor. Me hiciste cosquillas para obligarme a abrir los ojos y me besaste con esa intensidad que enamoraba sin remedio. Me preguntaste cuáles eran mis planes y te conté que a las nueve empezaban mis clases en la New School.

—¡Ahora resulta que mi novio es un universitario! —te burlaste de mí y me diste un abrazo, felicitándome—. A ver si este fin de semana celebramos esta buena noticia.

Y te metiste al baño. Hubiera querido decirte que la noche anterior teníamos una reservación, que quería sentarme contigo a conversar de mis nuevas clases, que necesitaba tu consejo, pero no. Tú no tenías ganas ni de sentirme respirar cerca tuyo. Teníamos un problema grave entonces, Ulises, porque ese departamento era tan estrecho, y los muros tan delgados, que escuchaba hasta la vibración amarga de tus pensamientos. Cuando estuviste listo y te colgaste de los hombros la mochila, a punto de salir para tu trabajo, te acercaste a la cama donde todavía yo estaba. Me besaste en la frente.

—Gracias por entenderme.

Y te fuiste, me imagino que satisfecho de haberte sacado de encima tus preocupaciones. La convivencia nunca ha sido un tema fácil. Y el silencio jamás ha solucionado nada, por el contrario: con el paso del tiempo se convierte en una ola brutal, un garrotazo líquido que aniquila todo a su paso, un maremoto inesperado que derriba compuertas y que saca a flote todo aquello que se suponía se había ido directo al fondo. Decidí que no iba a empantanarme en el conflicto. Hoy era mi primer día de clases y, tenía que reconocerlo, estaba un poco nervioso por la novedad a la que me enfrentaría a las nueve en punto. Elegí *Beautiful,* de Christina Aguilera, para echarme a caminar como el protagonista absoluto de una nueva escena de mi película. *I am beautiful, no matter what they say.* Había vuelto a nevar sobre los charcos semiderretidos de la nevada de la semana anterior. Una mezcla de barro café y montículos blancos se extendía a lo largo de la calle, formando pequeños caos en las esquinas. Nueva York en invierno es un verdadero espectáculo: la ciudad entera se sumerge en un silencio amortiguado, se encapsula cada vez que nieva, la gente se neurotiza aún más y se va en masa a los salones de bronceado artificial para recuperar, aunque sea de embuste, un poco de salud en la piel. Me divertía ver a todos esos peatones caminando apurados, patinando en las delgadas capas de hielo, arriesgando la vida cada vez que cruzaban las calles, pero simulando que su ciudad seguía siendo eficiente y cómoda. Extraño Nueva York. Qué lástima que se ensució de azul por tu culpa. Es una verdadera pena que aún hasta el día de hoy tenga tu olor, y tu rostro esté presente en cada esquina. Cuando algunos meses después de nuestra separación regresé a sacar mis cosas de la bodega que compartíamos, no pude disfrutarla ni un solo instante. El pavor de encontrarme contigo, o el hecho de volver a ver sectores que hasta hacía tan poco tiempo tú y yo compartíamos en pareja, terminó por aniquilar mi entereza. Tu adiós se convirtió en un terremoto que aún dura: un largo movimiento telúrico cuyo epicentro es el centro de mi corazón.

Mis compañeros de curso resultaron ser, en su gran mayoría, asiáticos. Por más que intenté recordar sus rostros me parecieron idénticos y sin rasgos particulares que me sirvieran para identificarlos como a un personaje. Todos los cabellos eran lacios y negros, las pieles amarillas y traslúcidas, las facciones amables y sin quiebres bruscos en pómulos y mandíbulas. Los nombres eran aún más imposibles: Minji, Woo, Chienya, Jun, Maki, Hye Jung... También había una brasileña, Sonia, que me sonrió de inmediato y se sentó a mi lado. En menos de dos minutos ya me había contado que su marido era transportista, tenía dos hijos, vivía en Brooklyn y odiaba el inglés. También se quejó de los orientales: que no sabían integrarse a un grupo y que jamás querían compartir sus tareas con otros. Noté durante toda la primera clase la mirada insistente de una muchacha sentada exactamente al otro lado del salón. Por un momento pensé que la conocía: su rostro se me hacía vagamente familiar. Tenía el pelo rizo, más bien claro, varias pecas en las mejillas y una sonrisa amable, de esas que dan confianza sin razón aparente. La sorprendí observándome de reojo un par de veces. Entonces, veloz, desviaba los ojos hacia el pizarrón y simulaba seguir las instrucciones del profesor. No abrió la boca en ningún momento, por lo que no pude descubrir su nacionalidad. Tuve la certeza de que haber tomado ese curso de inglés había sido una buena decisión.

A las doce y media teníamos una pausa de una hora, el tiempo justo para almorzar en la cafetería y regresar a la última clase. Traté de buscar compañía, pero tal como Sonia me había anunciado, las asiáticas se tomaron todas del brazo y como un solo cuerpo de cabellos negros y piel amarillísima se fueron juntas y en silencio. La brasileña almorzó fuera de la universidad, escandalizada por los precios de los sándwiches y las cajitas transparentes con ensalada de pasta y mayonesa. Me senté al fondo, de cara al comedor: quería aprenderme la geografía del lugar que se convertiría en mi espacio más visitado durante los siguientes tres meses.

—¿Puedo...?

La voz sonó a mi derecha. Cuando me volví me encontré con la muchacha de las pecas que sostenía una bandeja plástica con una manzana, un sándwich de jamón y queso y una botellita de agua. Asentí y ella se sentó a mi lado.

—¿Te importa si te hago una pregunta? —me dijo.

Su acento me parecía conocido, fácil de imitar. Traté de adivinar en sus facciones alguna pista, un hilo genético del cual agarrarme para recorrer ese laberinto de dudas que me provocaba. Ella me miró escondiendo entre su bufanda y su abrigo una sonrisa que no supe si era de burla o nerviosismo. Se tardó un poco en preguntar:

—¿Tú eres Diego Valderrama, el de las telenovelas?

Me quedé en silencio, completamente aturdido por la pregunta. Tuve la sensación de estar, por un instante, en un restorán de Chile enfrentado a uno de esos impertinentes que siempre esperaban a que tuviera la boca llena de comida para acercarse. Asentí, y me arrepentí en el acto de haberlo hecho.

—Lo sabía —dijo ella y me extendió su mano—. Me llamo Andrea, y también soy chilena. ¡Mi hermana se va a morir de envidia cuando la llame esta noche y le diga que soy compañera tuya!

Andrea se convirtió en una gran amiga, a pesar del hecho de compartir mi nacionalidad. Fue el perfecto salvavidas del que aferrarse cuando lo nuestro empezó a resquebrajarme y yo a hundirme en una montaña de escombros. Resultó que vivía a dos cuadras de nuestro departamento, por lo que casi siempre nos regresábamos juntos o nos quedábamos por ahí conversando. Aprendí a quererla en poco tiempo, y creo que el nuestro es uno de esos amores que, aunque interrumpidos, duran mucho. Siempre me molestó que tú no quisieras involucrarte en mi mundo. Andrea nos invitó varias veces a comer a su casa, y tú cancelaste tu asistencia a última hora en todas las ocasiones. Hace poco ella me confesó por teléfono que la única vez que te vio no le caíste bien. Incluso le infundiste un poco de miedo, escondido tras esa línea de pestañas pobladas y protegido por el azul intenso de tus ojos. Te defendí, ¿puedes creerlo? Y lo sigo haciendo cada vez que alguien intenta hablarme mal de ti.

Esa tarde llegué al departamento con mi mochila llena de cuadernos y libros nuevos, y un puñado de cosas que contarte. Cuando sentí el ruido de las llaves abrirse paso en la cerradura, mi primer impulso fue el de correr a recibirte y ponerte al corriente de mi primer día de clases. Pero me detuve en seco: recordé tu petición de la noche anterior. Me quedé sentado en la cama, tratando de verme lo más natural del mundo en mi pose de novio distante y colaborador, y seguí revisando mi *workbook* recién estrenado. Entraste al cuarto y te dejaste caer a mi lado. Tú tampoco habías abierto la boca. Te desabrochaste la camisa, lanzaste lejos los zapatos. Azúcar brincaba a tu lado, tratando de llamar la atención. Ni siquiera me miraste. Tomaste a la perra y la subiste a la cama, dejándola llenar de pelos el cobertor que tanto esfuerzo me había costado estirar y acomodar esa mañana antes de irme. Te lamió la cara y comenzaste a reír. Y a mí ni siquiera me habías dirigido una palabra.

—¿Quién es la perrita de papá…? ¿Quién…?

Azúcar te ladraba, eufórica. Jugueteaste con ella unos minutos, inventando palabras amorosas para provocarla, dándole golpecitos en el lomo y tratando de cogerle la cola. Entonces, te pusiste de pie y fuiste al baño, seguido por esas cuatro patas escandalosas que no se te despegaban del lado. Luego de escuchar con toda claridad el temporal de tu orina en el agua del excusado, te oí abrir la puerta del refrigerador. Efectivamente no me ibas a hablar. Por más que traté de seguir leyendo mi libro de texto no pude. Una sensación de irremediable desplome me subía por las piernas. Cuando el televisor se encendió comprendí que ni siquiera ibas a compartir la cena conmigo. Yo sobraba en esa casa. Tú estabas repitiendo tu vida de soltero, esa libertad física y mental que tenías hasta el día antes de conocerme en el *brunch*. Hubiese querido esfumarme en ese instante, desaparecer sin dejar huella, para provocar que al menos tuvieras que salir a buscarme confundido por mi partida. Quién sabe. A lo mejor esa hubiera sido la solución. El invierno se me metió dentro. Nuestro dormitorio se llenó de nieve y frío. Cuando me levanté para prepararme un sándwich, chocamos frente a la puerta de la cocina. Me hice a un lado para dejarte pasar. Tus ojos ni siquiera se molestaron en mirarme, o en agradecerme el hecho de que te dejara libre el camino. Dejaste los platos en el fregadero y volviste a la sala. Pensaba sentarme ahí, contigo, pero te recostaste a lo largo del sillón ocupando el espacio entero. Tuve que regresar al cuarto. No toqué el pan. Acababa de perder una batalla.

Cerca de las nueve y media volviste al dormitorio. Caminaste hacia tu computadora. La encendiste y te quedaste ahí, esperando a que el monitor se llenara de colores. El único ruido en el departamento era el motor del disco duro desplegando sus archivos. De pronto tus ojos se encontraron con los míos. Tuviste un pequeño sobresalto, como si recién en ese momento hubieras recordado que vivía ahí, a tu lado, que estábamos construyendo un proyecto de pareja juntos.

—¿Qué es de Liliana? —me preguntaste.

—Se va este viernes a Miami —te dije—. Por trabajo.

Asentiste en silencio y volviste a mirar la computadora. Ni siquiera me habías saludado. No te habías tomado la molestia en acercarte, darme un beso, pasarme la mano por el pelo aunque fuera con esa torpeza incómoda que a veces tratabas de superar. No me miraste a la cara cuando sugeriste:

—Tal vez podrías quedarte en su departamento el fin de semana. Creo que quiero estar solo un par de días.

Ni siquiera respondí. Para esos entonces me había esfumado, convertido en una sombra más de ese dormitorio estrecho. Una mancha que de tan insignificante nadie nunca limpió. Un pelo más de Azúcar sobre la cama que cayó al suelo cuando tú echaste hacia atrás las sábanas para dormirte. Y me quedé ahí: nunca me recogiste ni fui capaz de levantarme.

Diez

La orquídea se está secando. No tengo muy claro si es por falta de cuidados o es simplemente la naturaleza haciendo su trabajo. Temo que sea lo último, que ya esté llegando al final de su ciclo. Que el siguiente paso sea desaparecer por completo, regresar al polvo, a la tierra, para convertirse en un recuerdo o, en el mejor de los casos, para renacer como semilla. No me gusta eso. No entiendo por qué las cosas tienen que acabar. De lo bueno poco, dicen los conformistas, y a mí me dan ganas de gritarles que ésa es filosofía para mediocres, para los que no tienen aspiraciones y aceptan sin reclamos las sorpresas que otros deciden por ellos. Por más que lo intento, no logro encontrar una buena razón que justifique que la felicidad tenga que ser breve. ¿Qué clase de dios permitiría eso? ¿Qué divinidad egoísta y cruel sometería a sus propios hijos al tormento de vivir anhelando un breve instante de dicha, un instante probable que de tan pasajero puede incluso pasar inadvertido? No acepto eso. Para mí la felicidad tiene visa indefinida, y tampoco está sujeta a condiciones. No hago trueques con ella: no acepto años de desgracias a cambio de una temporada de bendiciones. ¿Por qué? He luchado mucho para conseguir lo que tengo: ¿por qué entonces ahora necesito hacer penitencias para conservarlo? La religión católica castiga el placer sin derecho a réplica, sobre todo lo que huela a cuerpo en estado de excitación. Han tratado por siglos de hacernos creer que buscar una sonrisa para el alma es un acto de egoísmo infinito, un pecado irremediable que nos condenará al infierno. Pues no. No creo en eso. Si estamos aquí, caminando en esta tierra caliente que fue hecha para nosotros, es para intentar ser felices dentro de nuestras propias limitaciones. Y no voy a pedir perdón por eso. No voy a golpearme el pecho por tratar de encontrar un sentido a mis órganos, a mis necesidades, a mis pensamientos, por más sucios y oscuros que sean. Y cuando por fin aterrice en ese pedacito de tierra que lleve por nombre la palabra alegría, me quedaré ahí, plantaré bandera, levantaré tienda de campaña, haré una base permanente y no habrá culpa, miedo, reproche o religión que consiga mi desalojo. El placer es peligroso, sobre todo para los que no pueden ejercerlo: hablo de los sacerdotes, de todos esos seres que tienen que taparse el cuerpo con telas oscuras que escondan sus malos hábitos. La represión es cosa seria, sobre todo cuando se lucha contra la propia naturaleza humana. ¿Cómo se anula una erección, si es un acto que escapa a nuestro control? ¿De qué manera se evita sentir deseo por un cuerpo ajeno, si para eso fuimos creados con sentidos y órganos sexuales? Si los pueblos enteros fueran felices, si pudieran ejercer con la máxima libertad sus deseos, no habría necesidad de un dios que, dedo en alto, estuviera gritándonos desde cada prédica qué hacer y cómo nos va a castigar. El ejercicio del placer libera. Y a nadie le conviene que las sociedades tengan en sus manos el total derecho de la libertad.

Pienso en todo eso mientras riego la orquídea con ternura de padre que atiende a un hijo enfermo. Acaricio sus hojas duras y alargadas, de un material parecido a la goma verde; paso con suavidad la yema de mi dedo por el tallo que se ha ido curvando con el peso de las seis flores que me regaló durante este tiempo. Tienen una forma intrigante: hay algo animal en ellas, incluso humano, cavidades que se van enrojeciendo, pliegues cubiertos de diminutos vellos, contornos que se doblan sobre sí mismos. Me gusta mi orquídea. No quiero que se seque y tenga que tirarla a la basura. No quiero seguir desprendiéndome de las cosas que me gustan.

Durante mucho tiempo pensé que era sano vivir la experiencia de una desgracia. Incluso yo mismo llegué a provocarme terremotos en momentos de crisis. La tierra se sacudía a mi alrededor, mientras me mantenía firme bajo un umbral, los ojos cerrados, esperando con paciencia a que todo acabara. Luego venía el recuento de los daños: muchas cosas se habían desplomado, otras estaban intactas. Era la manera que tenía de descubrir qué era verdaderamente importante en mi vida. No todos los amigos sobrevivían. Muchas ideas y creencias desaparecían bajo toneladas de polvo y escombros. Y del mismo modo que un país entero se repone e inicia otro ciclo de paz y crecimiento tras un desastre de ese tipo, yo podía empezar un nuevo episodio de mi existencia sabiendo que aquello que me rodeaba era a prueba de sismos y, por lo tanto, confiable. Pero ya me cansé. Basta de correr y buscar protección. No quiero tener que levantarme del suelo una vez más. No quiero sentir más amenazas. ¿Existe algún continente donde la tierra no se sacuda de improviso? ¿Hay alguna región de este planeta donde no haya siempre el peligro inminente de la erupción de un volcán, del lengüetazo mortal de un maremoto, o incluso la espera claustrofóbica de un nuevo atentado terrorista? Si existe, quiero vivir ahí. Estoy cansado. Tengo casi treinta y dos años y me cuesta trabajo seguir hacia adelante.

Tal vez por eso anoche tomé mi celular. Eran las dos de la mañana. Busqué en la memoria el número de tu teléfono, allá en Nueva York. Ése que también fue mío y que repartí entre mis amistades como un trofeo de conquista. Y antes de que tuviera tiempo de pensar en lo que estaba haciendo, apreté el botón para hacer la llamada. Escuché el tono, marcando. Supe exactamente dónde y cómo comenzó a sonar el aparato allá en tu departamento: sobre la mesita negra, junto a la ventana de la sala. Donde siempre acomodé una de las velas aromáticas y puse el portarretratos con tu fotografía abrazado a Mara. Sonó cuatro veces y se conectó la grabadora. Tú estarías durmiendo, claro. Iba a cortar cuando tu voz metálica me llegó en un disparo al tímpano: este es el número de Ulises García, por favor, deje su nombre y su teléfono después de la señal. No alcancé a alejar mi celular de la oreja, para defenderme de tus palabras. Cada una se me metió dentro como un cuchillo que se hunde hasta el mango. Todavía dueles tanto. No quiero seguir aquí. Y entonces ruego para que nadie le haga caso a mis reclamos, a mis teorías de pacotilla, para que las cosas sí tengan un principio y un final, para que lo bueno y lo malo duren poco. Supongo que es el único modo que tenemos para sobrevivir. No quiero soñar mil veces más contigo. No quiero volver a marcar tu número para conformarme con la grabación áspera de tu contestadora. No quiero seguir contemplando con supuesta madurez y sabiduría mi dolor y fingir ante todos que he descubierto las claves de una nueva vida feliz. Sólo quiero que desaparezcas de mi adentro y de mi afuera, lo más rápido posible y de la manera menos dolorosa. Tenme compasión y paciencia. También me estoy marchitando como mi orquídea. En muy poco tiempo volveré al polvo, a la tierra, para pasar a ser sólo un recuerdo. O, en el mejor de los casos, regresar convertido en alguien que ya no se acuerda de ti.

Once

Hasta que pasé la primera noche en el departamento de Liliana, lejos de ti y de nuestra cama, no había entendido que la desesperación nada tenía que ver con gritos, o llantos histéricos, con arranques de violencia ni tampoco con deseos de ardiente venganza. Por el contrario, la verdadera desesperación es muda, gélida: un pozo solitario, de intolerable silencio, donde hay tiempo para repasar con lujo de detalles cada paso que te dejó varado en ese sitio. No derramé ni una sola lágrima. Ni siquiera tenía fuerzas para recriminarte por haberme hecho salir de mi hábitat, ése que tanto esfuerzo me estaba costando preservar. El sábado a primera hora nos levantamos en silencio. Tú abriste el clóset para sacar la ropa de yoga y tu mat verde, ritual repetido cada comienzo de fin de semana; yo hice lo mismo, pero para preparar mi improvisada maleta. ¿Cuánto tiempo iba a tener que quedarme en casa de Liliana hasta que tú pudieras desintoxicarte de mi presencia? Me ibas a llamar para decirme cuándo podía regresar. Por un instante se cruzó en mi mente la imagen de Bárbara empacando sus cosas, yendo y viniendo desde el ropero a la cama. Tal vez me merecía ese exilio.

—¿Tengo que llevarme mi computadora? —pregunté para calibrar la real dimensión de mi partida.

—Creo que sí. ¿No estás escribiendo tus cuentos? —fue tu respuesta.

Entonces era cierto. No era simplemente irme unas horas a la casa vacía de una amiga mientras tú dormías una siesta y se te pasaba así el mal humor. Íbamos a jugar a que yo no existía en tu vida, a que tú podías entrar y salir de tu departamento sin tener que arrastrarme contigo aunque no quisieras, a que eras libre de echarte a ver una película sin cumplir con obligaciones de novio que tus listas escritas con antelación te exigían respetar. Yo era un problema, y la solución más simple era quitarme del medio.

—Te llamo —dijiste desde el pasillo, y saliste.

¿Qué hacía ahora? ¿De qué servían entonces el pelo corto y el gimnasio que me tenía adolorido hacía meses? ¿Para qué me estaba vistiendo de esta nueva identidad que me permitía ser tu novio por derecho propio, si tú no eras capaz siquiera de valorar mi presencia bajo tu mismo techo?

Tampoco creo que cuando se cierra una puerta se abre una ventana. Esa frase me suena a cliché de perdedor, a filosofía de calendario de oficina pública que cientos de burócratas convierten en su única esperanza cada vez que les rebajan el sueldo o les reducen sus derechos y sus prestaciones. Sea lo que sea, mi celular sonó cuando iba camino al departamento de Liliana. Me detuve: eras tú, estaba seguro. No habías podido entrar a tu clase de yoga, no ibas a ser capaz de lograr tu meditación pensando en lo injusto que te habías visto. Regresa, Diego, perdóname. Y yo habría corrido sin siquiera darte tiempo a terminar tu oración. Claro que te perdonaba. Siempre te iba a perdonar. ¿No es eso lo que uno hace cuando quiere de verdad? Encontré mi celular entre mi cepillo de dientes y toda la ropa con la que había llenado mi mochila. Cuando traté de identificar la llamada, me sorprendí al ver que se trataba de un número de México. No eras tú. No.

—¿Bueno, podría hablar con Diego Valderrama por favor?

Respondí que era yo. Y algo me dijo que era una llamada importante, de ésas que cambian planes de tan sorpresivas que resultan. Efectivamente, era una productora de Warner Brothers, la filial mexicana, que quería darme una buena noticia. Habían aprobado la filmación de un guion que les había enviado casi dos años antes, titulado *Novela rosa*. Mi primer impulso fue cortar y llamarte, gritarte ronco de felicidad que iban a rodar una película mía, pero me acordé de que nuestra relación estaba oscurecida por el eclipse pasajero de tus sentimientos.

—Vamos a comenzar a filmar en un mes y medio —oí que seguía la voz de la mujer al otro lado de la línea—. ¿Tienes un email al que podamos mandarte toda la información...?

Reconozco que pensé en lo de las puertas cerradas y las ventanas abiertas, esa teoría de conformismo barato con la que siempre solucionaba mis fracasos. También pensé que en otra circunstancia hubiera dado un grito de alegría: me estaban ubicando desde México para darme la noticia de mi vida. Una película. Iba a ver mi nombre en pantalla gigante. La mujer me dijo que pensaban destinar varios millones para la producción y la publicidad. El elenco sería de primeras figuras. Era demasiado contenido para una llamada tan breve, y tú no estabas ahí. Debería haberme comunicado con mis padres, contarles la novedad con la voz cruzada de suspiros de emoción. Pero no lo hice. Hacía frío en el departamento de Liliana cuando entré. La calefacción estaba apagada y no hice nada por resolver el problema. Ni siquiera me conecté a internet. Dejé el celular por ahí cerca, a la altura de mi mirada: seguro de que en cualquier momento sonaría como el timbre que anuncia el fin de un recreo escolar. Pensé en llamar a Andrea, mi amiga chilena de pecas y sonrisa encantadora, pero tampoco tuve ánimos de hacerlo. De seguro mi voz se escuchaba igual que un instrumento desafinado por falta de uso, y no me sentía capaz de disfrazar mis notas amargas. Esa noche comprendí que cuando la felicidad se enfrenta a la tristeza, siempre gana la última. Al menos en mi caso.

Anocheció sobre mi celular, que no sonó jamás. Me dormí encima de la colcha, con la ropa puesta y tu rostro acompañándome desde el otro lado de mis párpados. Desperté temprano, como siempre ocurre cuando uno pasa la noche en casa ajena. Al meterme a la ducha me llevé conmigo el teléfono, que dejé encima del estanque del excusado para no perderme tu llamada en caso de que quisieras por fin hablar conmigo. Repasé mentalmente tu lista de actividades del domingo: desayuno tarde, salir a caminar con Azúcar y llevarla al parque para que corriera un rato, sentarte a escribir y preparar tus documentos para empezar con seguridad una nueva semana laboral. ¿Serías capaz de cancelar, sólo por mí, alguno de tus planes? El silencio de mi teléfono me dio la respuesta.

Salí a caminar por las calles. Marzo se estaba empezando a sentir en la temperatura del viento. El aliento de Nueva York se entibiaba poco a poco anunciando que no faltaba mucho para la llegada de la primavera. El calor siempre ayuda al estado del ánimo, pensé. No es lo mismo sufrir con frío y lluvia que viendo los árboles en flor y a la gente en camiseta y pantalones cortos. Además tenía motivos de sobra para ser feliz: iban a filmarme una película en México. Pero por más que lo intenté no conseguí esbozar una sonrisa. Eran recién las dos de la tarde. Nunca un domingo se me había hecho tan largo y tan solitario. Ya estaba cansado de caminar y quería regresar a la casa. Pero no al departamento de Liliana sino al mío. Necesitaba los olores de las velas, el quejido de la cama cuando me sentaba sobre ella, ese espacio mínimo pero tan propio que había conseguido erguir a mi alrededor. Miré por si a mi celular se le hubiese acabado la pila o estuviera con mala recepción. Pero no. Todo funcionaba perfectamente. Eras tú el que no quería dar ese paso. ¿A qué le tenías miedo, Ulises? ¿A demostrarme que te estabas enamorando sin vuelta atrás? ¿A perder el control del orden, a que tu vida se convirtiera de pronto en un *big bang* por culpa de tus sentimientos? Amar es tan simple: es mandar al demonio las dudas y las preguntas, es cerrar los ojos y echarse a caminar. Así amo yo, como un salvaje, sin elegancia ni decoro. Lo demás me parece inútil.

Compré un boleto para subir al mirador del Empire State, allá por el piso 86. Me dejé llevar por la horda de turistas que se aferraban a sus máquinas fotográficas para conseguir una prueba concreta de su paso por aquella ciudad que nunca duerme. Primero nos bajaron al subsuelo del edificio para formarnos en una interminable hilera repleta de rostros sonrientes y ansiosos. Debo haber desentonado por completo en aquel grupo humano. Me sentía opaco, sin luz propia, como el satélite en el que me había convertido. Y cuando un satélite pierde a la estrella que lo ampara, no sólo se apaga y muere: también es el comienzo del fin del universo entero. Nos hicieron pasar uno a uno a través de un detector de metales y fueron subiéndonos en apretados grupos dentro de ascensores que subían el estómago a la garganta de tan veloces. Imaginé que ahí dentro mi celular perdería la recepción. Ojalá no llamaras en ese momento, rogué apretado contra unos europeos que se reían nerviosos a mi lado. Cuando nos bajamos, terminamos de trepar unos tramos de escalera. Seguía a la gente sin saber muy bien qué hacía. Cuando atravesé las puertas que comunicaban con la terraza del mirador, un soplido de impresión se me escapó entre los labios. El viento me golpeó el rostro, recordándome que estaba arriba, tan arriba que ni los pájaros vuelan a esa distancia del suelo, que el pálido sol de invierno iluminaba casi a ras de mi cabeza aquella isla donde todos estábamos viviendo. Me acerqué al borde del mirador. Aferré mis manos a la baranda, sintiendo el frío que irradiaba el metal y dejando que mi visión se empañara con mi propio aliento entrecortado. Nueva York se veía infinito: un cuerpo enorme con las tripas al aire; las calles eran las venas, los autos los glóbulos rojos y blancos, las avenidas los intestinos, Central Park un parche verde a la altura de los pulmones. Nunca en mi vida me he sentido más minúsculo que en ese momento, de pie frente a ese enorme mapa viviente que abarcaba de lado a lado, de arriba a abajo. Me sentí colgando del abismo. Hubiese sido tan fácil asomar parte del cuerpo por encima del pasamanos y dejar que la gravedad hiciera el resto. Que alguien te llamara a tu casa para darte la mala noticia. ¿Cuál hubiese sido tu reacción? De enojo, sin duda. Jamás de tristeza. De pronto sonó mi teléfono. En una fracción de segundo alcancé a dar las gracias por mi cobardía y por tu valor para, al fin, hacer esa llamada que llevaba horas esperando. Pero el visor de mi celular anunció que tampoco eras tú. No había identificación disponible. Seguías sin comunicarte conmigo.

—¿Diego…? Soy Sofía —la voz sombría de mi hermana de inmediato me alertó de que algo no andaba bien.

—¿Qué pasa? ¿Cómo estás?

—Hoy fuimos al doctor, al control de rutina —comenzó a decirme, y sus palabras se quebraron en un llanto que estoy seguro que Paul, a su lado, trataba de mitigar.

Me explicó que le hicieron un examen al líquido amniótico y los resultados no fueron buenos: el niño venía con malformaciones severas. Esa fue la sentencia del médico, allá en Hong Kong. Disposiciones genéticas, mala suerte, castigo, había mil argumentos a los cuales culpar. Pero el hecho era que ese proyecto de ser humano que crecía dentro del vientre de mi hermana tenía la vida marcada. No supe qué responder. Tampoco me atreví a sugerir un aborto. Sólo dejé que mi hermana llorara a través de la línea telefónica, consolándola con palabras que ni yo sentía adecuadas.

—Creo que me voy a ir a Chile un tiempo —me dijo de pronto—. Me hacen falta los papás, aquí me siento muy sola…

Entonces comprendí que aquel tifón que predije durante la fiesta de despedida finalmente había cobrado su primera víctima. Pero no había sido yo sino Sofía. O su hijo, mejor dicho. Me volví hacia la ciudad que allá abajo comenzaba a encenderse como un árbol de Navidad. Mis problemas me parecieron tan absurdos y egoístas. Me vi arriba de uno de los edificios más altos del mundo, viviendo en la ciudad que todo el mundo sueña con conocer, con parte de la vida resuelta y un novio agobiado por la falta de espacio y mi irritante presencia en su departamento. Cuando corté con Sofía —que no pudo seguir hablando de la tristeza y la desesperanza— busqué tu número en el celular. Ni siquiera intenté detener el movimiento de mi dedo cuando oprimió el botón.

—*Hello?* —contestaste casi de inmediato.

—Ulises, quiero regresar a la casa.

—Iba a llamarte dentro de un rato.

—¿Puedo?

Tu respuesta tardó unos instantes. Yo aprovechaba el momento para ubicar tu departamento desde la terraza del Empire State y seguir el vuelo de tus palabras directo hacia mis oídos. La distancia era demasiado grande para ver el lugar exacto donde estabas, pero logré descubrir la calle y una esquina cercana. Mi zona de seguridad. Mi Chelsea.

—¿Puedo? —insistí con determinación.

—Claro que puedes. Te estoy esperando.

Cuando corté la llamada, sentí que había envejecido un siglo. Nunca supe si fue por la noticia demoledora de Sofía o el esfuerzo que me demandó armarme de valor y dar ese primer paso. En el mismo día me habían anunciado que me convertiría en un escritor de cine, que la gestación de mi futuro sobrino nos haría llorar a todos durante los siguientes meses, y que mi novio por fin me estaba esperando después de un fin de semana de separación. Tú ibas a hacer tu mejor esfuerzo por aprender a vivir conmigo; yo iba a cruzar los dedos para que fueras un buen alumno. Dos de tres, pensé haciendo el balance de la jornada. Y me sumergí en la marea de turistas que se disponían a regresar al suelo.

Doce

Tu respiración está muy agitada: es un animal salvaje que han dejado escapar de su jaula. Cuando llegamos al orgasmo te pido que respires en mi boca, que quiero sentir tus quejidos dentro de mí. Es una sensación de túnel, de vacío, de todos los sonidos quedando atrapados en mi cuerpo. Eres intenso, fuerte, y más allá de alimentar mis fantasías, tienes esa cadencia musical cuando hacemos el amor que me mata. Hemos hablado poco desde que regresé de casa de Liliana. Comprendí que siempre has sido muy evasivo con los temas que más te duelen, o los que aún no logras resolver. Y yo soy uno de esos temas. Pero al mismo tiempo eres preciso, certero como una flecha que atraviesa con perfecta puntería el centro del blanco. En eso estábamos. Tratando de encontrarnos en la conversación, intentando acercarnos a nuestras propias orillas. Y entonces soltaste tu frase de la noche, la que —al igual que todas las otras que acumulo— me cambió un poco más la existencia:

—Me gusta que hayas llegado a mi vida.

Me quedé callado unos segundos, pegado a tu cuerpo que tan bien conocía. Todavía tu corazón no se calmaba del todo y trataba de descansar después del amor.

—Antes de conocerte me sentía solo, como una isla desierta —agregaste.

Me reí de la metáfora. Entonces me acerqué a tu oído y te susurré dentro:

—¿Y a ti qué ola te trajo por mis playas que te quiero tanto?

Esto de sentirse como una isla dentro del mar humano no es nada nuevo. Aunque tengo que decir que no sé si será el hecho de que siempre he vivido anclado a continentes, pero nunca me he identificado con un pedazo de tierra rodeado de agua. Será la deformación profesional, quién sabe, pero desde que nací he preferido creer que mi vida es una película, donde soy el protagonista y todos los demás son actores que aportan sabor a la trama. Y he pensado que debo buscar un compañero de actuación, alguien que comparta escena conmigo, un verdadero actor que nunca esté desenfocado y que no necesite unos malditos subtítulos para que yo pueda comprender lo que me está diciendo. Eso sí, he tenido varios naufragios: embarcaciones enteras han encallado frente a mis costas, pero eso no ha minado mis ganas de seguir buscando nuevos horizontes. Lo que quería decirte en ese momento, a la sombra de esa noche de amor, era que tú, sí, tú, Ulises, estabas salvando esa mala película que filmaba todos los días. Quería decirte que tu vida, tu existencia inagotable y tus ganas de vivir, a pesar de todo me habían hecho tan, pero tan bien. Ahora tu respiración estaba dentro de mí. Tu vida estaba un poquito en mí. Y sigue estándolo.

Te miré caminar desnudo por el cuarto y me dieron ganas de apretarte, de gritarte fuerte que te quiero y quiero seguir queriéndote. Me sonreíste y te acercaste de nuevo a la cama, como una ola cariñosa. Y entonces supe que si era isla, o playa, o continente, o lo que fuera, tenía la mejor marea del mundo a mi lado: la tuya. ¿Quién puede temer a una corriente de agua generosa y tibia, como es la que me regalas con cada uno de tus orgasmos? Agua calma. Agua inofensiva. Recuerdo haber leído que las costas de Chile han sido azotadas sólo dos veces por un maremoto. En ambos casos los daños fueron enormes. Lo curioso es que los dos se originaron a miles de kilómetros de distancia, es decir, sin relación con un terremoto local. El primero fue el resultado de un sismo ocurrido en el archipiélago de las Aleutianas, cerca de la isla Unimak, el 1° de abril de 1946. Los daños fueron mayores en Iquique ya que el mar subió más de cinco metros en cuatro horas, y en Valparaíso donde las marejadas ocuparon cien metros de tierra. El segundo caso fue el 4 de noviembre de 1952 y se originó por un terremoto en Kamchatka, Siberia. Afectó gran parte del litoral, comenzando en Antofagasta y llegando a Talcahuano tres horas después. Ambas zonas fueron las más dañadas por el fenómeno, que invadió hasta quinientos metros tierra adentro. Dicen que las olas eran enormes manos de espuma y sal que arrancaban árboles de cuajo y desmoronaban construcciones como si fueran castillos de arena. Pero tú y yo no teníamos nada que temer. Nuestras aguas estaban mansas, y al parecer habíamos aprendido a mantenerlas así. Tal vez había terminado de pagar todas mis culpas y ya podía dedicarme, por fin, a ser feliz.

Lo del embarazo conflictivo de Sofía conmocionó a mi familia y a ti también. La filmación de mi película, como es lógico, pasó inadvertida en medio del drama que se desató cuando el segundo examen confirmó lo que todos rogábamos que hubiera sido un error médico: el feto iba a tener problemas en su desarrollo normal. Mi madre trató de conseguir vacaciones y partir a Hong Kong para acompañar a mi hermana mientras ella resolvía los problemas para ir a Chile a pasar una temporada. Pero no lo consiguió. Yo hablaba con ellos casi todos los días por teléfono y, con mis propios oídos, fui testigo del inexorable desplome de Paul. A veces ni siquiera era capaz de contestarme. Lo imaginaba con la vista perdida al otro lado del magnífico ventanal suspendido sobre Pakinsitó, ese rincón del planeta cubierto de vegetación exuberante y salpicado de mansiones adineradas. Sofía me comentaba, la voz baja y el aliento agitado, que él ya no quería trabajar ni vestirse por las mañanas. Le ofrecí ir a ayudarlos, pero no aceptó. Éste era un problema que ella y su marido tenían que enfrentar y resolver solos. Era su punto de quiebre: ese momento en la vida que lo sube a uno de nivel o lo hunde sin remedio alguno. No pude sino sentir orgullo por ella y por su valentía para encarar el futuro.

Por otra parte, los de Warner Brothers empezaron con la producción de *Novela rosa*. Luego de dar vueltas por México y de gastar mucha gasolina recorriendo distintas localidades, decidieron que el rodaje se llevaría a cabo en el estado de Morelos, en un pintoresco pueblo construido en torno de una plaza que parecía sacada de una leyenda rural. Era perfecta: una glorieta al centro —un redondel coronado por un techito de tejas, arcos y una escalinata repleta de flores—, muchos escaños de metal pintados de verde, y una ronda de casas de fachadas multicolores. Calcularon que con trece semanas de rodaje cumplían a la perfección con el plan de trabajo y se pusieron manos a la obra. La felicidad me hacía sentir que mi cuerpo se encogía, de modo que ya no era capaz de contenerla: era un cargamento demasiado enorme para un recipiente tan estrecho. Tú me sugeriste que me fuera a México unas semanas, para ser testigo de la filmación. No quise. Le eché la culpa a la universidad, a una serie de exámenes de gramática que me habían programado con anterioridad y que no podía dejar de presentar. Pero la verdad era que no deseaba dejarte solo: por primera vez sentía que la balanza que nos contenía a ambos estaba en equilibrio e iba a hacer lo posible por no provocar un movimiento brusco que la desestabilizara. Tal vez si me iba te acostumbrarías de nuevo a tu soledad, a la cama toda para ti, a ese silencio que reclamabas quedándote mudo por horas enteras. Si tenía que sacrificar mi propio entusiasmo en relación con la película lo iba a hacer. Era por una buena causa. La prensa chilena se enteró de la noticia y no pasó mucho tiempo antes de que comenzaran a llamar a mi celular preguntándome por *Novela rosa*. Mi sorpresa vino cuando un día sonó el teléfono del departamento: era un periodista de *El Mercurio*, el diario más importante de Chile. Había llamado a mis padres y ellos le habían dado ese número. Por suerte contesté yo. ¿Qué hubiese pasado si lo haces tú, Ulises? Te habrían preguntado quién eras, y en tu honestidad clásica habrías dicho que mi novio. Y la noticia, al día siguiente, no trataría precisamente de la película que comenzaba a filmarse en Morelos, sino sobre la preferencia sexual secreta del guionista de telenovelas radicado en Nueva York. Me sentí invadido en mi intimidad. Una cosa era que la prensa me buscara cada vez que viajaba a Chile y yo decidiera dar un par de entrevistas. Pero otra cosa muy distinta era que comenzaran a llamar a nuestro departamento, a ese espacio tan íntimo y discreto como nuestra propia relación. ¿Cómo se entierra un pasado que ya no se desea? ¿Y cómo se hace eterno el momento exacto que se está viviendo?

Esa noche llegaste a casa un poco más temprano de lo habitual. Me sorprendiste sentado en la cama, rodeado de mis cuadernos y mis libros de la universidad, tratando de redactar un ensayo sobre la caída del pelo y las consecuencias psicológicas que eso acarrea. Llevaba apenas dos líneas y varias horas en la empresa: *Do you want to know what a guy's worst nightmare is? Waking up one morning and seeing lots of hair on the pillow*, había escrito. A pesar de que las cosas parecían haberse calmado, preferí no ponerme de pie para abrazarte con euforia cuando te vi entrar al cuarto. Te lancé un beso mientras te despojabas de la mochila, los zapatos y la camisa.

—Mara se casa —anunciaste con entusiasmo.

—¿Qué? ¿Cuándo? ¿Con quién? —reaccioné sorprendido.

Me contaste que ella te había llamado esa tarde a la oficina. La cosa era muy simple: Félix, su novio de toda la vida, había soñado que se casaba con Mara. Ella, a su vez, había soñado esa misma noche, a esa misma hora, el mismo sueño. Y como ambos eran fervientes defensores de que las coincidencias no existen, y que todo es una causa que lleva a un efecto, decidieron proponerse matrimonio a la mañana siguiente. Así, en cosa de horas, ambos dejaron la soltería para convertirse en una pareja comprometida. Para sorpresa de todos, incluso de ellos mismos.

—Este viernes nos vamos a Puerto Rico para la boda —me dijiste con una sonrisa de ojos y labios, y me mostraste los boletos que compraste a través de internet.

Entonces di un salto de felicidad y te abracé por el cuello, te besé en la boca y en las mejillas y te apreté con fuerza contra mi cuerpo. Me arrepentí en el acto: no quería molestarte ni tampoco despertar al monstruo de tu poca tolerancia.

—No pasa nada. Estamos bien —dijiste al notar que me separaba de golpe para volver a sentarme entre mis papeles y el diccionario español-inglés.

Era cierto. Las cosas estaban bien, muy bien. Nuestras rutinas se alimentaban de una vida ordenada y con horarios definidos: trabajo para ti y universidad para mí, gimnasio para ambos, cena y escritura antes de dormir. Yo llevaba ya más de seis cuentos y tú casi la mitad de la novela. A veces teníamos unas magníficas sesiones de sexo, sobre todo las que no se planificaban y surgían de un cariñoso beso de buenas noches que se convertía en un excitante preludio de lo que vendría a continuación. Y ahora haríamos un viaje juntos; descubriría por fin tu país: esa isla de cien por treinta y cinco millas de la que tanto he aprendido a través de tus cuentos y tus anécdotas de infancia y juventud. Iba a conocer Puerto Rico. ¿Sabes lo mucho que significaba eso para mí?

Al día siguiente, de regreso de la universidad, decidí retrasar la llegada al departamento. Sin tener muy claro el porqué, quise caminar un poco y escuchar música. Tal vez porque el día estaba hermoso, tal vez porque había sol después de una semana de lluvia, tal vez porque así tenía que ser. Decidí doblar en la calle 23, cosa que no hago muy a menudo porque en la esquina siempre están construyendo algo que nunca se acaba y hay que saltar hoyos, cruzar por tablones resbaladizos y soportar el chirrido eléctrico de sierras y taladros. Pero doblé ahí, como atendiendo al llamado de alguien o de algo que parecía gritar mi nombre desde algún sitio que tenía que encontrar. Por eso cuando avancé por la calle 23 y me vi cara a cara frente al local de Dragon Tattoo, sentí que por fin había llegado al lugar desde donde salía aquel grito que me venía llamando hacía varias calles. ¿Un tatuaje? La idea me sedujo. Era una buena idea inmortalizar en mi cuerpo ese momento de paz y felicidad en el que estaba sumido. Las cosas estaban bien contigo, con mi trabajo y con mi profesión. El hecho de anclar un instante fugaz me parecía completamente aconsejable. Además, todos los Chelsea Boys tenían un tatuaje que se les arrancaba debajo de las mangas de sus camisetas o por encima de los pantalones. Tú tenías dos, uno en cada bíceps, y te convertían en el hombre más atractivo del mundo. Empujé las puertas y una campanilla anunció mi ingreso. Primero que todo tuve que confesarme algo: tenía miedo. Y mucho. Sentí que las palmas de las manos se me derretían convertidas en agua, que mis rodillas amenazaban con desmoronarse como un andamio de arena, que mi respiración huía garganta adentro para no volver más. Pero a pesar de todo di el paso que hacía falta y terminé de entrar al local. Lo primero que me recibió fue el profundo olor a incienso. Tardé unos segundos en distinguir aquella mezcla de canela y pimienta, ceniza quemada y aroma a Oriente que me acarició los bordes de la nariz y que me invitó a dar el segundo paso, el que me dejó definitivamente dentro del lugar. Después traté de ver al mismo tiempo los cientos de afiches que cubrían los muros: dragones, había muchos dragones, cientos de pósters de dragones, rojos, verdes, con fuego en el hocico, con uñas afiladas, con lenguas bífidas, ojos asesinos, aletas y escamas de dinosaurio. Millones de dragones que parecían advertirme a gritos que me diera la vuelta, que tenía razón al sentir miedo, que nada bueno podía salir de aquella decisión que estaba tomando en forma tan precipitada. Pero esta vez tampoco supe por qué decidí seguir adelante. A lo mejor era cierto que estaba logrando romper círculos viciosos. A lo mejor por fin había aprendido a mantener mi palabra, a hacerme responsable de lo que decidía. El olor a incienso me señaló el camino al mostrador.

—*Hello?*

Una muchacha se asomó detrás de una cortina de terciopelo rojo. Alcancé a contarle ocho aretes repartidos entre las dos cejas, la nariz y el labio inferior. Varios otros brillaron en el lóbulo de la oreja izquierda.

—*Can I help you…?* —dijo ella.

Iba a contestarle, pero sonó un teléfono. Ella me hizo un gesto para que esperara unos momentos y levantó el auricular. Seguía mirándola, intrigado en contarle los aretes que aparecían como por arte de magia cada vez que ella mostraba un poco más de piel. Tenía uno que le atravesaba por completo el caracol de la oreja y que cortaba en dos el cartílago. Eso tiene que haberle dolido mucho. La pieza de metal terminaba en dos pelotas metálicas, como una guaripola en miniatura incrustada en aquel tejido. Bajé mi vista hasta el cuerpo de la mujer. Tenía una camiseta anaranjada de mangas cortas que se apretaba con cierta rudeza a sus carnes. Ella seguía hablando al teléfono con voz inaudible. Al sentirse observada se dio vuelta hacia el muro, como exigiendo privacidad en el breve espacio de aquel local inundado de humo fragante y dragones en los muros. Entonces le observé la nuca: era perfecta, con la curva precisa para convertir el cuello en espalda. Y ahí, sobre el primer hueso que daba origen a la columna vertebral, la mujer tenía un tatuaje: un ojo. Un ojo delineado en negro, con pupila, iris, lagrimal. Un ojo que no pestañeaba nunca, que no desviaba su atención, que siempre miraba de frente. No pude moverme, inmovilizado por el grito que pareció darme ese dibujo. Eso quería: un tatuaje vivo, que respirara junto con mi piel, un tatuaje que tú lamieras con la misma dedicación que yo ponía en los tuyos. Un tatuaje para lucirlo en Puerto Rico cuando Mara se casara este fin de semana. Ella cortó la llamada y se volvió hacia mí.

—*I'm sorry. Can I help you?*

—Quiero hacerme un tatuaje —le dije en español porque cuando estoy nervioso se me olvida el inglés.

—Claro. Es lo que todos quieren —contestó ella, y se inclinó en busca de un libro. Otra vez dejó ver su tercer ojo, aquel de la nuca.

Puso sobre el mesón un enorme volumen lleno de dibujos: al girar las páginas aparecieron águilas de alas abiertas y cerradas, cuchillos, enredaderas de rosas abrazando puñales, mujeres de nalgas y pechos enormes en poses provocativas, corazones cruzados por flechas, más dragones, vírgenes santas arropadas por mantos de estrellas, lunas, soles y galaxias completas. Negué con la cabeza.

—Ya sé lo que quiero hacerme —le dije—. El símbolo de Om.

Me levanté la camiseta y le mostré mi estómago trabajado en el gimnasio.

—Aquí, en el bajo vientre. Cerca del ombligo.

La mujer asintió. Como repitiendo un discurso mil veces pronunciado, dijo algo de procedimientos de higiene y de estricto control de calidad, pero ya no la estaba escuchando. Sólo oía mi propia voz, aquella que dentro de mi cabeza me repetía que, si estaba seguro de lo que hacía, una vez terminado todo no habría marcha atrás. Pero eso era precisamente lo que yo quería: asumir que mi nueva vida era para siempre. Mi opción de estar contigo, Ulises, era irrevocable, orgánica: un dictado de mis propios tejidos. No podía borrarse ni menos hacer como que no existía. La mujer hizo un par de preguntas más. ¿Mayor de edad? ¿Identificación? ¿Tomas alguna medicina? Sí. Sí. No. El acento de ella era colombiano, de la sierra. Me gustaba ese acento, de pronunciación cuidada, de precisión al emitir las eses, de amabilidad fonética.

—Espérame aquí.

La mujer desapareció tras la cortina roja. Me pasé la mano por el estómago aún virgen de dibujo. Había escuchado que los lugares en los que la piel está pegada al hueso es donde más duele. Por eso descarté de plano hacérmelo en la espalda. Además, quería poder verme el tatuaje sin espejos de por medio. Pensé en un bíceps, pero me faltaban cientos de horas de gimnasio para que el brazo quedara a punto. Mis músculos flacos no eran el mejor lugar para inmortalizar ninguna decisión. El estómago era el lugar perfecto. Más abajo del ombligo, cercano a la ingle izquierda. Así nadie lo vería, nadie que yo no quisiera. Tenía algo de perturbadora la idea de quitarme el pantalón, luego el calzoncillo, y dejar a la vista aquel símbolo de Om, un dibujo oriental de trazos simples que me recordaría por siempre el equilibrio que por fin había conseguido a tu lado. Me sobé una vez más la zona que pronto sería atacada por agujas entintadas y aproveché para secarme el sudor de la mano en la ropa. En ese momento apareció la colombiana al otro lado de la cortina.

—Pasa. Por aquí te van a atender —dijo.

Respiré hondamente. Empujé hacia adelante una pierna y luego hice lo mismo con la otra. Me aferré como pude al único gramo de valor que logré rescatar dentro de mí, asentí como si fuera el hombre más seguro del mundo, y salí tras la mujer. Mi cuerpo desapareció tragado por la cortina roja.

Trece

Huelo a tinta. Si acerco las yemas de los dedos a mi nariz alcanzo a percibir el aroma algo metálico, algo agrio, algo negro de la tinta que inyectaron bajo mi piel. Me duele el vientre, mucho. Intento sentarme para poder irme, no sé adónde, ni por qué, pero no puedo. El parche que me pusieron encima del tatuaje cruje con cada uno de mis movimientos. No es un parche. Es un rectángulo de plástico barato, cualquiera, que cubre a su vez un cuadrado de algodón que seguramente está ahí para absorber las gotitas de sangre y los restos de tinta negra que mi cuerpo no fue capaz de contener. Por eso el parche se queja tanto como yo, está hecho con el mismo material de las bolsas de los supermercados, ésas que rechinan con sólo tocarlas y que provocan un verdadero escándalo cuando uno va rumbo a la casa con varias colgando de una mano. La cinta adhesiva con la que lo fijaron a mi estómago me jala algunos pelos que rodean el ombligo, y duele tanto como la cicatriz hecha dibujo que todavía no he visto. Me siento mal. Huelo a tinta; el aire que respiro entra espeso y difícil de tragar. El final de mi boca, allá donde la lengua acaba y comienza el oscuro interior de la garganta, se ha convertido en un pozo que surte de saliva amarga el resto de mi cuerpo. Quisiera vomitar, expulsar esta sensación de hartazgo, de exceso de líquido. Es la tinta. Sabía que esto iba a pasar. Por algo durante años enteros le hice el quite a los tatuajes. Sí, es cierto que me gustan, que secretamente envidiaba a la gente que de pronto dejaba a la vista algún trozo de epidermis donde lucía un dibujo, su insignia personal e imborrable. Pero yo sabía que no eran para mí. Yo soy distinto. Yo no puedo compararme con el resto de la gente, claro que no puedo. Tengo que aprender a sacarme esa idea de la cabeza: el mundo no está hecho para mí. Bueno, para los que son como yo, porque supongo que habrá otros más por ahí que piensen esto mismo. Tengo que asumir que fueron demasiados los años que se me escaparon tratando de sobrevivir a mí mismo. La vida no espera. Descubrí eso tarde, cuando ya todos los demás me habían tomado ventaja y yo todavía estaba en la línea de partida, esperando por la detonación que marcara el momento de echarme a correr. Por eso quería un tatuaje interrumpiendo la blancura de mis carnes sin mancha. Por eso deseaba con tanta fuerza una huella indeleble que demostrara a gritos que yo también podía, que había pasado por agujas y por tintas. Pero también sabía que iba a pagar las consecuencias. ¿Por qué no has abierto la ventana,

Ulises? Hace tanto calor, aunque recién es mayo y el verano aún no ha comenzado. El plástico del parche se me pega a la piel. Eso no debe ser bueno para el tatuaje. No quiero que el dibujo se corra, que se vaya a estropear el símbolo de Om que hice que me grabaran a fuego y lágrimas en ese trozo de piel más blanca que el resto de mi cuerpo. Hace calor. ¿Dónde estás que no me oyes? ¿Ulises? Tengo que sacarme el parche. Tengo que dejar que mi nuevo dibujo respire, que vea por fin la luz, que me vea a la cara, igual que un ciego al que le retiran la venda luego de una operación de retina. Seguramente primero lo verá todo borroso, impreciso, como si el mundo estuviera cubierto por agua y miles de burbujas se interpusieran entre él y yo. Pero poco a poco esas manchas de colores irán cobrando solidez. Y yo apareceré de pronto, y por fin conocerá mi rostro, ese rostro que seguirá viendo por años y años, ese rostro al que se acostumbrará y al que estará por siempre ligado. Mis dedos buscan en aquella cinta adhesiva algún punto un poco más despegado del cual comenzar a tirar. Duele. Duele casi tanto como la herida entintada que presiento bajo los algodones. Pero no tenía alternativa. Este tatuaje representa mucho: es el inicio de una nueva etapa. Es más que eso. Es haber encontrado por fin el camino. Por eso era importante que me abrieran la piel, aunque doliera, para echar dentro ese negro que pintó para siempre los poros. Tengo claustrofobia. Hace demasiado calor y el parche está provocando que el estómago me arda entero. Me duele la cicatriz. Sigo retirando la cinta adhesiva que se lleva con ella pelos y va dejando su trazo de piel enrojecida. Sé que debiera jalar de un solo golpe, pero no me siento con fuerzas para hacerlo. El calor me pone lento. Es sólo un poco más, el parche no es muy grande. Ahora es cosa de retirar el plástico que insiste en quedarse ahí de tan húmedo que está. Lo levanto despacio, como se quita la delgada capa primera de una cebolla. Así queda a la vista el algodón que cubre el tatuaje. Me tranquiliza ver que las gotas de mi sudor que rodean la zona son transparentes y no negras. Eso quiere decir que la tinta no se ha movido de su lugar, que mi Om aún conserva su forma, aquel trazo simple como de caracola. Así lo pedí. Así lo hicieron. Ahora que lo pienso, no recuerdo en qué momento salí de aquel local. Tampoco sé cuándo pagué por el servicio, ni menos cuánto me cobraron. Lo último que sé es que atravesé aquella cortina de terciopelo rojo que tenía olor a polvo y que me hizo estornudar cuando frotó mi cuerpo como una mano vieja recién salida de un baúl también viejo. Mis dedos tiemblan al buscar la esquina del algodón para retirarlo y exponer el tatuaje. Me duele. La zona entera está sensible, como si hubieran quitado entera la primera capa de piel y la que quedó en su lugar todavía no estuviera acostumbrada a los roces y las temperaturas. Arde. Por fin retiro el algodón. No hay nada. Mi vientre sigue intacto, blanco, sudado pero inmaculado. No hay tatuaje. Me engañaron. No hicieron nada. Mi mano se pasea histérica por la ingle, sube hasta el ombligo, busca con urgencia ese Om que debía estar ahí, ese Om por el que debí haber pagado, ese Om que fui a buscar a aquel local atendido por la colombiana llena de aretes. Tengo que volver. Reclamar a gritos. Pero no puedo pararme, me duele la cintura y hace demasiado calor. ¿Y mi olor a tinta? ¿De dónde sale entonces ese olor que me inunda y perfuma por dentro y por fuera…? Vuelvo a la zona de mis dolores. Y entonces veo que no toda la piel está blanca y virgen. Hay una huella, de hecho, una delgadísima cicatriz roja. La prueba de que sí me tatuaron. Ahí está el camino de la aguja en mi piel adolorida. ¿Y la tinta? Entonces volteo el cuadrado de algodón y expongo la cara que estaba contra mi cuerpo. Me paralizo al ver el tatuaje entero adherido a aquel parche. Se despegó. Se salió de mi piel, huyó de mis poros, prefirió el blanco esterilizado a mí, se fue, se borró, se me borró el tatuaje y me dejó de regalo sólo su cicatriz doliente, y entonces me golpeo el vientre, con fuerza, castigándolo por no haber sido capaz de retener lo único de lo que he estado seguro este tiempo, y golpeo con más energía, y duele, y veo aparecer diminutos puntos negros en cada uno de los poros heridos que forman la cicatriz. Y si presiono con los dedos brota tinta de la herida. Hilillos oscuros de algo que no es sangre. Ahí está, por eso huelo a tinta, por eso esa sensación viscosa al final de mi lengua; tiene que haber un cuchillo por aquí cerca, pero no me puedo mover, estoy pesado, claro, lleno de líquido, y acerco mi brazo a la boca y entierro los dientes, lo suficiente como para abrir la carne. Y la tinta se desborda con fuerza; explotan burbujas negras en cada uno de los mordiscos que me doy. Siento cómo mi cuerpo se va vaciando entero; el torrente es cada vez más fuerte, más incontrolable, más definitivo, y comienza a acarrear con él mis órganos, mis intestinos enteros que se desenrollan como una madeja de lana vieja; un racimo de carnes blandas y malolientes chorrea por mis piernas, y antes de empezar a gritar en medio de aquellas aguas color noche que muy pronto van a ahogarme alcanzo a ver el Om, dibujado con precisión sobre el parche de algodón. Me mira, indiferente. Ajeno.

No necesité abrir los ojos para saber que estaba dormido y que ya era hora de despertar. Sentí la mano caliente del sol sobre una de las mejillas y tenía la boca seca y amarga de exceso de sueño. Tú ya te habías ido, y yo incluso estaba tarde para la universidad. Tenía que entregar mi ensayo sobre la caída del pelo —*"Desperate Measures and Hair Loss"*— y no había otro día para dárselo al profesor. Me senté apurado sobre el colchón y mi estómago me reclamó con una punzada lo suficientemente fuerte como para hacerme mirar hacia abajo. Ahí estaba el parche, prueba de que todo había sido cierto y que no tenía de qué preocuparme.

Me metí al baño y me enfrenté al espejo. Despacio fui quitándome el parche. Decidí cerrar los ojos para aumentar la emoción del momento y recosté la espalda contra las baldosas del lugar. La cinta adhesiva se fue despegando de la piel, arrastrando algunos pelos con ella. Hasta que salió entera. Siempre con los ojos cerrados, sentí la novedad del aire sobre aquel trozo de mi cuerpo marcado para siempre. Sí, se sentía distinto. Más frío, tal vez. Más sensible. Igual que tu huella en las paredes de mi corazón.

Abrí los ojos y miré mi reflejo. El tatuaje pareció saludarme desde la ingle. Sonreí triunfal: era exactamente lo que quería. Me pasé un dedo sobre aquella ligera cicatriz negra.

Me gustó mi imagen, mi cuerpo recostado contra el muro, los calzoncillos arrugados a la altura de las rodillas, aquel dibujo casi voyerista tan cerca de mis vellos púbicos y de mi sexo que estaba empezando a endurecerse. Tal vez eran las ganas de orinar, tal vez era la clásica erección de todas las mañanas, tal vez era el recuerdo que me asaltó de pronto de las manos del tipo que me tatuó el día antes manipulándome la piel, hundidas tan cerca del vértice de mis piernas. Y cerré otra vez los ojos y dejé que mi nueva adquisición fuera testigo por primera vez de que me masturbaba en silencio, mordiéndome los labios para provocar un grito que, como nunca, quise dejar salir a todo pulmón aunque esas paredes de cartón lo repitieran en los departamentos vecinos. Caí de rodillas al suelo, las manos y los muslos mojados de leche tibia. Me miré al espejo, como un animal en celo. Y, por primera vez, me gustó esta nueva identidad.

Catorce

Puerto Rico es todo cielo: una monumental y honda bóveda azul, un escenario de luz donde las nubes son las actrices principales. Ahí se pasean con libertad y dominio, luciendo sus vapores de agua y formas caprichosas. Abajo, a ras de suelo, los humanos sobreviven lo mejor posible a la humedad que abarca los cuatro puntos cardinales, a la vegetación que no tiene respeto por nada y al permanente asalto de alguna radio encendida a todo volumen. Apenas me bajé del avión y me enfrenté a la muchedumbre del aeropuerto Luis Muñoz Marín, descubrí que los puertorriqueños caminan como hacen el amor: con orgullo y entrega, con total conciencia del poder que el Caribe les otorgó a la hora de saber mover las caderas. Por eso de inmediato me gustó el país: porque reconocí su herencia en ti. Mucho de lo que amaba de tu personalidad, o de tu cuerpo incluso, se repetía hasta el infinito en cada uno de tus compatriotas.

Mara nos estaba esperando al otro lado de las puertas automáticas. Verla sacudir brazos y manos, pulseras y collares, para llamar nuestra atención, fue el equivalente a enfrentarnos a una turba compuesta sólo por una persona. Nos abrazó y nos besó con euforia. Recuerdo perfectamente que quedó encantada con tu bigote, una novedad que estabas empezando a cultivar sobre tu labio superior; en cambio no dijo nada de mi cabello corto: estoy seguro de que no le gustó. Cuando Mara no tiene nada bueno que decir, se calla la boca. Nos trepamos al auto donde nos esperaba Félix, el novio y futuro esposo, que resultó ser un tipo espléndido.

—Los vamos a llevar a almorzar —anunció él y pasó primera—. ¡Afírmense!

El auto voló por una avenida tan ancha como la pista de aterrizaje a la que habíamos llegado. El aire acondicionado me enfriaba el sudor y convertía mi camisa mojada en una pequeña y gélida tortura. Ibas radiante: tus ojos eran dos chispas de fuego azul, tu sonrisa una carcajada muda. Traté de tomarte la mano, pero no te dejaste. Lo sé. Tú no eres de esa clase de personas, ya me lo habías dicho hace tiempo. ¿Por qué no aprendo? No habían transcurrido ni cinco minutos cuando entramos de lleno a un sector más rural. La calle se estrechó de pronto y comenzaron a aparecer construcciones rústicas de madera. Dentro de cada una de ellas, un fogón central lanzaba humo con olor a fritanga y servía de punto de encuentro a mucha gente que, como nosotros, buscaba un lugar donde comer.

—Vas a probar los mejores bacalaítos del mundo —me anticipó Félix, y viró en una bocacalle de tierra.

Nos adentramos aún más en aquella vegetación compuesta de árboles enormes como edificios y matorrales casi tan altos como los mismos árboles. El auto daba brincos por lo irregular del terreno. Tú te reías fuerte. Sudabas. Y yo me moría de ganas de tomarte la mano. Félix se estacionó junto a la ribera de algo que no supe si era un brazo de mar, un río ancho o la entrada de una laguna.

—Esto se llama Piñones —Mara hizo las presentaciones y su mano señaló un quiosco de madera donde una señora revolvía un enorme ollón de hojalata.

Pocas veces había probado algo tan sabroso como aquel pescado crujiente y rebosante de aceite mal filtrado. Tú estabas pendiente de mi reacción: me di cuenta porque no me quitabas los ojos de encima y seguías con atención cada una de mis masticadas.

—¿Te gusta? —preguntaste con cierta ansiedad.

—Es una delicia. ¿Podemos pedir más?

Era tan fácil hacerte feliz, Ulises. Sonreíste satisfecho, agradado al comprobar que había pasado con éxito mi primera prueba. Tu país se me estaba metiendo poco a poco en el cuerpo, y terminaba por ocupar los pocos espacios vacíos que me iban quedando. Mara aprovechó el momento para explicarnos que la boda iba a tener lugar en Isabela, una playa al oeste de San Juan. Había arrendado un par de cabañas para todos los invitados e íbamos a pasar dos noches ahí: la del viernes y la del sábado, el día del matrimonio. El plan me encantó. Todo sonaba perfecto: una playa de arenas blancas, un mar tibio y transparente, un grupo de tus amigos a los que iba a conocer, un fin de semana de lujo y una ceremonia compuesta de velas, ofrendas de santería y mucho amor. Te miré buscando tus ojos cómplices, pero tú estabas unos pasos más allá, dejándote emocionar por ese paisaje arrebatador que nos envolvía. No había duda de que estabas en casa, Ulises. Tu peso específico, tu densidad de hombre boricua, adquiría otra dimensión: tus células bailaban al compás de esa latitud. Me pregunté si sería capaz de mudarme contigo a Puerto Rico y comenzar una nueva vida en tu isla, a tu lado. No necesité pensar en la respuesta: la sabía de antemano.

Camino a Isabela mi vista se perdió en la contemplación de aquellas montañas de terciopelo verde que nos acompañaron durante todo el viaje. El contraste de colores era sobrecogedor: el rojo furioso de los flamboyanes se disparaba contra el follaje, y el azul intenso del cielo era el marco perfecto de aquel paraíso terrenal. La carretera, como un tajo gris y reverberante, cortaba por la mitad el paisaje. Mara encendió el radio del auto. Los cuatro nos quedamos en silencio, sumido cada uno en sus planes y sus propios asuntos. Hubiese dado lo que fuera por escuchar tus pensamientos, Ulises. De pronto te volvías hacia mí, me clavabas esa mirada tan parecida al cielo de tu isla, sin decir nada, y regresabas a mirar por la ventanilla hacia afuera. Me acerqué a tu cuerpo. Con cierta timidez, como quien tantea primero para no cometer errores, apoyé despacio mi cabeza en tu hombro. No opusiste resistencia. Entonces me aventuré más allá: me acomodé en el hueco tibio de tu cuello y me quedé ahí, tratando de echar raíces. No te moviste. El olor salado de su sudor se me metió por las narices y me obligó a cerrar los ojos. Esa era la felicidad. No había nada más que pedirle a la vida. Tenerte a mi lado, permitiéndome recostarme en ti, cruzando tu país, con música de fondo. Supliqué sin voz ser capaz de detener el tiempo, estirar tanto ese presente que se convirtiera en mi pasado y en mi futuro al mismo tiempo: un espacio elástico que nos contuviera a todos para siempre. Adecué mi respiración a la tuya, de modo que tus inhalaciones y las mías fueran simultáneas. Nos acoplamos tan bien, Ulises. Tú cerraste los ojos. A los pocos minutos estabas dormido, en paz, luminoso por dentro y por fuera. Aproveché entonces para tomarte la mano y trenzar tus dedos y los míos. No sé si fue por reflejo, o quizá porque también eras feliz desde tu sueño, pero apretaste el puño para retenerme con fuerza. No necesité más. Hubiese podido morir en ese instante y todo, todo, habría valido la pena. Cerré los ojos y me dejé llevar.

Cuando desperté estábamos entrando al complejo de cabañas junto al mar. El lugar resultó ser un puñado de casitas construidas directamente en la arena, unidas todas por un sendero pavimentado y una vista al mar que cortaba la respiración. Mara y Félix se hicieron cargo del desembarco: apenas tomamos posesión de nuestra cabaña, ellos acomodaron maletas y comenzaron con los preparativos de la cena de esa noche. Yo hubiese querido ayudar y sentirme útil, pero aquella playa que comenzaba a pintarse de lila resultó ser un imán del que no pude escapar. Me acerqué al borde del agua. El atardecer incendiaba un cordón de nubes a ras del horizonte y lo teñía todo a su paso. El lugar estaba desierto. Ese viernes por la tarde los cuatro parecíamos ser los únicos seres vivos en Isabela, como si recién nos hubieran creado y empezáramos apenas a poblar ese mundo de novedades. El mar estaba atiborrado de calor y comenzaba a hincharse como un cuerpo que se prepara a descansar. De pronto sentí tus manos rodearme y tu pecho se pegó mi espalda. Tu boca me buscó la oreja.

—¿Te gusta mi país…? —susurraste.

No tuve voz para responderte. Estaba concentrado en sobrevivir a la sorpresa que me acababas de dar: tú eras lo que faltaba para hacer de ese momento un acontecimiento histórico. Asentí con la cabeza. Te apretaste aún más contra mí, me besaste la nuca que te acogió entero. Cerré los ojos, pero de todos modos seguí viendo aquel paisaje, así de fuerte era. Cuando te separaste, yo estaba más enamorado que nunca.

—Ven, vamos al agua —dijiste.

Me volví hacia ti. La luz comenzaba a ceder ante la noche: sólo veía tu silueta y el brillo sobrenatural de tus ojos.

—Déjame ir a ponerme el traje de baño.

Hice el intento de salir hacia la cabaña, pero me detuviste en el acto. Sin decirme una sola palabra, comenzaste a quitarte la camisa que cayó sobre la arena aún tibia. Sonreí. Esto era tan nuevo para mí. Tu isla te convertía en una persona diferente. No. Era al revés: Nueva York te había transformado en una persona diferente, en un ejecutivo serio y atribulado por el tiempo, por ese calendario inexorable que nunca alcanzaba para satisfacer tus necesidades. Pero Puerto Rico te limpiaba por dentro y por fuera, te regalaba incluso una nueva expresión de plenitud que no te conocía, una identidad de carne y hueso. Tal vez la idea de regresar juntos a vivir a tu isla no era tan descabellada, después de todo. Cuando estuviste completamente desnudo frente a mí, me diste una sonrisa que sólo pude interpretar como una invitación a que te siguiera amando. Te echaste a correr hacia el mar. De inmediato tu cuerpo desapareció tragado por aquellas aguas reverberantes de luna. Me apuré a quitarme la ropa y te seguí sin pensar en lo que estaba haciendo. La tibieza de ese océano caribeño me recordó tu abrazo. Te busqué con la vista, pero no te vi. De pronto emergiste a mi lado, un fabuloso animal marino que brillaba igual que un fantasma salido de las profundidades. Nos abrazamos, estrenando una nueva pasión, una urgencia que crecía al amparo de esa noche que tenía lugar sólo para nosotros. Hicimos el amor largo, apasionados, sabiendo que aún faltaba mucho para que el sol desplazara a la luna que incluso miró hacia otro lado para darnos la privacidad que merecíamos. El único sonido que interrumpía aquel silencio era el agua al chocar contra nuestros cuerpos, que provocaban pequeños maremotos. Hasta que tu voz se hizo presente:

—Quiero envejecer contigo —dijiste.

—Bueno, si no te importa verme arrugado y feo —respondí burlón.

Me tomaste por ambos brazos y me enfrentaste a tu mirada llena de seriedad.

—Estoy hablando en serio, Diego. No quiero buscar más. Vamos a quedarnos juntos, vamos a hacernos viejos juntos. No se suponía que yo estuviera aquí. Tendría que estar muerto, como todos mis amigos. Y mírame…

No, Ulises, mírame tú. Graba en tu memoria ese beso con el que interrumpí tus palabras. No olvides nunca la potencia de mi amor, la magia de tu cuerpo que cabía perfecto en el ruedo de mis brazos, como si nos hubieran hecho el uno para el otro. Esa noche te acurruqué y te hablé al oído, inventé palabras amorosas para que supieras que estaba dispuesto a todo por ti, que no necesitaba nada más para darme por pagado.

—Quédate conmigo… —fue lo último que te escuché decir, porque después me olvidé de mis sentidos para entregarme a los tuyos.

Lo único que recuerdo es el reflejo de la luna en el mar: un enorme plato blanco servido en un mantel negro. Y entendí que lo importante no eran los kilómetros que uno recorriera, que de nada valían si no había alguien a tu lado que te pidiera que no te fueras. Y yo no me iba a ir, Ulises. Había lanzado el ancla. Fuiste tú el que me echó, apenas un par de meses después de esa noche, ¿lo recuerdas, cierto? Pero no me voy a adelantar.

La mañana siguiente se inició con la llegada del grupo de invitados a la boda de Mara: un puñado de quince personas que tomaron las cabañas circundantes con una algarabía de circo y un entusiasmo que nos contagió a todos. Me presentaste uno por uno. Las palabras "mi novio" salían de tus labios para llegar a mis oídos convertidas en una declaración de amor. No sabía que toda esa gente que veía por primera vez terminaría convirtiéndose en mi familia. Porque después de dejarnos —y una vez que decidí trasladarme a Puerto Rico para empezar aquí de nuevo mi vida— se quedaron a mi lado. Son ellos los que ahora llenan mis días, los que llaman para averiguar por mí, atentos a mis nuevos derrumbes y temblores de cuerpo y alma. Cuando los conocí los quise de inmediato. La tribu se reconoce, supongo. Hay una suerte de intuición del destino, una voz interna que te dice ahórrate las explicaciones, no trates de entender nada, entrégate, esto vale la pena. Y uno obedece, mansamente. Yo siempre pensé que tú le habías hecho caso a esa voz. A mí no tenías que tratar de descifrarme: me ofrecía así, tal cual, un libro abierto. Bastaba que suspiraras hondo, que echaras abajo esos muros enormes tras los cuales habías vivido escondido los últimos años. Pero no. No lo hiciste. Y cuando tuviste el valor de cortar con algo, fue conmigo. Supongo que ése es el peligro de estar vivo: que la muerte puede llegar en cualquier momento. Y mi muerte llegó demasiado pronto. No alcancé a gozarte como hubiera querido: en menos de noventa días yo estaría a bordo de un avión, yéndome para siempre de tu lado.

El día transcurrió al ritmo de la playa, de un almuerzo improvisado que comimos directamente en la arena, y de una conversación de la que nos costó trabajo despegarnos de tan sabrosa que estaba. Todos resultaron encantadores.

Y al parecer me adoptaron sin hacer demasiadas preguntas ni averiguaciones: su forma de demostrar amor era precisamente darlo, y me lo regalaron a manos llenas. Tú te mantuviste a prudente distancia. Estoy seguro de que querías ver cómo me desenvolvía en tu hábitat, entre tu gente. Yo también te observaba de lejos. No te separaste en varias horas de un tipo flaco, de aspecto intelectual, con el pelo negro peinado hacia atrás. Me pregunté quién sería. Los vi pasear por la orilla del mar, conversando con interés. Él parecía contarte algo lleno de entusiasmo; se le notaba en la forma de gesticular. Tú asentías despacio, como si estuvieras considerando lo que él te decía. Reconozco que mi curiosidad crecía cada segundo. Hubo un momento en que te vi partir hacia nuestra cabaña, caminando a paso rápido. Regresaste con una de tus tarjetas de visita en la mano y se la entregaste. Él hizo lo mismo. Yo sé que te diste cuenta de que te estaba mirando, pero no dijiste nada. Ni te acercaste, ni me hiciste una seña a modo de saludo. Nada.

Cerca de las seis de la tarde todos comenzamos a prepararnos para la ceremonia. Me fui a duchar: tenía el cuerpo lleno de sal y arena, y el cuero cabelludo me picaba de tanto sol. Cuando salí del baño tú estabas en el cuarto, sacando de tu maleta la ropa que ibas a ponerte para la boda. Pasé por tu lado y te di un beso en la espalda. Tú ni siquiera pareciste notar mi presencia. Comencé a vestirme con toda calma. Quería prolongar ese momento: era obvio que algo te estaba sucediendo y la mejor manera de averiguarlo era esperar a que te decidieras a hablar.

—Tus amigos son encantadores —dije para romper ese silencio que me rechinaba en los oídos.

Tú asentiste. Cerraste tu maleta y empezaste a caminar hacia el baño. Me quedé en vilo. ¿Qué demonios había pasado? ¿De qué tenía la culpa yo ahora? Antes de cerrar la puerta, te volviste hacia mí.

—Te tengo una sorpresa —anunciaste.

—¿Un regalo? —pregunté—. ¡Dámelo!

—Mañana.

—No, ahora…

—Mañana. Aprende a tener paciencia —me regañaste con dulzura y cerraste la puerta del baño.

Me volvió el alma al cuerpo. Al parecer no estabas enojado, sino misteriosamente silencioso planeando esta sorpresa. A pesar de todo el tiempo que llevaba viviendo a tu lado, todavía no aprendía a leerte, a descifrar con precisión tus claves y tus actitudes. ¿Sería culpa de mi inseguridad, tal vez? No podía negar que verte conversar tan animadamente con aquel tipo del pelo peinado hacia atrás me había inquietado. Pero me bastaba pensar en la noche anterior, en ese baño de mar a la luz de la luna, y tu voluntad de acompañar nuestras vejeces, para que la confianza regresara a ocupar el lugar del que había salido arrancando.

A las nueve en punto todos nos congregamos en la playa. Un camino de antorchas marcaba el trayecto que la pareja haría hasta llegar al altar: una mesa baja con cientos de velas, enormes ramos de flores blancas, frutas de la estación, botellas de miel. La luz de las estrellas se repetía en el cielo y en la tierra. Mara apareció vestida completamente de blanco: una figura del más allá que flotó a ras de arena de tan contenta que estaba. Tú la mirabas con emoción. Era tu amiga, Ulises. Tu gran amiga. Y nos estaba haciendo partícipe a todos de su solemne ritual. De ésos que tanto te gustan y llenan tu vida. El momento era perfecto: la brisa de la noche hizo una pausa de respeto para permitir que la voz de Mara se escuchara con toda claridad cuando le juró amor a Félix; él hizo lo mismo después. Cada uno de nosotros leyó un pequeño texto que hablaba del compromiso, de la voluntad de seguir juntos, de la importancia del respeto y de la necesidad de cuidar la vida propia para poder ofrecérsela al otro. Yo leí mi participación con la vista clavada en ti, no en las letras. Tú estabas cerca del tipo del pelo peinado hacia atrás, lo que me molestó. Después Mara nos pasó a cada uno pequeños botes hechos en papel. Dentro tenían una vela. Nos explicó que junto con encender la mecha había que formular un deseo. Luego se ponía el barquito en el agua, para que se fuera mar adentro a cumplir con su misión de hacernos realidad ese sueño. Tomé el mío y caminé hasta la orilla. No me importó que el pantalón se me mojara y se me pegara a las pantorrillas. La llama de mi vela titilaba con fragilidad. Cerré los ojos y pedí por ti y por mí. Para que el sueño de hacernos viejos juntos se convirtiera en una verdad a prueba del tiempo. Puse el bote en el agua. Tembloroso como una luciérnaga parpadeante comenzó a alejarse de mí, impulsado por la corriente y la resaca. La luz de mi deseo se fue haciendo cada vez más pequeña. De pronto una ola le pasó por encima, apagó el fuego e hizo naufragar mi embarcación. Ante mis ojos asustados aquella llama se fue a pique. Los demás parecen no haberse dado cuenta: algunos comenzaron a quitarse la ropa para meterse a nadar, otros felicitaban a la pareja de recién casados. Es de amanecida. Pronto la noche se retirará hacia el fondo del mar, para ir a oscurecer otras tierras. Y yo, antes de sentir envidia de esos barquitos ajenos que en algún momento llegarán al horizonte de los sueños cumplidos, me retiro hacia la cabaña bordeando la gran ausencia de ese océano caníbal.

Quince

Si la orquídea se muere, voy a ser lo único vivo en este departamento. Me voy a quedar completamente solo, y no quiero que eso suceda. Tengo frío, cosa insólita si pienso que aquí ese concepto casi no existe. La temperatura en San Juan es estable, no sabe dar sorpresas. Pero a mí el frío me sale de adentro: por eso no me sirve de nada echarme ropa encima o encender el horno y sentarme enfrente, como si se tratara de una fogata de gas. La soledad siempre ha sido un terreno helado y tengo que asumir que estoy viviendo ahí. Ya no recuerdo dónde, pero una vez leí que los estímulos externos —miedo, dolor, frío, angustia— no sólo se recuerdan a nivel intelectual. El cuerpo también los revive. Las células, los tejidos, los órganos tienen memoria. El dolor de perderte no sólo lo proceso en el cerebro: lo siento también desde el cuerpo. Mi cuerpo entero sufre por el dolor. Mi cuerpo entero recuerda el dolor. Eso hace la posibilidad de olvidarte muchísimo más difícil, porque no basta con realizar un ejercicio racional para superarlo. La tristeza es una toxina, un veneno que uno se traga y que tiñe por dentro. ¿Y cómo limpio ahora mis paredes internas? ¿Cómo convenzo a mis moléculas de que ya basta de sufrir, que ha sido mucho tiempo de duelo? ¿Cómo evito que mi corazón siga llorando y preguntándome por ti cada vez que siente frío y nostalgia? Dime de qué manera se le suplica al olfato que no recuerde un olor, o a las orejas, que no reaccionen ante una canción. Te suplico que me des la receta para que mis manos se laven la geografía ardiente de tu piel. Supongo que perdí la guerra, Ulises: la brutalidad de tu olvido no me deja olvidar a mí. A lo mejor tendría que enarbolar una bandera blanca, sacudirla clamando piedad, renunciar a la idea de que algún día voy a volver a verte o a saber de ti. ¿Bastará eso para provocarle amnesia a mi cuerpo entero? La soledad no es una buena compañera, dicen por ahí. Claro que no. Uno piensa demasiado y no hay nadie enfrente que nos haga ver lo equivocado que estamos, que la mitad de las conclusiones a las que llegamos son absurdas, operáticas y sin sentido. Recuerdo que no hace mucho vi la película *Mystic River*. En ella, uno de los personajes sentencia: "Uno se siente muy solo después de hacerle daño a alguien". Reconozco que esa idea me golpeó como un puño rabioso en plena quijada. ¿Te hice daño, Ulises…? ¿Te sientes tan solo como yo en este momento? Si fue así, lo siento. Jamás hice nada con la intención de herirte. Estas son las palabras que nunca he dicho, que no tuve tiempo de regalarte a la hora de mi partida: perdóname, por favor. También te perdono por haberme hecho tanto daño y condenarnos a ambos a la soledad. ¿Sirve de algo lo que acabo de decir?

Afuera llueve como si se fuera a acabar el mundo. Puerto Rico es tan sorpresivo en ese aspecto. Uno es incapaz de hacer planes a mediano plazo: en el momento más inesperado y contra toda lógica, un racimo de nubes se aprieta en el cielo y juntas dejan caer un diluvio que arrasa con todo. A lo mejor por eso me gusta tanto: porque no queda otra alternativa que aprender a vivir el momento, sin proyectarse más allá de la siguiente media hora.

Me quedo quieto en este departamento vacío. Me recuesto en el colchón de mi habitación y cierro los ojos. Y entonces aparece otra vez la mañana de ese domingo en Isabela, cuando todos amanecimos en ruinas luego de la noche de la boda. Cuando desperté, atravesado en la cama y con la cara incrustada en la almohada, tú no estabas ahí. Me levanté apenas, frotándome el rostro para borrar la nube de sueño que no me dejaba ver. Cuando salí a la terraza la brutalidad de ese sol me hirió las pupilas a quemarropa. Pero a pesar de todas esas chispas que estallaron frente a mis ojos y me enceguecieron por un momento, alcancé a divisarte apoyado contra un auto hablando con el tipo aquel, el que no se te había despegado durante todo el fin de semana. Entonces me descubriste asomado y me saludaste con la mano en alto.

—¡Vístete, que nos vamos…! —gritaste con entusiasmo.

—¿Ahora…? —pregunté, desconcertado: los planes eran quedarnos hasta el domingo por la noche en Isabela y regresar lo más tarde posible a San Juan.

Te acercaste a mí, tratando de disimular una sonrisa nerviosa que por más esfuerzos que hacías se te escapaba por todos lados.

—La sorpresa, ¿recuerdas…? Vístete —ordenaste, y volviste junto al tipo.

Cuando entré otra vez a la cabaña me di cuenta de que tu maleta ya no estaba, ni tampoco tus útiles de aseo en el baño. Guardé velozmente mi ropa, me lavé la cara y traté de asumir que si uno estaba en la playa podía darse el lujo de no bañarse y seguir conservando algo de dignidad. Cuando salí otra vez, tú ya estabas dentro de aquel auto, esperándome con la puerta abierta. El del pelo peinado hacia atrás se había sentado al volante y al parecer también aguardaba por mí con impaciencia.

—Te presento a Orlando —me dijiste apenas me acomodé junto a ti—. Somos amigos desde hace muchos años.

Lo saludé con cierta frialdad. Orlando tampoco hizo mucho esfuerzo por ser amable: estaba apurado. Encendió el motor y pasó la primera velocidad.

—¿Adónde vamos? —pregunté.

—A Rincón —respondiste tú, y como me di cuenta de que no pensabas revelar nada de aquel misterio que Orlando y tú se traían, decidí no hacer más preguntas.

Rápidamente dejamos atrás las cabañas y su playa de ensueño. La carretera que tomamos reverberaba por el calor que azotaba sin piedad el pavimento. Jamás me hubiese imaginado que Puerto Rico era un país de montañas: enormes montículos de tierra verde, suaves lomas y acantilados mortales se peleaban el espacio al otro lado de la ventanilla del auto. Tú no habías dejado de sonreír desde que pusimos un pie en tu isla. Era obvio que estabas viviendo en el lugar equivocado. Manhattan es una gran ciudad, nadie lo discute. A pesar de tu sida, de las dificultades que afrontaste al llegar, del idioma, habías sobrevivido y triunfado como un verdadero campeón. Pero tal vez era tiempo de cambiar de escenario. Tu piel ahora bronceada, tu cabello revuelto por la brisa, la sal del mar, te daban el aspecto de un ser humano inmortal y dichoso. Tú me amabas aún más en Puerto Rico. Y ese solo argumento bastaba para que yo quisiera llegar pronto a nuestro departamento, allá por la calle 18, meter todo en cajas y llamar a una compañía de mudanzas.

Orlando se salió de la carretera principal y tomó un camino de una sola vía. Comenzamos a subir, serpenteando la ladera de una montaña. Bajaste la ventana, desafiando el calor y el aire acondicionado que nos mantenía frescos a pesar del sol implacable. El viento te dio en la cara, te sacudió el pelo como una mano cariñosa y abriste la boca para tragarte entero ese aire marino que tan bien te hacía. Habría dado mi vida entera por ser yo quien te provocara esa sensación de felicidad tan grande. Sacaste un brazo hacia afuera, tratando de atrapar con cinco dedos esa atmósfera de sueño que el auto iba cortando. De pronto Orlando se estacionó bajo un enorme flamboyán en flor. Apagó el motor y sentenció, triunfal:

—Llegamos.

De inmediato tú diste un salto fuera del vehículo. Te imité, desconcertado. Aún nadie me explicaba nada. Pero cuando levanté la vista y me enfrenté al paisaje que se extendía frente a mí, tuve que hacer un esfuerzo por no dejar de respirar: un valle entero se derramaba desde mis pies hasta el borde del mar. Un bosque de flamboyanes lo delimitaba por un lado, un manglar por el otro. Hacia donde uno mirara la vegetación sin control provocaba escándalos de pájaros que se peleaban las ramas para hacer sus nidos. Me volví hacia ti. Tú me miraste con las pupilas temblorosas de emoción.

—¿Te gusta…?

—Es un paraíso —te respondí.

Entonces te acercaste y me tomaste por fin de la mano.

—Vamos a comprar un terreno aquí. Para construirnos una casa. Para hacernos viejos a la sombra de esos árboles.

Orlando se alejó unos pasos para dejarnos gozar juntos ese momento. No supe qué responder. ¿Qué se dice cuando el destino deja de ser una intuición y se convierte, sin aviso, en una realidad que tiene color, aroma, un nombre? Rincón se llamaba mi futuro. Flamboyán se llamaba el árbol bajo el cual tú y yo íbamos a dejar transcurrir nuestros días en común. Cada amanecer de esos tiempos nuestros iba a tener un escenario de edén. Me señalaste con un dedo el terreno que Orlando nos estaba vendiendo: un enorme rectángulo de tierra y pasto con vista directa al mar. Tu amigo era socio de la inmobiliaria que iba a desarrollar un enorme complejo de residencias en ese sector. Y claro, en honor a esos años de compañerismo te ofreció primero que a nadie el mejor lote. Tú no necesitaste mucho tiempo para aceptar la oferta y las condiciones de pago que te presentó. Los dos juntos perfectamente podíamos pagar las cuotas mensuales. Caminamos hacia el lugar donde se levantaría la casa. ¿Cómo la quieres? ¿De dos pisos, tal vez? Concluimos que lo mejor era tener varios niveles, que la presencia del mar fuera una cortina turquesa en cada ventana. Soñamos con escribir ahí: tú renunciarías a ese trabajo de moderno esclavo que tenías y te dedicarías a inventar novelas. Tal vez podrías hacer asesorías desde Puerto Rico, aunque te significara viajar de vez en cuando a Nueva York u otras ciudades de Estados Unidos. Mi posición no era muy diferente. Mientras tuviera un lugar donde instalar mi computadora portátil todo estaría bien. Me llevaste hacia otra esquina del terreno. Me dijiste que ahí querías una terraza, un lugar con un techito de madera —que filtrara la luz del sol— donde pudieras acomodar una mesa y algunas sillas, una hamaca y un asador. Ahí tú y yo jugaríamos dominó tardes enteras, dejándonos impresionar por la sutileza de una puesta de sol o por el canto de los coquíes.

—No sé jugar dominó —te dije.

—No importa. Yo tampoco. Pero aprendemos —fue tu respuesta.

Ese día llegamos a casa de Mara, en San Juan, donde pasaríamos la última noche antes de regresar el lunes por la mañana a Nueva York. Hicimos el amor desde una nueva dimensión: los dos aún estábamos en lo alto de esa colina contemplando el enorme valle donde construiríamos nuestro hogar. Tú eras un músico virtuoso, yo un instrumento obediente, y juntos interpretábamos un concierto que nos consagraba a ambos sobre ese colchón. Abrí los ojos y te vi arrodillado frente a mí, moviéndote despacio y con ternura de delicado amante. La tela del mosquitero de la cama se sacudía en ondas a cada lado de tu cuerpo desnudo: un par de alas transparentes que iban a elevarte en cualquier momento junto conmigo. Entonces entendí que ya no había que tener más miedo. Los terremotos eran cosa del pasado. Ahora me tocaba vivir un largo periodo de paz: me enfrentaba al tiempo de echar raíces en un suelo firme y Puerto Rico era la mejor opción. Aquí no tiembla, alcancé a pensar antes de estremecerme desde la raíz al compás de tus caderas.

Al día siguiente Mara y Félix nos dejaron en el aeropuerto a primera hora. Me quedé sentado cerca de la puerta de embarque, leyendo una revista. Tú me dijiste que querías darte una vuelta por el Duty Free, con el fin de comprar algunos regalos para tu secretaria y tus compañeros de oficina. Cuando regresaste, venías con varias bolsas colgando de una mano. Una de ellas era para mí.

—Nos compré algo —dijiste.

Del interior saqué una caja de madera rectangular. Cuando la abrí, descubrí las fichas blanquinegras de un dominó. Te miré de golpe y me sonreíste, seguramente pensando lo mismo que yo: que la construcción de la casa en Rincón acababa de comenzar.

Sigo recostado en el colchón de mi cuarto vacío. Sorpresivamente ha dejado de llover y ahora la luz de un sol radiante se filtra en líneas por las persianas, convirtiendo los muros en cebras. Así de fácil soluciona la naturaleza sus arrebatos climáticos. Ojalá las cosas aquí abajo, a ras de los mortales, no fueran más complicadas que eso.

Dieciséis

El verano llegó a Nueva York con la misma intensidad que una mala noticia: implacable y sin anuncio. Para evitar ese infierno que tomó las calles, tuvimos que cerrar ventanas con urgencia y subir la intensidad del aire acondicionado que hacía esfuerzos por refrescar el ambiente de nuestro departamento. Afuera, el cemento hervía. La sombra de los árboles no bastaba; tampoco los jugos helados que vendían en cada esquina. Ráfagas de aire caliente se abrían paso entre los edificios, lamiendo a los neoyorquinos que ya no sabían qué más hacer para resistir ese golpe de estado estival. Las temperaturas nunca habían sido tan altas, anunciaron los noticiarios, y todos les creímos porque no necesitamos más pruebas que nuestros propios cuerpos sudorosos y desvanecidos. El sol achicharraba el follaje. El cielo parecía de alquitrán, devastado por la inclemencia y la sequedad del ambiente. Las fuentes de las plazas se convirtieron en improvisadas piscinas donde la gente chapoteaba sin pudor alguno, mojándose los unos a los otros para poder seguir caminando apenas un par de cuadras antes de volver a perder la resistencia.

Decidí no salir más del departamento y sobrevivir desde ahí lo que parecía ser ese recalentamiento de fin de mundo. Mis clases en la universidad se habían suspendido un par de semanas: vacaciones de verano, nos dijeron, y nosotros aplaudimos de felicidad. Todos los días hablaba por teléfono con Andrea, y la invité varias veces a almorzar comida descongelada en el microondas. Ella parecía interesada en nuestra vida. Siempre hacía preguntas sobre ti, tu trabajo y nuestra relación. A veces se quedaba largos minutos repasando los libros de la biblioteca, frunciendo el ceño a medida que iba viendo tantos volúmenes sobre el VIH, cómo curar enfermedades por medio de hierbas y ejercicios, recetas naturales para una vida mejor, químicos y tratamientos para enfermos de sida. Andrea fue discreta. Nunca tocó ese tema, y yo se lo agradecí. Era capaz de contarle todo sobre nuestras actividades de pareja, pero jamás quise involucrarla con tu virus. Eso pertenecía a un terreno privado, un espacio que se abría sólo para ti y para mí cada vez que sacabas tus frascos de medicinas del cajón. Yo me cuidaba con esmero; tú nunca me habrías puesto en riesgo. Eso bastaba para quedarnos tranquilos y mantener ese detalle en silencio.

Andrea estaba conmigo el día en que llegaron unos videos desde México con escenas sin editar de *Novela rosa*. Corrimos los dos a la sala y encendimos la televisión. Cuando apreté la tecla play de la casetera aparecieron en la pantalla las imágenes de lo que yo había soñado antes en mi mente: ahí estaba la protagonista de la película andando en bicicleta, en la escena aquella que me demoré tanto en escribir. Incluyeron también una secuencia de la fiesta donde la pareja protagónica comienza a enamorarse, pero no se dicen nada. Andrea miraba todo con fascinación, sintiéndose parte de algo que se imaginaba podía convertirse en importante. Su rostro pecoso no se movía siquiera para no perder detalle de lo que ocurría frente a sus ojos. Junto con aquel video había un sobre con una carta. Me decían que la fecha de estreno de la película era en agosto, en la Ciudad de México, y que ya había una lista de más de tres mil invitados al evento. Andrea se llevó las manos a la boca cuando se la leí.

—¿Y van a tener alfombra roja y todo eso? —preguntó ella, seguramente deseando en secreto caminar por ahí de escote y sonrisa de artista.

—Supongo… Parece que esto va a ser en grande —asentí, tan sorprendido como ella.

Reconozco que lo primero que pensé fue en ti, Ulises. No en mí, ni en mi alegría de saber que una historia que yo inventé estaba recibiendo tanta atención. Me preocupé por lo que pensaras. Era obvio que tú me ibas a acompañar al estreno, que íbamos a entrar juntos por esa alfombra de estrellas y fotógrafos ansiosos. Veríamos juntos la película, y después seríamos parte del selecto grupo de invitados a la fiesta exclusiva. Muchas páginas sociales estarían presentes. Cientos de periodistas buscarían alguna primicia. Tú odiabas ese mundo: mi mundo. La sola mención de mi pasado farandulero te provocaba mudez inmediata. Tenía en mis manos una carta con el logo de Warner Brothers dirigida a mí, en nuestra casetera había un video con escenas de mi primera película, y yo aún no conseguía sentir algo parecido a la alegría. Tenía miedo de tu reacción. Mucho miedo.

—¿Qué te vas a poner ese día? —preguntó Andrea, fascinada de toda la situación.

—No sé. Quizá no vaya —respondí.

Ella se paralizó, atónita. Sus ojos y sus pecas se volvieron hacia mí, incrédulos de lo que acababan de oír.

—No sé si pueda faltar a la universidad. Es época de exámenes —traté de justificarme, pero por más que lo intenté no soné convincente.

—¡Diego, a quién le importa un cursito de inglés cuando te están estrenando con bombos y platillos una película en México! —reclamó ella.

No supe qué contestar. Doblé otra vez la carta y la guardé debajo de mi ropa, en el clóset que yo mismo había armado mucho tiempo atrás. Faltaban todavía varias semanas para que la fecha del lanzamiento tuviera lugar. Pero si quería que me acompañaras, necesitaba darte la fecha con anticipación. Ibas a tener que pedir permiso para ausentarte al menos una semana. Y eso, contigo, no era tema fácil.

Esa tarde llegaste sudado de pies a cabeza: gruesas aureolas oscurecían tu camisa bajo los brazos y alrededor del cuello. Sin decir una sola palabra te quedaste de pie frente al aire acondicionado, cerrando los ojos y permitiendo que ese soplido de refrigerador hiciera su trabajo. Ni siquiera te saludé. Apenas entraste alcancé a leer en tu mirada esa orden que exigía como un grito mudo mi silencio absoluto. El calor te ponía de mal genio. Y si quería anunciarte lo del estreno en México tenía que ser inteligente y buscar el mejor momento para hacerlo. Fui a la cocina, para empezar a preparar la cena. Abrí y cerré alacenas buscando qué preparar, pero todo me pareció demasiado condimentado para un día tan caluroso como ese. Traté de usar la imaginación para inventar alguna ensalada fresca y liviana, pero contundente para que no te quedaras con hambre. De pronto apareciste a mi lado, vestido sólo con calzoncillos y el cuerpo cubierto de burbujitas de sudor.

—Déjame, yo cocino —ordenaste.

Salí hacia el pasillo, apurado. No quise interrumpir el vuelo de tus manos que de inmediato comenzaron a sacar una bolsa de arroz y un paquete congelado de carne molida. Me quedé en el umbral de la puerta, contemplando la precisión con la que siempre manipulabas cuchillos, ollas y alimentos.

—¿Y cómo pasaste el día? —pregunté, incómodo con ese silencio que parecía hablar muy mal de nuestra relación.

No respondiste. Comprendí que no tenía nada que hacer ahí y regresé al cuarto. Por una fracción de segundo, el tiempo exacto que me tomó llegar de la cocina al dormitorio, tuve la brutal necesidad de tomarte de la mano y regresar contigo a Puerto Rico. Como en una película a la que le han acelerado la velocidad de exhibición, te vi otra vez asomado por la ventanilla del auto de tu amigo Orlando: de cara al viento, los ojos tan abiertos como tu boca que nunca dejó de sonreír. Y también te recuerdo hundiéndote en el mar para emerger a mi lado, salpicando a la noche y a mí con tu juego infantil. Tuve un ligero estremecimiento cuando entré a la habitación: el cambio de temperatura me erizó los poros como un gato que se pone en alerta. Hacía frío ahí adentro. Me senté en la cama como siempre hacía cuando no tenía dónde estar. No me avisaste cuando la cena estuvo lista. Habrá sido por eso que no comí.

Recuerdo que esa noche ni siquiera escribiste un rato antes de meterte a la cama. Echaste hacia atrás las sábanas y te acomodaste de espaldas en el colchón, con la vista hacia el techo. Me acosté a tu lado. Desde lejos me llegó el vaho caliente de tu cuerpo que aún no se enfriaba después de ese día de infierno. Giré hacia ti y te busqué los labios para besarte. Me empujaste hacia atrás con suavidad, pero con firmeza.

—No, tengo calor —fue tu excusa.

Y yo te creí. No debí haberlo hecho, claro, pero eso lo sé ahora que ya todo pasó, que puedo ver las cosas en perspectiva y con cierto juicio objetivo. Pero en ese momento tu rechazo me pareció sensato. A esas alturas las sábanas ya estaban calientes con nuestra propia temperatura y tú te quejaste de la poca eficacia de ese maldito aire acondicionado que no me permitía ni siquiera darte un beso antes de dormir. Supe que sería una larga noche.

A la mañana siguiente despertamos con la noticia de que el termómetro llegaría aún más alto que la jornada anterior. Te metiste al baño cerrando de un portazo. Me levanté y te hice un café, tratando de componer en parte lo que al parecer había comenzado como un pésimo día. Pero no quisiste tomártelo. Te fuiste rápido, en silencio, con el pelo mojado y escurriendo sobre tu ropa. A ver si así conseguías llegar fresco a tu oficina. Entonces me preparé para hacer nada. No tenía ganas de escribir, ni menos de salir a alguna parte. Revisé mis emails y me topé con uno de la productora de Warner Brothers. La mujer me preguntaba la fecha exacta de mi arribo a México para el estreno: estaba coordinando que alguien me llevara al hotel donde pensaban instalarme esos días. Iba a tener que cumplir con un par de conferencias de prensa, varias entrevistas para periódicos locales y extranjeros, y asistir a una exhibición privada que harían el día antes de la *avant première*. Todo sonaba perfecto. Lo que siempre había querido oír. Pero no tenía respuestas para ellos: aún no sabía qué ibas a decidir tú; es más, tú ni siquiera sabías de todo eso. Decidí que lo mejor que podía hacer era invitar a Andrea a pasar la tarde conmigo y anestesiarme viendo televisión con ella: dejar que las horas transcurrieran inútiles y derretidas, como todo Manhattan al otro lado de mis ventanas. Pusimos el DVD de *Moulin Rouge* y llevamos a la sala el envase de un helado de dulce de leche, la botella entera de cocacola y vasos con mucho hielo. Los dos nos sabíamos de memoria las canciones. *Seasons may change, winter to spring, but I'll love until the end of time,* cantaba el protagonista a voz en cuello. *Come what may, I will love you until my dying day,* le respondía Nicole Kidman enfundada en vestidos tan rebuscados como la escenografía que los contenía a ambos. Pensé en ti, Ulises. En que también te iba a querer hasta el día de mi muerte, a pesar de todo, a pesar de tus arrebatos, a pesar de ti mismo. Andrea tenía bonita voz. Subía con dominio la escala de notas; competía con dignidad con la banda sonora de la película. De pronto la puerta del departamento se abrió y Azúcar se lanzó en estruendosa carrera a recibirte. Yo, en un acto reflejo, apagué el televisor. En una fracción de segundo alcancé, a pesar de que ya era tarde, a esconder los platos sucios de helado, los vasos con refresco, el desorden que teníamos en la sala. Te asomaste, serio, sudado, acarreando contigo el calor de la calle. Intenté esbozar una sonrisa cariñosa. Te detuviste en seco al descubrir a Andrea sentada en la alfombra. Ella notó la tensión. Debe haber visto mi cara de niño descubierto a mitad de una travesura, aunque hasta el día de hoy no entiendo por qué reaccioné así.

—Hola —dijo ella, poniéndose de pie—. Tú debes ser Ulises.

Tú asentiste y le extendiste la mano. A mí ni me miraste.

—Diego me ha hablado mucho de ti —continuó mi amiga, buscando iniciar una conversación.

No dijiste nada. También me levanté, recogiendo velozmente los platos y el envase del helado.

—Voy a escribir —dijiste, y te fuiste hacia el dormitorio. El ruido de la puerta al cerrarse nos llegó con claridad a la sala, donde tras tu paso todo se había convertido en un pantano de silencio espeso.

—¿Seguimos viendo la película? —preguntó Andrea, aunque creo que sabía de antemano la respuesta.

Fui a la cocina a dejar en el fregadero lo que habíamos ensuciado. Me quedé ahí unos momentos, afirmado del acero inoxidable, la vista clavada en el muro blanco que tenía enfrente. Mi respiración estaba agitaba, como si hubiera corrido diez cuadras sin detenerme. Andrea se asomó por la puerta. No dijo nada. Se acercó despacio y me dio un beso en la mejilla.

—Todo va a estar bien, Diego —fue su forma de despedirse.

Me quedé en la cocina. Mis manos parecían haberse adherido a la superficie pulida del lavaplatos. Escuché cerrarse la puerta del departamento y todo volvió a sumirse en el más completo silencio. Hubiese querido dar un grito, aullar como un animal herido para interrumpir esa calma brutal, esa violenta paz que hervía por debajo de nuestras pieles. Sin embargo, no separé los labios. Ni siquiera apreté los puños. Dejé que un par de gotas de sudor me corrieran de la oreja al cuello, rumbo a mi espalda. No me moví de ahí. Tenía tanto calor por dentro como por fuera.

De pronto el teléfono comenzó a sonar. Yo sabía que tú no ibas a salir del cuarto para contestar. Probablemente tenías los audífonos puestos y escuchabas alguna de las óperas con las que invocabas a la inspiración a la hora de escribir tu novela. Lo dejé repicar y que el contestador se hiciera cargo. Sorpresivamente la voz de mi hermana inundó el lugar:

—¿Diego…? Soy Sofía…

Ni siquiera hice el intento de acercarme al aparato. Estaba concentrado en mantener el ritmo de mi respiración.

Me sentía al borde de una cornisa, casi a punto de caer. Tenía miedo. Mi precario equilibrio estaba empezando a fracturarse, como una falla telúrica, una grieta que se abre en la tierra y que deja a la vista el magma allá abajo, hirviente, burbujeante, mortal. Cerré los ojos.

—Te quería avisar que ya estoy en Chile... Llegué hace un par de días. Paul se quedó en Hong Kong, cerrando el departamento.

Lo extraño de los sismólogos es que se preocupan durante los lapsos en que no hay temblores. Cuando las fallas o las placas tectónicas no se mueven en determinado tiempo, ellos fruncen el ceño y comienzan a rezar. Porque esa ausencia de grandes sismos indica que debe existir una acumulación importante de energía elástica que crece día a día, minuto a minuto, y que tendrá que ser liberada irremediablemente. La tierra no perdona. Y al sacudirse, lo hace sin miramientos. Los terremotos no se anuncian. Sólo puedo presentirlos cinco segundos antes, pero eso no sirve de nada. Para cuando estoy empezando a buscar protección, el chicotazo se está dejando sentir con toda su furia. Tenía miedo. Encerrado en esa cocina, tuve susto de mi propia reacción: de ese bramido interno que atravesaba mis capas profundas en busca de una fisura en mi superficie por donde explotar.

—También quería contarte que ayer me hicieron una ecografía... Es una niñita, Diego. Vas a tener una sobrina...

La voz de Sofía sonaba tan distinta a como la recordaba en su casa de Pakinsitó. Esa risa de campana que se convirtió en su característica más vital la había abandonado.

—La próxima semana me harán nuevos exámenes, por lo de las malformaciones… A ver si llamas a los papás. Están destrozados por todo ese tema.

No los llamé, claro. Estaba preocupado por mis propias tragedias. Sobrevivía apenas a ese clima enrarecido. Esa noche las cosas no mejoraron. El aire acondicionado del cuarto pareció resignarse a perder la batalla contra la temperatura y terminó por descomponerse con un tosido asmático. Me metí a la cama que se calentó de inmediato. Tú circulabas por el baño. Te oí lavarte los dientes, hacer gárgaras, orinar. Deseaba con todas mis fuerzas que ya estuvieras ahí, acostado a mi lado, al menos para sentirte cerca y poder echarte el brazo encima durante el sueño. Pero no llegaste. Cuando me asomé por la puerta del dormitorio vi que estabas abriendo el sofá cama de la sala.

—¿Qué estás haciendo?

—No voy a dormir sin aire acondicionado —me respondiste, acomodando la colchoneta sobre la parrilla que habías desplegado desde las tripas del sillón.

—Pero Ulises…

—No soporto el calor.

Tan lejos. Estabas tan lejos, Ulises. Estabas tan lejos de mí. Gracias a ese silencio que se había instalado igual que un tercer cuerpo entre nosotros, pude escuchar con claridad cómo mis grietas seguían haciéndose más profundas. A esas alturas cualquier cosa hubiera provocado mi derrumbe. Los escombros de mi vida caerían al suelo casi sin hacer ruido de tan insignificantes que eran. Yo sólo te quería cerca. Estaba dispuesto a conformarme con lo poco que quisieras darme, Ulises. Sólo tu presencia junto a mí, aunque no me dejaras tocarte para evitarte un sofoco acalorado.

—Si no logras dormir en el cuarto, puedes hacer el intento aquí —dijiste no muy convencido—. El problema es que esta cama no es muy grande...

—No te preocupes. Me quedo allá.

—¿Estás bien? —preguntaste.

Negué con la cabeza, aunque hubiese querido mentirte para que no pensaras que soy un débil. Estaba dispuesto a esperar el tiempo que fuera necesario a que tuvieras real necesidad de mí, a que me rogaras que no me separara de tu lado, a que me entregaras tu alma como te la ofrecía yo. No tenía apuro, Ulises. Era cosa de quedarme quieto hasta que sintieras nostalgia por mí. Hasta que decidieras por fin caminar por mi camino. Hasta que besarme fuera una urgencia de vida o muerte. Hasta que tus manos extrañaran las mías.

—¿Qué pasa...? —quisiste saber.

Intenté buscar una buena respuesta, pero no supe qué decirte. ¿Cómo te explicaba que mi cuerpo estaba a punto de sacudirse por un violento terremoto y estaba aterrado de no sobrevivir a la tragedia? ¿Cómo hacerte ver que para mí el calor no era impedimento para seguir queriéndote? Entonces desvíe la atención, como siempre hago cuando no sé qué decir.

—Acompáñame a México, para el lanzamiento de mi película.

No te vi muy entusiasmado con la idea. Me explicaste algo del trabajo, de la fecha de entrega de unas propuestas.

Me pediste que te mandara un email a la oficina al día siguiente, con las fechas exactas y el itinerario que íbamos a tener. Dije que sí a todas tus exigencias. Para mí era muy importante atravesar esa alfombra roja contigo. Casi tan importante como enterarme de los avances de nuestra casa en Rincón. Tu amigo Orlando nos había informado por teléfono que en pocas semanas comenzaba la urbanización del terreno, para llevar tuberías y cables eléctricos al lugar. Prometiste pensarlo, y te dispusiste a dormir. Me pediste que apagara las luces y que subiera al máximo la potencia del aire acondicionado de la sala. Obedecí en silencio. Esa noche también fui a dormir sin un beso de despedida. Nuestra cama nunca se me había hecho un páramo tan huérfano y helado, a pesar de lo que dijeran a gritos todos los termómetros de Chelsea.

Diecisiete

El 19 de septiembre de 1985, la Ciudad de México despertó sin novedad. A las 7:17 a.m. la urbe más extensa del mundo hervía, como siempre, de escolares yéndose a sus clases, de oficinistas apretujados en los vagones del metro, de coches inundando las calles en un eterno desorden de cuatro ruedas. De pronto todo eso cambió: la tierra dio un salto hacia arriba y luego se sacudió de lado a lado. Con un gruñido que atravesó piedras y pavimentos, y una violencia desconocida hasta esos entonces, el terremoto más feroz de la historia del país se hizo presente dispuesto a ser recordado por generaciones enteras. En menos de un minuto mató a más de once mil personas, según cifras oficiales, o casi treinta mil, como aseguran los sobrevivientes. Cientos de edificios se desplomaron igual que castillos de naipes, acarreando con ellos a familias enteras que jamás se enteraron de lo que sucedió.

La Ciudad de México estalló de adentro hacia afuera y se convirtió en el cementerio más grande del mundo. Se escuchó un solo grito: el de millones de habitantes que vieron con horror abrirse la boca hambrienta de la tierra que se tragó con voracidad a barrios enteros. Luego vino el silencio. El silencio más oscuro del que se tenga memoria. El silencio más atroz, ese que se interrumpe cada tanto por quejidos agónicos, por gritos de auxilio, por lamentos que anuncian que la muerte anda suelta por ahí. Trozos de cuerpos, animales reventados, charcos de sangre: en eso se convirtió el paisaje, en un campo minado.

Los expertos dijeron que el terremoto había tenido una intensidad de 8.5 grados en la escala de Richter. Lo provocó un brutal pero esperado desplazamiento de placas en la falla de Michoacán. Lo curioso del caso es que, por primera vez desde que hubiera registros, el movimiento había sido trepidante y oscilatorio al mismo tiempo. Es decir, lo que no se cayó con las sacudidas de derecha a izquierda, se cayó con los saltos de arriba a abajo.

Se hizo de noche en México incluso cuando el sol seguía coronando el cielo ahumado. Al día siguiente, el 20, una réplica de 7.1 grados de magnitud volvió a azotar la ciudad. Ese fue el tiro de gracia: lo que había quedado enclenque el día anterior terminó por desplomarse. Millones de almas asustadas comprendieron que no había para dónde escapar: el demonio vivía en el subsuelo, había hecho nido entre las redes de tuberías rotas y lo que antes eran canales de agua y regadío. Los estadios se convirtieron en improvisadas morgues donde los cadáveres metidos en bolsas de polietileno atraían moscas y familiares llorosos. El aire de la otrora región más transparente del mundo se vició de podredumbre y rezos desesperados. Después del terremoto nada volvió a ser lo mismo para los mexicanos. Desilusionados del poder de respuesta de sus autoridades, los ciudadanos no confiaron más en el mundo político, que sufrió una de sus peores bajas de popularidad. Un fuerte movimiento civil surgió de la organización de las comunidades. La tragedia cambió el alma del pueblo, acostumbrado a no reaccionar ante los conflictos. Leer eso corroboró mi teoría de que las identidades —tanto individuales como colectivas— se forjan a partir del dolor, del miedo y de la necesidad de sobrevivir a como dé lugar.

Muchos años después todavía hay vestigios de aquellos dos terremotos separados apenas por unas horas de piedad. En algunos sectores las veredas siguen levantadas como si una mano subterránea las hubiera empujado hacia arriba, y quedan por ahí esqueletos de edificios que de tan dañados fueron desocupados y dados de baja. Tú mirabas todo con atención desde el interior del auto que nos fue a buscar al aeropuerto internacional Benito Juárez. Ibas en silencio, tosiendo cada tanto porque no estabas acostumbrado a la contaminación. Yo que viví casi una década en México no tengo esos problemas. Mi sistema respiratorio es inmune al *smog* y a las fumarolas negras que salen de los escapes de los autobuses. El chofer al volante varias veces trató de entablar una conversación, ¿y hace cuánto que no nos visitaba, joven?, ¿prefiere que nos vayamos por Mariano Escobedo o por Reforma?, pero tu falta de respuestas y mis monosílabos nerviosos terminaron por hacerlo renunciar a la idea. Nuestro viaje iba a durar apenas tres días, los justos y precisos para asistir al estreno, ser parte de las conferencias de prensa y las entrevistas que me tenían pautadas, y ya. Ésa fue tu condición, y la acepté sin reclamo alguno. Te quería ahí. Te necesitaba ahí. Cabeceaba de sueño. Nos habíamos levantado a las cuatro de la mañana porque a las cinco teníamos que salir rumbo al aeropuerto Newark. Siempre he pensado que tiene algo de fascinante amanecer a esas horas cuando hay todo un viaje por delante. Pero esta vez era distinto. Estaba muy nervioso por lo que se me venía encima y no quería que nada echara a perder ese frágil buen humor con el que te subiste al avión.

Necesitaba con urgencia una ducha para sacarme de encima las horas de vuelo. Apoyé la cabeza en la ventanilla del auto y dejé que mi vista se perdiera al otro lado. Todo estaba igual, idéntico a como lo dejé para irme a vivir a tu lado a Nueva York: la gente arremolinada para cruzar las calles, los anuncios a todo color, las avalanchas de payasos, mimos, tragafuegos, lanzallamas, limpiavidrios y vendedores en cada esquina. A diferencia de Manhattan, las avenidas allá son muy anchas, con bandejones floridos al centro. Los edificios no son altos, y en las azoteas la gente cuelga ropa, instala las cisternas para acumular agua y los estanques de gas licuado. El auto corría a ciento veinte kilómetros por hora. Quizá un poco más. Tú ibas agarrado con mano temblorosa al cinturón de seguridad que nunca se cerró del todo y quedó suelto como un tercer brazo lánguido colgando de tu hombro. Íbamos por Baja California, calle enorme, de muchas pistas. Podría avanzar un avión —o incluso dos— por ella. Pronto cruzaríamos Insurgentes, la avenida principal de México, donde hay un edificio de varios pisos. Sobresale porque es la única construcción alta del sector. Y ahí, forrando por los cuatro lados aquella construcción, había un cartel monumental de *Novela rosa*.

—¡Mira! —grité yo y provoqué que tanto tú como el taxista se asustaran—. ¡Pare! ¡Pare!

Ante la sorpresa de ambos, abrí la ventana y saqué medio cuerpo, tragándome por la boca abierta el humo de los autobuses, los colores del cartel y los bocinazos de los cientos de miles de autos que no entendieron nada cuando el chofer frenó de golpe y se quedó ahí, en el centro del cruce. Buscaba con desesperación la mochila para sacar la cámara fotográfica y retratar ese monumento de veinte pisos de altura que llamaba a todo pulmón a los mexicanos a asistir, próximamente, al estreno de la comedia del año. Mi película. Cuando el coche se puso otra vez en marcha, esperé algún comentario de tu parte. Sólo preguntaste cuánto faltaba para llegar al hotel.

Polanco es uno de los sectores más adinerados y caros de México. Por eso cuando vi que nos iban a alojar ahí comprendí que el estreno sería sin límite de gastos. Tú te mantuviste a prudente distancia mientras yo conversaba con la productora del evento, una mujer de cabello rizado y un teléfono celular en cada mano. Ella se encargó de nuestro registro en el mesón principal. Cuando quiso saber quién eras tú, te presentaste como mi amigo.

—Perfecto —dijo ella—, porque tienes asignado un cuarto doble.

La habitación era enorme: dos camas como islas, de respaldos de madera clara y cobertores en tonos pastel, nos dieron la bienvenida. La gente de Warner Brothers me había enviado un canastillo de flores y frutas, y una tarjeta deseándome toda la suerte del mundo para el estreno del día siguiente. A mí me costaba trabajo respirar. No era la contaminación, claro que no. Era el nerviosismo, la presión de ese parto inevitable y la energía extraña que me llegaba desde tu cuerpo. Sé que tú odias esos ambientes donde la frivolidad se pasea con licencia para matar. Habías sido muy generoso al acompañarme. Era un favor personal y estaba infinitamente agradecido por eso. Pero no me sentía cómodo. Ni siquiera cuando comprobé la calidad suprema del colchón, o descubrí los cientos de chorros distintos que se podían conseguir en la ducha con sólo girar una perilla. La productora me avisó que el mismo auto pasaría por nosotros a las seis de la tarde para llevarnos a las oficinas de Warner Brothers y ser parte de la exhibición privada de la película.

—Yo me quedo aquí —dijiste quitándote la ropa y recostándote en la cama—. Me basta con verla mañana en el estreno.

Iba a pedirte un último esfuerzo, pero preferí callar. Algo me dijo que era mejor ir solo, despedirme de ti con un beso nervioso y regresar más tarde a ese cuarto de hotel donde tú estarías relajado, seguramente comiendo algo pedido al *room service,* y querrías que te contara todas mis impresiones. Tal vez sería más fácil para mí convencerte de hacer por fin el amor si descansabas un par de horas, te entregabas a un buen baño de tina, y subías al máximo el aire acondicionado. Me metí bajo el chorro de la ducha y me quedé ahí hasta que mi cuerpo no fue capaz de soportar más agua. Cuando salí, tú dormías desarticulado en una de las camas. Te miré un buen rato. Eras tan hermoso. He hecho bien en no volver a verte desde el día en que me fui de nuestro departamento: sé que no sería capaz de resistir estar ahí, frente a ti, y no tener el derecho de volver a besarte como tu novio. Tu cuerpo entero respiraba inocente al compás de tu sueño. Me acerqué despacio y te pasé la mano por la curva de una de tus mejillas. Te quejaste despacio, ronroneando como un enorme gato siamés. Mi deseo creció de golpe, un estallido fulminante que tuvo su epicentro en el ángulo de mis piernas. Bajé mi mano hacia tu pecho, me entretuve unos instantes en pellizcar con suavidad tus tetillas, poniéndolas en alerta, en juguetear con los pelos oscuros que alfombraban tu piel. Tu respiración se agitó, pero no hiciste nada por detenerme. Mis dedos siguieron su camino, esa ruta que conocían tan bien hacia aquel destino que parecía reclamarles su presencia a gritos. Llegué al borde de tus calzoncillos. Yo vibraba entero, de pie junto a la cama. Juraría que sacaste la lengua para mojar tu labio inferior, preparándote para el placer que venía a continuación. El calor de tu sexo me entibió la mano cuando la alcé por encima de la tela. Ahí estaba. Por fin. La campanilla del teléfono me sacó del trance y te hizo abrir los ojos con desconcierto. Retiré velozmente la mano y contesté. El auto esperaba por mí allá afuera. Me miraste aún instalado del lado del sueño.

—Tengo que irme. Nos vemos más al rato —te dije, y te besé los labios.

Me deseaste suerte y salí apurado del cuarto. No quería que vieras la erección que abultaba mis pantalones, acusándome como a un adolescente que no tiene con quién satisfacer sus deseos. Me subí al coche con ganas de estar en Puerto Rico, metido en el mar contigo, supervisando la construcción de nuestra casa en Rincón. Allá todo sería tan distinto.

Las oficinas de Warner Brothers resultaron ser de una belleza exuberante: una casona antigua, de principios de siglo, en pleno sector de Coyoacán. Había palmeras, macizos de flores y muchos cuartos con afiches de películas famosas que ellos han producido o distribuido. Me puse aún más nervioso viendo tanto actor inmortalizado por ahí, tanto título que ha pasado a la posteridad, tanto director reconocido, tanto talento ajeno. Y ahí, en el lobby, en un muro de honor, estaba el póster de *Novela rosa*. El mismo póster que había visto en las calles, en las paradas de autobuses y en algunas páginas de los periódicos que nos regalaron en el hotel. Me recibieron algunos ejecutivos y el director, que estaban ansiosos y esperanzados con el estreno del día siguiente.

—Hemos invertido casi un millón de dólares en publicidad —dijo uno—. No nos puede ir mal.

Traté de ser optimista, pero no me resultó. Mi mente seguía en la habitación del hotel de Polanco, a tu lado, tratando de completar mi capricho de tocarte por fin, sentir tu sexo endurecerse entre mis manos, dentro de mi boca, repartirte mi saliva como quien ofrece un tesoro. Esto no va a funcionar. Todo va a ser un fracaso. Pienso que la gente se va a saturar de tanta publicidad, va a terminar odiando a la protagonista, a la película que seguramente quedó mala; el guion era una porquería, pero no quise darme cuenta a tiempo. En qué lío me metí. Entró una secretaria con cara de apurada y más eficiencia de la necesaria.

—La sala está lista. Pueden pasar cuando quieran —dijo, jadeando para que viéramos que estaba trabajando mucho.

—Perfecto. ¿Vamos? —dijo uno y se puso de pie, invitándonos a todos a la salita de proyección privada.

Intentaba rescatar alguna hebra de mi conciencia para asirme a ella y no perderme. Estaba cumpliendo uno de mis sueños más anhelados. Estaba en las oficinas de una empresa de cine, atravesaba el umbral de una sala de exhibición privada e iba a ver una película escrita por mí. La imagen de tu cuerpo semidesnudo sobre la cama se interpuso delante, bloqueando mi propia visión. Me gustabas tanto, Ulises. Me senté en una de las veinte butacas acolchadas y reclinables. Me temblaban las manos. Me sujeté yo mismo los dedos y fijé los ojos en la pantalla que se iluminó de pronto. La sala se sumió en la más absoluta oscuridad. Se oyó un tosido por ahí. Alguien se acomodó en su asiento. A mí se me escapó un suspiro —tan parecido a nuestros suspiros de amor— cuando frente a mí aparecieron imágenes y sonidos.

De pronto pude leer: "Guion original: Diego Valderrama". Era mi nombre. Escrito en letras blancas, gigantes, abarcando de lado a lado. Te busqué junto a mí, pero recordé que no estabas. Entonces recién me di cuenta de que todo era de verdad, que la película existía, que estaba ahí, a pocos metros, que ese nombre era mi nombre y que iba a ser visto por mucha gente. También me di cuenta de que si la película había quedado mala me iba a querer morir de pena, de vergüenza, de angustia, de desilusión y de rabia. Y que si era buena iba a morirme de felicidad, de orgullo, de alegría y felicidad. Tú tendrías que haber estado ahí para tomarme la mano, para decirme que todo iba a estar bien, que la muerte iba a seguir de largo. ¿No es eso lo que hace una pareja? A la mierda con tu cansancio, con tu calor, con tus tosidos producto de la contaminación. Yo había renunciado a tantas cosas para tratar de alegrar tu vida, para hacer que cada uno de tus días fueran mejores que el anterior. Y ahora estaba al borde de un colapso, una película escrita por mí era proyectada frente a un grupo de ejecutivos importantes, y no te tenía.

La película duró una hora y media, precisa, y el tiempo se me pasó sin que me diera cuenta. Buen síntoma. Los primeros cinco minutos de exhibición yo repetía los parlamentos en la mente, chequeando con agudeza a ver si habían conservado los diálogos y comparaba lo que veía en pantalla con lo que había escrito casi dos años atrás. Al minuto seis me olvidé de todo. Me olvidé que era el escritor, me olvidé que eso que veía lo había inventado yo, me olvidé que los actores eran mis amigos, que los conocía, y me lo creí todo. Incluso me emocioné en unos momentos. Pensé en ti, en lo que dirías cuando la vieras al día siguiente. No estaba seguro de que te fuera a gustar. Era una historia liviana, sin pretensiones, que buscaba emocionar sin muchos trucos ni vueltas de tuerca. Cuando los créditos terminaron de rodar y las luces se encendieron los ejecutivos y yo nos pusimos de pie en aquella sala.

Todas las cabezas se volvieron hacia mí.

—¿Y...? —preguntó el director, dando un paso hacia adelante.

Traté de hilar alguna idea. Era el momento de decir algo inteligente, una frase que justificara el pago que me habían hecho por esas ciento veinte páginas escritas en mi computadora.

—No tengo palabras para describir lo que siento —salió de mi boca.

Y era cierto. Mi voz se había quedado contigo, descansando también y esperando mi regreso. Sólo quería que me llevaran rápido de vuelta al hotel. Tenía tantas ganas de vaciarte enteros mis sentimientos, mis alegrías y mis ansiedades. Sin que me diera cuenta trajeron algunas botellas de tequila y unas bandejas con comida típica mexicana. Busqué un baño donde esconderme unos momentos. Adentro había un hombre mayor que hacía el aseo y pasaba sin ningún apuro un trapo en la cubierta marmórea de los lavamanos.

—Ésa es como la historia de mi vida —fue su comentario.

—¿Perdón? —dije yo, mojándome la cara a ver si así conseguía borrar aunque fuera por un momento tu imagen de mis ojos.

—Mi esposa se parece a la muchacha que sale en la película —comentó con una sonrisa amable—. Por eso siempre he dicho que la vida real es mejor que el cine.

—¿Usted ya la vio?

—La veo cada vez que la ven ellos —y señaló hacia afuera del baño, como indicando a los ejecutivos.

—¿Y le gusta…?

—Claro, joven. ¿No le digo que me recuerda mi propia vida? Y mi vida ha sido buena, con el favor de Dios.

Ahí estaba la primera crítica que recibía y era buena. Salí del baño dispuesto a tomar una copa de vino, conversar lo justo y necesario, y regresar pronto a tu lado. Estábamos juntos en esto, Ulises, en este viaje que ya había tenido demasiados desvíos y cambios de escenario. Si el cine y la vida se parecen tanto, entonces no es tan absurdo soñar con un final feliz. Uno en el que los dos amantes se miran a los ojos mientras la música sube de intensidad, termina finalmente por cubrir los ruidos que entorpecen la vida y permite que ellos se entreguen a un beso furioso y definitivo. Era el desenlace que yo quería, aunque a ti te pareciera un desenfreno cursi o demasiado rosa para tus arrebatos de Chelsea Boy. Pero el hecho era que teníamos todos los elementos para construir la escena perfecta: había buen material, como dicen los directores luego de un excelente día de filmación. ¿Qué nos faltó, entonces? ¿Qué hice mal?

Dieciocho

Me pasé toda la mañana encerrado en el centro de reuniones del hotel dando entrevistas. Tú, en cambio, te fuiste a la piscina ubicada en la azotea del edificio, desde donde se divisaba gran parte de la ciudad y la monumental bandera de Los Pinos, la casa presidencial. Casi no hablamos al levantarnos. Apenas cruzamos un par de miradas de rigor, lo justo y necesario para saber que el otro seguía ahí, y ya. Amanecí con los ojos hinchados de tanto llorar. La productora de Warner Brothers, que llegó al alba hablando por celular y poniendo orden a la fila de periodistas que llenaban el lobby del hotel, me miró con cierta sorpresa y me preguntó si me sentía bien. Su saludo fue: no tienes buena cara.

—Es la contaminación —me justifiqué yo por mis párpados inflamados y ese par de ojeras delatoras.

—Te vamos a poner gotitas. No puedes salir así en cámara —sentenció ella y se dio la media vuelta, apurada.

¿Qué pretendía esa mujer? No había dormido ni un solo minuto. Me quedé en mi cama, abofeteado por la conversación que habíamos tenido tú y yo, controlando apenas mis ganas de gritar que ya era suficiente, que no podía más, que alguien me explicara de una buena vez qué estaba haciendo mal, pues lo único que yo deseaba era ser feliz a tu lado, que no entendía por qué demonios las cosas no podían ser fáciles. Tú me empujabas hacia la orilla del camino y a mí sólo se me ocurría seguir en la trinchera, esperando con resignación una nueva batalla. Había llegado la noche anterior directo de ver *Novela rosa* en aquella sala privada. Me tomé un par de tequilas, los justos para perder el miedo de volver a ese cuarto de hotel y encontrarte huraño o demasiado serio para los planes que tenía. Tú estabas despierto, viendo televisión. Apenas me viste te diste cuenta de que había bebido más de la cuenta. No dijiste nada. Me recosté a tu lado, risueño, la película quedó bien buena, espero que te guste, dicen que se gastaron más de un millón sólo en publicidad, y entre las palabras aprovechaba para darte besos en la cara, a ver si lograba revivir en ti a ese Ulises que me habías mantenido oculto. Tú te mostraste interesado, querías saber las reacciones de los ejecutivos, cuáles eran las expectativas de público, ¿la van a lanzar sólo en la Ciudad de México o en todo el país?, y no sabía qué responderte porque lo que menos tenía en mente en ese momento era sentarnos a conversar. Tú y yo íbamos a hacer el amor. Por fin. Aquí no había excusas. Éramos dos novios metidos en un hotel, dos tipos que se desean, dos hombres que se aman. Me quité la camisa con torpeza. Tú me ayudaste, y te amé por eso. Sí, tus ojos me decían que yo aún era de ellos, que a pesar del calor de Nueva York yo seguía siendo de tu propiedad, que, aunque no estabas a gusto en ese torbellino de actores, periodistas y hoteles demasiado caros para nuestros presupuestos, era el compañero de alma que tú habías elegido de todos los que desfilaban por tu Chelsea. Me trepé encima tuyo. Sentí tus manos bajar hasta mi cintura. Me concentré en devorarte esa boca de labios perfectos, en rescatar hasta la última gota de tu saliva para bebérmela y refrescar con ella esas ganas acumuladas que te tenía. Mis nalgas presionaron tu sexo que aún no despertaba. Entonces decidí bajar hasta él y acunarlo entre mis manos. Te echaste hacia atrás, cerraste los ojos y me diste carta blanca para que me ocupara de darte ese placer que era mi propia gloria. En la televisión un periodista decía que muy pronto se cumpliría un nuevo aniversario del terremoto del 85, que agrupaciones civiles estaban organizando un encuentro en el Zócalo de la capital para conmemorar el nacimiento de muchas instituciones de carácter solidario que fueron creadas a partir de ese trágico acontecimiento. Busqué a tientas el control remoto, pero no lo encontré. Tu sexo seguía fláccido entre tus piernas, un trozo de carne muerta que a pesar de mis abusos se quedó así: indiferente a mí. Ayúdame, Ulises, por favor, haz un esfuerzo, hazlo por mí, soy yo, Diego, tu Diego, el mismo que se hará viejo contigo, el que está tratando de aprender a jugar dominó, el que quiere llevarte de regreso a Puerto Rico para que aprendas lo que es una buena vida, y mi boca seguía apretando, succionando; mis manos intentaban rescatar alguna chispa de pasión que por fin encendiera esa fogata de infierno que antes me regalabas con tanto entusiasmo, pero no había caso, esa parte de tu cuerpo, o quizá tu cuerpo entero, me despreciaba, y de pronto mi propia imagen me pareció lastimera: un mendigo semidesnudo, con los pantalones arremolinados en las rodillas, la mirada desorbitada, lamiendo como un perro hambriento un hueso que ya no tenía nada que ofrecer. Me enderecé a ciegas. Esta vez tú ni siquiera te diste el trabajo de buscar una excusa. Me tomaste con suavidad por un brazo para recostarme sobre tu pecho. Tu corazón latía despacio, muy adentro de tu cuerpo. Lejos.

—¿De dónde nace la idea de *Novela rosa*?

Miro al periodista que tengo sentado enfrente como a través de un catalejos. El tipo parece tan aburrido como yo de estar ahí, pero él es profesional y supongo que obedece las órdenes de su editor. Ni siquiera recuerdo cuándo escribí *Novela rosa*. Ni siquiera recuerdo quién soy.

—¿No crees que tal vez nos precipitamos a irnos a vivir juntos…?

Intenté jugar al sordo: simular que no te había oído para quedarme ahí, recostado sobre tu cuerpo, con los ojos cerrados, siguiendo el ritmo de tu respiración. Pero no pude. Tienes que haber sentido la humedad de mis lágrimas cayendo en tu pecho. Me pasaste una mano por el pelo recién cortado la semana pasada.

—A lo mejor podrías buscarte un estudio, un lugar donde tener tu oficina… Un lugar donde quedarte a dormir de vez en cuando.

Apreté los labios para evitar que un "lo que tú digas" se me escapara sin mi permiso. No quería moverme de tu lado. A mí me gustaba dormir contigo. Escucharte orinar con la puerta del baño abierta. Adivinar tus movimientos en la cocina al prepararte un café con canela. Había construido mi vida en torno de esos detalles mínimos, rutinas casi invisibles que se convirtieron en las directrices de mis horas, de todos mis planes y mis sueños. Necesitaba tenerte ahí, al alcance de mi mano. ¿De qué me servía tener una oficina con un colchón en el suelo, si tú no ibas a estar metido entre mis sábanas de aspirante a Chelsea Boy?

—¿De qué manera esta película se inscribe dentro del nuevo cine mexicano?

Ahora la que está sentada en aquel salón de hotel es una mujer con cara de pocas amigas. Tiene el pelo pintado de rojo furioso y un par de gafas de marco oscuro y alargadas hacia los lados. Sostiene una libreta y un lápiz entre sus manos. Y me clava una mirada como adivinando que no estoy ahí, sabiendo que soy maricón, que estoy necesitado, que hace tiempo que nadie me da lo que quiero, que anoche tú y yo discutimos, que no dormí nada y que lloré horas enteras a ver si así conseguía frenar esa rodada directa al fondo de mi tristeza.

—¿Podrías repetirme la pregunta? —mi voz suena ajena, pronunciada por otra boca y no por la mía.

Yo seguía aferrado a tu pecho, salvavidas de carne y hueso en ese mar de peligros en que se convirtió tu cama. Tú me pasabas la mano con ternura por el cuello, por el nacimiento de mi espada, por el caracol de mis orejas. A esas alturas a mí me bastaba eso. Me conformaba con una caricia simple como una ola marina, sin más pretensiones que recorrer de ida y regreso un trozo de mi piel. Te incorporaste para besarme la cabeza. Me buscaste la mirada.

—Diego, puede ser una gran solución. Te iría a ver, cenaríamos en tu propio espacio, de vez en cuando me quedaría a dormir contigo.

Yo sólo tengo lugar en mi cabeza para volver a ver el parche de pasto y árboles que es nuestro terreno en Rincón, ese jardín de fantasía donde tú y yo vamos a vivir venciendo nuestros propios demonios, derrotando al sida que tendrá que hacer sus maletas e irse al confín más hondo de tus venas, aprendiendo a dar y recibir lo que nos merecemos. Era así de fácil, Ulises. ¿Para qué complicar más las cosas? ¿Para qué disfrazar de gran solución lo que en el fondo era un acto para quitarme del medio? Me tomaste por los brazos, me hundiste esa mirada de cuchillo azul que tanto me dolió.

—Necesito ver que te haces hombre, carajo —disparaste por fin, fusilándome contra el paredón de tu reclamo.

La productora de Warner Brothers interrumpió mi discurso sin sentido sobre la importancia de la comedia en el panorama cinematográfico actual. Es un género familiar, el público necesita reírse como antídoto a sus problemas del diario vivir, los actores agradecen no estar siempre apretando sus teclas de desesperanza y dolor. El periodista ya ni siquiera escribía. Yo hubiera salido corriendo de ese salón enrarecido de tanto respirar el mismo aire reciclado, habría trepado de dos en dos los peldaños de las escaleras rumbo a la azotea, te habría buscado entre los huéspedes que tomaban sol al borde de la piscina, ajenos a ese nuevo terremoto que tenía por epicentro el ombligo de mi cuerpo, y te habría dicho que sí, que aceptaba buscarme un espacio donde instalar una oficina y una cama, que iba a hacerte caso, que siempre iba a hacer lo que tú me dijeras, que serías testigo de mi transformación en hombre, en adulto, que iba a completar mi desarrollo ante tus ojos sorprendidos y orgullosos, que iba a cortarme aún más el pelo, que aumentaría los kilos de las pesas en el gimnasio, que mi cuerpo completo se iba a robustecer como un tronco añoso y maduro. Sin embargo, la productora avanzó hacia mí y me preguntó si me sentía capaz de dar una última entrevista, esta vez a un programa de Televisión Azteca. Asentí porque a esas alturas había olvidado cómo decir que no.

—Pero vamos a maquillarte esas ojeras otra vez. ¡Pareces muerto en vida! —se burló de mí.

Almorcé solo en nuestro cuarto del hotel. Le di un par de mordiscos a un club sándwich que a duras penas logró cruzar la frontera de mi garganta. Encendí el televisor. Terminaban las noticias y una locutora anunciaba para esa tarde el estreno de *Novela rosa*. La catalogó como la comedia del año. Tú tampoco estabas ahí para compartir conmigo la noticia. Apareciste más tarde, la piel enrojecida de sol urbano, el pelo revuelto por los vientos de la azotea. Te veías bien. A pesar de todo, te veías muy bien. Pasaste por mi lado y me acariciaste un hombro. Era tu forma de hacerte presente, de decirme que estabas ahí, rondando, que no te habías ido. Te ofrecí lo que quedó del sándwich, y te lo comiste.

—¿A qué hora pasan a buscarnos? —preguntaste con la boca llena.

—A las seis.

—Me da tiempo a dormir un poco.

Asentí. Como haces siempre que no quieres seguir hablando, te acercaste y me diste un beso en la frente. Te echaste en tu cama, la que estaba junto a la ventana de cortinas descorridas. Cerré los ojos. No necesité mirarte para imaginar que tú tampoco pudiste conciliar el sueño.

El gran evento iba a tener lugar en el Centro Nacional de las Artes, en las esquinas de Churubusco y Miramontes. El nombre del complejo me pareció tan enorme como su arquitectura y conspiró, como todo a esas alturas, para ponerme más nervioso. El edificio era color salmón, de líneas muy modernas, casi futuristas, con pasillos anchos y arbolados, doce salas de cine sólo para nosotros, una marquesina llena de luces y candilejas infinitas que me hicieron parpadear de angustia y ansiedad cuando me enfrenté a ellas. Una enorme, larguísima alfombra rosa —para estar a tono con el título de la película— corría por el suelo desde el borde de la calle hasta las puertas vidriadas que se abrían sobre el *hall* del recinto cinematográfico. En la calle, a cada lado de la alfombra, había dos focos instalados en la vereda que apuntaban hacia el cielo y que, a la hora precisa, se encenderían para anunciar a todos los mexicanos que ahí, en ese punto de la capital, estaba sucediendo el evento más importante del día. Habían levantado un escenario a un costado: plataforma negra, telón de fondo con enormes fotografías de la película, un magnífico juego de luces y micrófonos, desde donde el maestro de ceremonias iría anunciando el paso de las estrellas y de los cientos de invitados.

A esa hora el tránsito era insoportable. Apenas salimos del hotel quedamos atrapados en una columna de autos que no se movió nunca. Empecé a desesperarme. Algunos taxistas tocaban las bocinas en un inútil intento de agilizar la marcha. Nuestro chofer hizo lo mismo. Mala idea. Vi tu rostro marchitarse de molestia en medio de ese concierto de gritos, pitazos y humo en que se convirtió la calle. Hubiese querido disculparme a nombre de la ciudad, decir algo que justificara el sacrificio que habías hecho por mí: abandonar tu rutina de Nueva York, salirte de tus días de oficina, escritura y televisión por la noche, volar hasta ese circo de película que sería el estreno. Algo me dijo que lo mejor era callar. No aportar ruido inútil a tus orejas saturadas. De pronto sonó el celular que la producción me había dado el día anterior, para poder ubicarme donde fuera. Querían saber dónde demonios estábamos; ya estaba todo listo, sólo faltaba que llegara yo para comenzar con el desfile de la alfombra. Traté de que tú no notaras mi angustia. Me sudaban las manos. Pero tienes que haberte dado cuenta de todo, Ulises, porque ni siquiera me miraste. Con ese silencio me decías a gritos que estar ahí era un error, que esas cosas suceden cuando uno abandona el reino de Chelsea y se deja convencer por cantos de sirena, que una vez que volviéramos a nuestra tierra prometida el orden se restituiría por arte de magia. La mujer al otro lado del teléfono me pedía que la dejara hablar con el chofer, seguro es un inepto y no tiene idea dónde está parado, hay rutas alternativas que a esta hora están completamente desocupadas, dame con él, y yo no quería provocar más problemas, ya suficiente teníamos todos con estar atrapados en ese gusano de coches sobrecalentados que nos devoró sin miramientos, pero déjame hablar con él, no tenemos todo el tiempo del mundo para esperarlos, necesito que estén aquí en menos de diez minutos, déjame hablar con el chofer, y yo intentaba conservar una actitud de aquí-no-pasa-nada, una sonrisa hipócrita en caso de que me miraras por fin, un rictus que sólo sirviera para calmarte y que te hiciera pensar que, después de todo, no podía ser tan malo estar en México conmigo en el estreno de uno de mis sueños más importantes como escritor. El escándalo de bocinas arremetió con más fuerza al otro lado de nuestras ventanillas cerradas. ¡¿Pero dónde carajos están metidos?!, gritaba la productora en el celular, ¡déjame hablar con ese pinche chofer ahora mismo, no voy a dejar que un cabrón nos atrase el evento!, y yo sólo sonreía sin atreverme a cortar la llamada y pedir que nos llevaran al aeropuerto para tomar un avión que nos trasladara a ti y a mí directamente a Puerto Rico, a dejarnos marear por esos cielos que parecían recién pintados, frescos de pintura y nubes. Quería pedirte perdón, Ulises, pero no sabía por qué ni de qué. Además, no era capaz de abrir la boca.

Atravesamos a paso de hormiga un cruce donde el semáforo estaba dañado: la raíz del conflicto. Entonces el chofer dobló, hábil, hacia su derecha y aceleró a fondo. Vi de reojo que te acomodaste en el asiento, aliviado tal vez de sentir el coche correr hacia nuestro destino. Ya salimos del embotellamiento, fue lo único que dije a la productora, llegaremos en menos de diez minutos.

Sé lo que estabas pensando cuando el auto entró a los jardines del Centro Nacional de las Artes. Un mar humano de personas se apostaba en torno de la enorme construcción. El par de potentes focos apuntaba sus luces al cielo: dos monumentales faros señalando el camino directo al divertimento. Una cadena de policías intentaba mantener a la turba en orden, abriendo un espacio con sus cuerpos para que nuestro vehículo pudiera estacionarse frente a la alfombra rosa. Sólo quería pedirte perdón, Ulises. Ya no me interesaba que vieras la película, que después la comentáramos desnudos en la cama, que tú me hicieras una lista de sus aciertos y sus debilidades. Tú odiabas ese mundo de embuste en el cual me crié y crecí. No eras capaz siquiera de verme en la fotografía de un periódico añejo, ésos que una noche traté equivocadamente de enseñarte para que te sintieras orgulloso de mí. Al otro lado de esa puerta —que el chofer ahora estaba abriendo— hervía a todo color y volumen el infierno de tus pesadillas.

—¿Quién vendrá en ese auto…? —oímos la voz del maestro de ceremonias magnificada por los cientos de parlantes disimulados en la decoración.

El conductor terminó de abrir. Una bocanada de flashes y gritos se coló hacia adentro y estremeció nuestros cuerpos. Sobre todo el tuyo. No había escapatoria. Lo único que quedaba por hacer era bajarse, respirar hondo, contener el aire lo más posible, y nadar contra esa corriente hasta llegar a las puertas vidriadas. Me volví hacia ti.

—Ulises... —alcancé a decir.

La productora apareció a un costado del auto.

—¡Abajo, abajo, necesito que salgan de aquí! ¡Se tiene que estacionar el siguiente coche que trae a los actores...! —nos apuró.

Lo que sucedió después lo recuerdo como si se tratara de una escena de la misma película que estábamos próximos a ver: yo comenzando a caminar por esa alfombra rosa, tú a mi lado, los ojos entrecerrados por el bombardeo sin piedad de los cientos de fotógrafos, bocas multiplicadas hasta el infinito que querían saber nuestros nombres, que quiénes éramos, ¡y aquí tenemos al escritor de *Novela rosa*, Diego Valderrama!, aulló el maestro de ceremonias sacando a todos de la duda ante mi presencia, y la productora que insistía en que camináramos más rápido, levanta las manos, Diego, saluda al público, que tu amigo haga lo mismo, que no se quede ahí mirando todo con cara de tonto, dile que sonría, carajo, que cambie esa cara de funeral, y yo de pie en medio de ese pasillo eterno que parecía no tener fin, perdóname, Ulises, te lo ruego, perdóname, juro que volveré cada vez que quieras al Roxy, me meteré contigo lo que me ofrezcas, otro éxtasis, lo que tú digas, bailaré hasta caer muerto apretujado a esos cuerpos de escultura que te son tan familiares y queridos, me iré a un estudio en Manhattan, dormiré solo cada vez que tú desees respirar paz en tu propia cama, caminen, ¡caminen!, resiste un poco más, esquiva como puedas los disparos de los fotógrafos que se han ensañado contigo, no los culpo, de seguro eres el hombre más atractivo de todo este show, miren para acá, sonrían, aquí, ¡miren para este lado!, tú pídeme que yo haré lo que desees para compensar toda esta locura a la que te he arrastrado, y la productora que avanza hacia mí me toma de un brazo y me empuja, avanza, Diego, avanza, y trato de darte mi mano para que no te separes de mí, ayúdame, esto es mucho, tampoco lo soporto, pero ella no me deja, camina, necesito que avances, y tú no te mueves, Ulises, te quedas ahí, parece que lo haces a propósito, es tu momento para cobrarme por todo lo que te estoy haciendo, me estás pasando la factura, tus pies se han clavado a esa alfombra que odié desde el primer momento en que la vi, dame la mano aunque sé que no eres de esa clase de persona, de los que demuestran el amor en público, y cuando llego hasta las puertas de vidrio que se abren a mi paso, me volteo por última vez para verte allá afuera, para saber que sigues ahí, ¿mi amigo?, ¿dónde está mi amigo?, qué importa, ya te lo encontrarás de nuevo, ¡entra de una buena vez! Te busco como a un tesoro perdido en ese mapa de cientos de rostros frenéticos que me miran y gritan. Pero no estás. Te perdí de vista. Quién sabe dónde te metiste.

Diecinueve

Hoy en día, nadie diría que SoHo fue durante mucho tiempo uno de los sectores más decadentes de Nueva York. Almacenes con desechos fétidos, carnicerías de mala muerte y talleres mecánicos a los que nadie se atrevía a entrar alternaban sus fachadas en las plantas bajas de edificios en ruinas. A veces la basura se quedaba semanas enteras sobre las veredas, convirtiendo las calles en espectáculos que todos los habitantes de Manhattan preferían evitar. Fue hasta que una oleada de artistas de bajo presupuesto llegó a habitar esos enormes bodegones de industriales ventanas y puertas de acero que la situación comenzó a cambiar. Lo que antes eran nidos de ratas y hogar de mendigos se transformó en estudios de fotografía y de pintores. Los más osados, incluso, decidieron echar raíces y habilitar esos amplios talleres en un lugar donde vivir. Así nacieron los *lofts,* tan populares en esa zona. Como siempre sucede cuando alguien tiene una buena idea, la noticia de que por poco dinero se podía conseguir un espacio tan grande como una cancha de baloncesto cundió igual que reguero de pólvora. Los precios se fueron a las nubes y los artistas de antaño tuvieron que guardar pinceles, óleos, rollos fotográficos y máquinas de escribir para buscar un nuevo y económico lugar donde seguir realizando sus labores. Eso permitió que una nueva generación, esta vez de personas con abultadas cuentas corrientes y gustos refinados, llegara a terminar aquella colonización. SoHo, mi lugar favorito de Nueva York. Por eso cuando regresamos de México lo primero que hice fue llamar a Andrea y pedirle que me acompañara a buscar en esa zona una oficina que arrendar y así cumplir tu deseo. Querías verme grande, Ulises, a pesar de lo débil que soy. Era tu voluntad y te la iba a cumplir. Rentaría mi propio espacio donde pudiera encerrarme a escribir mis cuentos. Compraría un sofá cama, algo que de día sirviera como lugar donde acomodarme a leer y por la noche me permitiera dormir y soñar contigo.

—Traje el periódico y un par de sándwiches para el camino —me dijo Andrea cuando la pasé a buscar a su casa—. ¿Estamos listos para la acción?

Por eso la quería: porque pensaba en mí como me habría gustado que tú lo hicieras. Tomamos el *subway* sin tener muy claro nuestro destino. Emergimos en la frontera exacta de SoHo con Chinatown: el encuentro de dos mundos que no tenían nada que ver el uno con el otro pero que, protegidos por esa amnistía de segregación racial que impera en

Nueva York, convivían en perfecto orden y paz. Andrea me señaló varios anuncios que había marcado esa mañana en su casa. Ninguno era muy caro, lo que me hizo suponer que me iba a enfrentar a verdaderas cajas de zapatos con ventanas. Espacios mínimos, claustrofóbicos, donde el aire y la movilidad son tan escasos como la luz del sol. Pero no me importó. Si eso era convertirse en hombre lo iba a hacer, y con una sonrisa en los labios. Tenía ganas de demostrarte de lo que era capaz. El primero de la lista quedaba ubicado en un edificio antiguo, pero bien conservado. Ocho pisos de alto, elevador tembeleque y pasillos lúgubres pero bien iluminados. La mujer que nos enseñó el departamento pensó que Andrea y yo éramos pareja, y lo primero que hizo fue preguntarnos si teníamos hijos. Los dos nos echamos reír y mi amiga respondió que todavía no, que nos estábamos cuidando. El lugar me deprimió. A duras penas cabía una cama. Era tan estrecho como nuestro dormitorio. En una esquina, sobre una delgada repisa de madera, había un anafre eléctrico que hacía las veces de cocina. El baño era tan incómodo que no tuve el valor de entrar y le eché una ojeada rápida y descalificadora desde la puerta. Andrea descubrió la sombra oscura que me nubló el rostro mientras bajábamos las escaleras.

—Bueno, es el primero —dijo—. Todavía nos quedan muchos por ver.

Por más que lo intentaba, no conseguía rescatar el optimismo dentro de mí. Sería tal vez que aún no lograba reponerme del cansancio extremo que significó el viaje a México. A lo mejor era que nuestra cama se había convertido en una plancha de autopsia, una camilla de metal oxidado, y que entre los dos se fracturó el colchón para dar origen a una grieta, una falla que cada noche se me hacía más difícil brincar. Quién sabe. Eran tantas mis preguntas que ni siquiera tenía la esperanza de encontrar una respuesta.

No llegamos a ver el segundo departamento. El edificio se veía tan decrépito y lúgubre que la misma Andrea desistió de entrar y no hizo mayores comentarios. Nos fuimos directamente al siguiente, dos cuadras hacia el norte. Reconozco que cuando vi la construcción renació en mí una luz de esperanza. Era obvio que había sido remodelado recientemente: el ladrillo al rojo vivo se mezclaba en forma muy armónica con placas de acero y madera oscura. El resultado era una fachada de gran modernidad pero que sabía conservar un interesante pasado arquitectónico. El interior era aún más agradable: tablones de parqué, muros blancos y un juego de luces que de inmediato hacía olvidar el hecho de que aquellos pasillos no tuvieran ventanas. El estudio que arrendaban era, como suponía, mínimo. Un cuadrado perfecto con dos puertas: un clóset y un baño. Pero había algo en ese paisaje al otro lado de la ventana que me llamó la atención: los techos de SoHo, las siluetas coloridas de las pagodas de esa China apócrifa que duraba sólo un par de calles, y al fondo aquel parche de cielo de verano. Era una vista agradable. Incluso cliché, la imagen clásica de lo que debe ser Nueva York cuando se descorren las cortinas. No se me hizo difícil imaginar una mesa con mi computadora, conectada a internet, lista para recibir mis creaciones literarias. Junto a ella estaría el sofá cama, cerrado durante el día y abierto durante la noche. Y entonces miré hacia la puerta y juro, te juro, Ulises, que te vi entrar, cargando tu mochila, sonriendo orgulloso de mí y con una bolsa de supermercado en la mano; pasé a comprar un poco de queso, una pasta y una botella de vino, ¿te gusta la idea?, y cocinaríamos esos espaguetis mientras nos besábamos con urgencia recostados contra la ventana, que a esa hora tendría las luces de la ciudad y la luna como telón de fondo, y tú te quedarías a dormir esa noche conmigo; haríamos el amor con paciencia y entrega. Y al día siguiente tendrías que levantarte apurado, necesito cambiarme de ropa antes de irme a la oficina, te llamo a la hora de almuerzo, y los dos seríamos felices de llevar esta vida de novios independientes. Todavía en el suelo estarían la botella de vino vacía, las copas y los platos con restos de comida. ¿Nos vemos esta noche en mi casa?, dirías tú. Y yo, entonces, sabría que te di en el gusto, que cumplí con tu orden de hacerme hombre para que pudieras por fin quererme sin restricciones. Ese era el plan. Y no me iba a fallar.

—¿Y qué te parece? —interrumpió la voz de Andrea.

—Me gusta —contesté—. Mucho.

Quedé en regresar antes de que terminara la semana para firmar los papeles y dar el cheque con el depósito y el primer mes de renta. Bajé la escalera saltando de dos en dos los peldaños, aspirando profundamente ese nuevo aire que sería mío durante los siguientes meses, tratando de retener en la mente todos aquellos detalles que se convertirían en piezas importantes de este nuevo mundo al que le abría la puerta.

Andrea y yo decidimos bajarnos en Union Square. Ella sacó los sándwiches de su mochila y nos sentamos en unas escalinatas a comerlos. Yo estaba contento. Satisfecho, más bien. Te tenía buenas noticias. Ojalá llegaras temprano a la casa para contarte las novedades.

—Parece que va a llover —oí decir a mi amiga.

Efectivamente, ese cielo azul de verano comenzaba a cubrirse de apretadas nubes oscuras. Nueva York no es una ciudad confiable. Y menos el clima, que parece gozar al someternos a todos a sus inclemencias de niño caprichoso. Pero no me importó: ya tenía un lugar donde vivir y protegerme de la lluvia y de tus nubarrones ocasionales. Un espacio mínimo, pero no necesitaba más. Recordé mi casa de México, su enorme arquitectura colonial, los tres pisos soleados y sus ventanas abiertas día y noche al patio interior donde siempre flotaban un intenso olor a flores y el acento melódico de los pájaros en los árboles. No extrañé esa vida, al contrario. Allá no estabas tú. No estaban tus ojos que se abren directo sobre tu alma, ni tus pasos, ni tampoco tus manos. En aquella casa yo era un fantasma que nadie se atrevía a exorcizar. Hasta que llegaste y me enamoré de ti como un idiota. Fuiste el espejo que yo necesitaba para verme de cuerpo entero, descubrir mis carencias y asumir mis virtudes. Nos despedimos con Andrea en la puerta de su edificio. Fue un adiós apurado porque ya estaban comenzando a caer las primeras gotas del cielo. Ésa fue la última vez que nos vimos. Yo no lo sabía, no tenía cómo adivinarlo. No tuve tiempo de agradecerle su cariño, esa compañía invaluable que tan bien me hizo el tiempo que viví en Nueva York. Hemos hablado un par de veces por teléfono, cuando la llamo desde este departamento de San Juan, y ella me cuenta acerca de su vida. Sigue estudiando inglés rodeada de asiáticas idénticas las unas a las otras. Y dice que me extraña mucho, que ya no tiene con quién hablar ni reírse ni entonar las canciones de *Moulin Rouge*. Si yo hubiese sabido, nos habríamos dado un abrazo, nos hubiésemos consolado mutuamente al amparo de la lluvia, medio escondidos debajo del techito de la puerta de entrada a su edificio. No pude. No me diste la oportunidad.

Seguí caminando. Eran las cinco y media de la tarde. El agua comenzó a caer con más intensidad pero no me importó. Estaba contento por mi estudio. Recordé la ventana y el telón de fondo al otro lado del cristal. A ti también te iba a gustar, estaba seguro. Me metí al supermercado de la esquina y compré queso y una botella de vino blanco. Había que celebrar la decisión tomada y lo íbamos a hacer como corresponde. Del mismo modo que tú ibas a llegar a mi departamento con víveres una noche cualquiera, yo haría lo mismo esta tarde. Cuando entré a nuestra casa, encontré la luz del baño encendida. Me desconcertó un momento, porque siempre la dejo apagada cuando voy a salir. Entonces descubrí que ya estabas ahí, sentado frente a tu computadora.

—¡Llegaste muy temprano! —me alegré.

—Quiero escribir. Estoy terminando la novela —anunciaste.

Te cerré la puerta del dormitorio y me fui a la cocina. Otro motivo más para celebrar, pensé. Era un buen día. Al parecer el orden se estaba restableciendo; la balanza volvía a su punto medio. Me metí a la cocina. Me entretuve cortando cubitos de queso que distribuí en un plato, preparando todo para el ritual que tendríamos en un par de horas. Después abrí el vino y lo dejé sobre el mesón. Entonces escuché el rechinar de la puerta del dormitorio. De seguro ibas al baño. Pero no. Apareciste frente a mí y te quedaste a mitad de camino, sin decidirte a entrar o seguir de largo hacia la sala. Me llegó la fuerza de tu energía: un campo magnético que arrastrabas contigo, una red que me envolvió y me paralizó de miedo. Cinco segundos. Alcancé a sentir esa oleada de frío en las venas anunciándome que me quedaban cinco segundos de paz, que antes de que tuviera tiempo siquiera de pestañear la tierra entera se sacudiría como el lomo de un animal salvaje.

—¿Qué pasa…? —musité.

Tú no dijiste nada. Sólo me mirabas desde la puerta. El sube y baja de tu pecho me pareció un caparazón que protegía tus sentimientos tan revueltos como los míos. Un grito de alerta rebotaba entre esas cuatro paredes. Estabas en pie de guerra. Yo ni siquiera sabía cómo empezar a defenderme ni a qué echar mano para que me sirviera de escudo protector.

—¿Qué pasa, Ulises…?

—Necesito que te vayas.

Y entonces el suelo de baldosas de esa cocina se licuó bajo mis zapatos, el muro crujió de arriba abajo atravesado en dos por una grieta que escupió cemento y cañerías rotas; los platos saltaron fuera de sus gabinetes aunque tú parecías no darte cuenta de nada. En mi mundo, en mi orilla, Nueva York entero se estremecía por segunda vez al compás del peor cataclismo de su historia. Peor que cualquier atentado. Peor que cualquier desastre de la naturaleza. Sólo comparable al que tuvo lugar el día en que te conocí.

—Esta relación se tiene que acabar. Ahora.

Yo buscaba protección a los trozos de cemento y yeso que me caían encima desde el techo. Querían aplastarme, convertirme en un cuerpo reventado, un cadáver tan maltrecho que nadie sería capaz de reconocer una vez que todo hubiera terminado. Yo tenía un departamento nuevo y ni siquiera había podido darte la noticia. Tenía un plan para los dos. Estaba contento: tú me irías a ver, llevarías pasta y comeríamos sentados en el sofá cama que yo iba a comprar al día siguiente. Pero no. Los cinco segundos no me habían servido más que para aumentar el miedo. Para anunciarme a gritos que estaba condenado a muerte. Me apoyé en el mesón de la cocina. La botella de vino cayó, reventándose en mil pedazos. El vino blanco me mojó las piernas, y supongo que también las tuyas. Diste un paso hacia atrás. Azúcar empezó a ladrar, asustada.

—¡Sal de ahí! —me gritaste.

Obedecí. Entonces te inclinaste y comenzaste a recoger los trozos de vidrio, veloz, antes de que tu perra se tragara alguno. Los ibas lanzando dentro del lavaplatos. Yo sólo escuchaba las campanas de funeral del vidrio al chocar contra el acero inoxidable. ¿Cómo podías quedarte así, indiferente ante ese terremoto grado 10 que parecía no tener fin? De pronto ahogaste un grito: tu mano se manchó de sangre.

—¡Carajo! —exclamaste.

Los goterones caían sobre las baldosas blancas: roja mensajera de tu plaga, igual a la mía pero peligrosa. Intenté ayudarte con la herida, pero me empujaste con fuerza hacia atrás.

—¡No me toques…! —rugiste.

Claro, el sida. Incluso tu sangre me rechazaba a gritos, como el resto de tu cuerpo. Corriste hacia el baño, yo salí detrás tuyo. Metiste la mano bajo el chorro del agua fría y retiraste ese pedazo de vidrio que había provocado el corte.

—Quiero que te vayas ahora mismo.

Te vi el rostro reflejado en el espejo. Eras otro. Tú mismo, pero invertido. Un Ulises distinto que se revelaba ante mí con la brutalidad de un tornado sin control. El agua del lavamanos aún se teñía de rojo. Tú me gritaste que no estabas enamorado de mí, que todo había sido un error, que si me habías dado una oportunidad había sido sólo para darle en el gusto a Mara que había insistido tanto en que la acompañaras a aquel *brunch* dominical. Era un error. Todo había sido un error. No podía despegar la vista de tus labios que disparaban dardos mortales con cada sílaba. La película de mi vida había sufrido un violento cambio de tono. Incluso ahora parecía doblada. Alguien había cambiado el idioma original, reemplazándolo por nuevos textos sin sentido: tus palabras no coincidían con la verdad de tus ojos. Lo que tu voz me gritaba lo negaban tus pupilas, tan asustadas como las mías. ¿Será acaso porque tu mirada está conectada a tu corazón, mientras que tu lengua a tu cerebro? Al parecer en el juego del amor no siempre gana el que tiene más ganas. Yo estaba perdiendo. Por paliza. Te envolviste la mano en una toalla y te fuiste hacia el cuarto. Sacaste mi maleta de debajo de la cama. La abriste sobre el colchón, como una enorme boca atemorizada, y comenzaste a echar dentro la ropa de mi clóset. No recuerdo haber oído nada en ese momento. Ni tus gritos, ni tus pasos yendo y viniendo frenéticos, ni siquiera los ladridos de Azúcar a ras de suelo. El mundo era un espacio mudo. Aislado. Yo sobrevivía apenas al cataclismo. ¿Puede un terremoto durar tanto tiempo? De seguro los sismólogos del mundo entero estarían asombrados en sus puestos de trabajo, analizando las ondas de vibración, ubicando el epicentro y la profundidad del movimiento de las placas tectónicas.

—Aquí están tus cosas. Lo demás lo voy a llevar a la bodega, para que lo saques de ahí cuando quieras —dijiste.

Entonces entendí que tenías todo planeado con anterioridad. Que ésta era una decisión ya tomada, que el único que aún no se había enterado era yo. Sostenías mi maleta con tu mano herida. Tu sangre contaminada. Mi departamento recién arrendado. Nueva York entero dejaba de tener importancia. Bárbara había hecho lo mismo con su vida: tuvo que empacarla mientras sufría su propio sismo, ése que yo había provocado. Como un bumerán la vida me regresaba la bofetada de la venganza. Todo era mi culpa. Otra vez yo volvía a ser el responsable de tanta destrucción. Miré la cama, revuelta por la violencia de tus movimientos. La ventana del cuarto, abierta sobre la calle 18. Tu computadora encendida, la página de tu novela casi terminada. La pintura de los muros, ese color lavanda que tanto tiempo amparó nuestros sueños y arrebatos a la hora del amor. Mi clóset destripado con las dos puertas abiertas. Y tú. Tú, Ulises. En su oportunidad, Bárbara no había parado de llorar; ahora, yo ni siquiera recordaba cómo era una lágrima.

—¡Necesito que salgas de aquí!

Me entregaste la maleta. Retrocedí a tientas: los daños de la tragedia eran invaluables. Peores que los terremotos de Chile y México el mismo año 85. Tuve miedo porque a veces un sismo es el preludio de un maremoto, y Manhattan es una isla. Un pedazo de tierra rodeado de agua: el peligro acechaba por los cuatro costados. Claro, era obvio que la destrucción aún no había acabado. Yo me estaba llevando tu peor recuerdo; tú, lo mejor de mí. El ruido de la puerta al abrirse sonó como el llanto de un recién nacido. Estabas temblando. Te mordías el labio inferior con furia, castigándote por lo que me estabas y te estabas haciendo. Otra vez el pasillo de tu edificio tenía olor a comida rancia, a orines de perro, de nuevo el televisor a todo volumen de tus vecinos atravesaba sin respeto las paredes demasiado delgadas. Traté de hablar, pero no supe qué decir. Mi nuevo estudio recién arrendado. El queso que dejé cortado en cubitos en la cocina y que nadie se iba a comer. Mis ganas desesperadas de darte al menos un beso. De despedirme. No quiero. No quiero irme. No quiero desaparecer. No tengo adónde ir si bajo los tres pisos que me separan de la calle. Todo lo que poseo está dentro de tu departamento. Tú eres el sol, ¿recuerdas?, yo el satélite. ¡No quiero, Ulises…! Y entonces cierras la puerta. Desapareces al otro lado. ¡Ulises! Me enfrento a la pintura carcomida que me bloquea la visión. Nadie te ha querido como yo, aunque te dé lo mismo. ¡Ulises, no quiero irme…! Y veo el rastro de tu sangre en el mango de mi maleta. La descubro también en la roja huella digital que quedó marcada en la puerta. Eso es todo lo que me quedó de ti: una mancha enferma. Y cuando salgo a la vereda la lluvia me da en la cabeza. Diluvia sobre Manhattan. Pero ya no me importa. Soy un náufrago que no merece la más mínima consideración. La esquina de ese Chelsea en ruinas me desconcierta, no sé cuál es el norte, el sur; ni siquiera sé para dónde tengo que echar a caminar. ¿Alejarme hacia dónde?, si yo por fin había llegado a destino. Tu departamento era el punto final del camino, no el inicio de otra ruta. Los autos me salpican, la ropa se me pega a la piel como el abrazo que no tuve de ti. La lluvia se me mete por los ojos, me moja por dentro. ¿Adónde voy? Y extiendo una mano, obligo a un taxi a frenar en medio de un chirrido de neumáticos y un estruendo de gotas que se desordenan en su caída libre. Me meto, estoy estilando. Soy un cuerpo hecho de agua que escurre, que desaparece por completo.

—Al aeropuerto —digo.

Recién en ese momento saco la cabeza de ese mar que se empeña en ahogarme. Abro la boca, intento llenar otra vez de aire los pulmones. Sé que tendré que aprender a bucear si quiero sobrevivir, porque lo que viene no es fácil. El maremoto, yo lo sabía. La desgracia tenía que ser total. Manhattan entero se hunde para quedar convertido en una ruina marina. El chofer acelera y cierro los ojos, porque debajo del agua la realidad es confusa e imprecisa, y no quiero verla. El mundo se esconde tras cientos de burbujas azules y todas estallan al mismo tiempo. No quiero ver. No quiero volver a ver. Nunca más. Tampoco deseo ser testigo de mi propia salida de Chelsea. Las cosas no tenían que suceder así. Atrás, en la vereda de tu esquina, quedó mi piel tirada en el suelo. Seguramente la recogerán para meterla en una bolsa y mandarla con la basura vieja a Staten Island, a hacerle compañía a todo el cabello que me han cortado para mantener mi imagen de Chelsea Boy. Vuelvo a sumergirme. Necesito aprender a respirar bajo el agua, pero mi mar está revuelto: hay tormenta, corrientes internas que no me permiten nadar. Levanto la vista y veo a las olas enroscarse, claro que al revés. Ese techo líquido se agita, me aspira junto con un violento impulso que parece arrastrar el mundo entero. El taxista me comenta que nadie esperaba lluvia para esa tarde. Yo no contesto, porque los ahogados no hablamos. Sólo alcanzo a mandarte tres últimos besos. Uno por el amigo que se me fue. Otro por el novio que perdí. Y el último por ese compañero de alma que me traicionó sin aviso y que, de paso, se traicionó a sí mismo. Después, no tengo más remedio que asumir que no sé nadar. Y me dejo llevar.

TERCER ACTO

MAR DE PUERTO RICO

La desgracia sólo alcanza su punto más alto
cuando hemos visto, lo bastante cerca,
la posibilidad práctica de la felicidad.

Las partículas elementales, MICHEL HOUELLEBECQ

Uno

Un babalao es un sacerdote del dios Orula. Orula, a su vez, es la divinidad que habla, que predice: él es el dueño del oráculo. Cuenta la tradición que fue testigo de la creación del mundo, que la presenció desde la primera fila, y que por eso conoce todo acerca del pasado, el presente y el futuro. Yo no pido tanto: sólo quiero un consejo, una palabra que atraviese la dimensión etérea y me diga lo que quiero escuchar. Hace calor, ésa no es una novedad en Puerto Rico, pero a punto de cumplir seis meses de vivir aquí he aprendido a soportar con entereza la humedad y el vaho ardiente que sopla sobre esta isla. La consulta del babalao queda en el segundo piso de un edificio muy antiguo, en el corazón del Viejo San Juan. Desde la calle es una fachada más, idéntica a todas las del sector: paredes muy altas, ventanas estrechas y siempre abiertas, puertas de madera en las cuales se descorren mirillas para ver quién golpea. Los muros son azules. La repetición de balcones de pilares torneados se pierde en la curva de la loma. Ésa es una característica del Viejo San Juan: todo apunta hacia lo alto. Se construyó sobre una colina, para tener una mejor visión sobre el nivel del mar. Por eso tuve que trepar desde el estacionamiento público, donde dejé el auto rentado especialmente para ese día, hasta la dirección que buscaba. Me abrió un hombre delgado, de pelo cano y de ojos tan reposados como el movimiento de sus manos. Su lugar de trabajo olía a hierbas, a animales de corral, a Caribe. Me hizo quitar los zapatos. A través de la ventana se veía parte del edificio vecino: un trozo de tejado, un balcón bordado de enredaderas y buganvilias y el horizonte turquesa del océano. Nos sentamos sobre una alfombra tejida, rodeada por lo que él me explicó eran altares: tablillas en las cuales se equilibraban velas, platos con agua, frascos con líquidos de colores, caracolas marinas, plumas, objetos de metal que no supe identificar. El babalao tomó un collar: una larga sucesión de cuentas amarillas y verdes donde, cada tanto, colgaba un trozo triangular de cáscara de coco.

—Esto es un Opelé —me dijo—. Orula habla a través de él.

Lo lanzó al suelo y se quedó unos segundos ahí, observando la disposición que había tomado. No me atrevía a moverme ni a interrumpir el momento. Lo único que se oía eran las aspas de un ventilador oxidado en una esquina y el aleteo frenético de una paloma encerrada en una jaula. Recogió el collar, lo sacudió otra vez entre sus manos, como si se tratara de un dado y estuviéramos al borde de una mesa de juego en Las Vegas. Lo dejó caer sobre la alfombra. El collar parecía una serpiente tropical muerta.

—Orula me habla de mucho dolor, mucha tristeza. Hay pérdida. Eso no te deja en paz —masculló, siempre con la vista fija en el Opelé.

Ni siquiera asentí. Supongo que sus dioses son más confiables para él que un simple movimiento de mi cabeza. La paloma seguía aleteando. Era gris, salpicada de blanco. La jaula no estaba muy lejos de mí. Podía perfectamente verle los ojos —diminutos botones que reflejaban la luz del sol— que nunca se quedaban en paz. Por ahí cerca se quemaba una varilla de incienso.

—Orula sugiere una rogación de cabeza.

La voz del hombre me obligó a mirarlo otra vez. Se puso se pie con sorprendente agilidad y se alejó hacia una esquina de aquel departamento convertido en templo de santería. Abrió un desvencijado refrigerador. Comenzó a sacar un par de cocos, un pote con mantequilla, un frasco de miel. No quise preguntar lo que estaba haciendo, ni qué iba a pasar a continuación conmigo. Mientras seguía en sus labores, me explicó que la cabeza es el lugar más alto del cuerpo y ahí, dentro del cráneo, vive nuestra energía protectora: Eleddá, que no es otra cosa que el representante de dios en el hombre.

—Lo que algunos llaman alma, o chispa divina —comentó.

Siguió contándome que en santería hay un refrán que dice: "La cabeza es lo que lleva al cuerpo". Por eso, la cabeza es el centro desde donde se llevan a cabo las fuerzas que mueven al ser humano. La rogación lo que hace es refrescar la cabeza para restaurar el equilibrio perdido luego de alguna tragedia o desgracia. Exactamente lo que me hacía falta.

Dejó todo lo necesario sobre la mesa. Con la misma calma se quedó unos instantes mirándome en silencio. Parecía estar tomando una decisión. A lo mejor los dioses seguían hablándole al oído.

—¿Puedo hacer una pregunta? —me atreví a decir.

Asintió apenas.

—Quiero saber si voy a volver a tener una relación con la persona de la que me alejé no hace mucho.

Me sentí estúpido y frívolo. Esa pregunta se hace a los quince años, rojo de vergüenza, a alguna gitana que por un par de monedas nos detiene en la calle y nos ofrece develar nuestro porvenir. No sé por qué, pero presentía que los babalaos no estaban acostumbrados a escuchar interrogantes como ésa.

—Averiguar eso es inútil —me contestó—. Lo que tenga que suceder, sucederá. Por eso vamos a calmar tu cabeza. Te haces demasiadas preguntas.

Yo quería que el collar de cáscara de coco fuera el que me contestara eso, y no él, pero no dije nada. ¿A quién se le cree más en estos casos: a los hombres o a los dioses? Tal vez era hora de empezar a levantar la vista: buscar respuestas en otras esferas y no en las mentes de los mismos seres humanos. Quizá mi error había sido tratar de olvidarte echando mano de la experiencia de otros que, como yo, ya habían sufrido la desilusión. Por eso me pareció válida esta alternativa de visitar a una persona con comunicación directa con ese otro espacio, con aquello que existe pero no se ve. Mara había hecho el contacto y me consiguió la cita.

—José es espléndido —me dijo al teléfono—. Le dices que vas de mi parte y asunto resuelto.

El hombre me hizo poner de pie. Me explicó que antes de la rogación era necesario que me sometiera a una limpieza. Entonces fue hacia la jaula de la paloma. Abrió la rejilla y metió la mano allí. Tuve un ligero estremecimiento por lo que presentí sería el siguiente paso. El escándalo de piares y alas se acercó a mí. El babalao me ordenó que me quedara inmóvil, con la espalda derecha y los ojos fijos hacia el frente.

—Si quieres no veas —me dijo.

Pero quise presenciarlo todo. Comenzó a golpearme el cuerpo con la paloma que tenía firmemente cogida por las patas. Dejé de respirar, incapaz de conservar la sangre fría. Sentía claramente el choque del pico contra mi piel, el roce de las plumas en mis brazos desnudos, los chillidos metálicos que rebotaban contra las aspas del ventilador y se proyectaban a las cuatro esquinas de ese departamento. Ahora los golpes eran a la altura de mi nuca, del nacimiento de mi columna, alrededor de mi cintura. Por la ventana abierta alcancé a ver a una anciana asomada en el balcón del edificio de enfrente. Con una botella plástica regaba una mata frondosa, ajena al griterío santero que tenía lugar al otro lado de la calle.

—Date la vuelta —escuché que me ordenó el babalao—. No quiero que veas.

Esta vez obedecí veloz: ya no quería seguir presenciando aquel ritual. Sólo escuchaba sus pasos moverse por el cuarto, al parecer buscando el mejor sitio para cumplir con el siguiente requisito de esa limpieza. La paloma seguía aleteando. Me imagino que él se habría arrodillado, porque el ruido insistente de las alas comenzó a chocar con el suelo. De pronto un chillido corto, como un agudo grito de mujer, reventó a mis espaldas y se quedó haciendo eco unos segundos. Oí con toda claridad un chorrito de líquido escurrir por las baldosas. No quise pensar. No quise siquiera imaginar lo que acababa de ocurrir. Cerré los ojos: tal vez el negro total me protegería de tener que enfrentarme a lo que no quería ver.

—Ya puedes mirar.

No, no deseaba mirar. Pero uno no desafía a alguien que puede escuchar voces desde el más allá. Por eso giré, enfrentando mi cuerpo al suyo. Y abrí los ojos. El cuarto estaba invadido de plumas que se mantenían suspendidas en el aire impulsadas por el soplido del ventilador. Formaban remolinos que luego se disolvían en un ingrávido baile. El babalao tenía la camiseta manchada de sangre, igual que las manos y el antebrazo. A sus pies estaba el cuerpo muerto de la paloma, también salpicado de rojo. No tenía cabeza. La busqué con la vista, pero no la encontré. Se asomaba el hueso final de la columna por la herida del cuello: una reluciente e inconclusa vértebra blanca. Yo seguía sin pensar, sin juzgar, respirando hondo y soltando el aire apenas, en un imperceptible silbido. Me dolían los hombros, la nuca. Estaba cansado de estar de pie; hubiera querido sentarme aunque fuera en ese suelo de baldosas manchadas. El hombre recitaba letanías en un idioma que, por más que traté, nunca logré descifrar. Siempre con el cuerpo del ave en las manos, fue hacia una mesa y tomó un pliego de papel café para envolver. Puso la paloma al centro. Luego levantó del suelo un recipiente que estaba lleno de plumas. Metió los dedos, como buscando algo, y sacó la cabeza. Los ojos, los mismos que antes reflejaban la luz del sol, ahora se veían opacos y sobrepuestos, como si se fueran a caer de su sitio en cualquier momento. Acomodó la cabeza entre las patas y empezó a envolver todo con el papel. Hizo un paquete y me lo extendió: yo tendría que tirarlo al mar para que Yemayá, la fuerza que mora en los océanos, se sintiera satisfecha. Antes de llegar a mi departamento era necesario que me detuviera en la playa, caminara por la arena hasta el borde del agua y ofreciera el cuerpo muerto de aquella paloma que había dado su vida por limpiar la mía. Un animal había tenido que morir para que yo pudiera comenzar a sacudirme tu duelo de encima, Ulises. ¿Te das cuenta qué injusto? El bulto que me puso entre las manos estaba tibio. Yo sé que era imposible, pero habría jurado que se movía apenas, un leve crujir de ese papel café que delataba que la paloma seguía respirando a pesar de tener la cabeza decapitada. Supongo que era la culpa: ¿hasta cuándo mi búsqueda de la felicidad iba a seguir afectando a otros? El babalao me hizo sentarme para continuar con la rogación. Dudé unos momentos, quizá ya era hora de irme, de disculparme con él y decirle que prefería seguir encerrado en mi departamento, que iba a optar por esperar el tiempo

que fuera suficiente hasta que las cicatrices se cerraran so-
las y yo pudiera retomar el hilo de mi vida. Pero él no me
dejó alternativa. Me llevó hacia una silla y me obligó a tomar
asiento. Me arremangó los pantalones hasta las rodillas y me
pidió que dejara caer mis brazos lánguidos a cada costado
del cuerpo. Entonces decidí permitir que mi mente saliera
volando por la ventana abierta antes de que aquel hechizo de
coco rallado, cascarilla y miel que ya comenzaba a untarme
en la cabeza cumpliera su trabajo. Entregué mi cuerpo para
que hicieran con él lo que quisieran. Y con la única astilla de
conciencia que me iba quedando, rogué a la divinidad que
anduviera por ahí que se apiadara de mí y que me borrara tu
recuerdo de todas mis memorias. Para eso estaba pidiendo
ayuda a gritos. Para no terminar yo con el cuello abierto y
flotando en el mar por culpa tuya: mi dios enemigo de ojos
azules.

Dos

Floto con los brazos abiertos y los ojos cerrados en este mar que nunca se enfría. Sobre la superficie de mi piel que mira al cielo siento la llamarada del sol que evapora incluso las gotas que las olas me salpican. La mitad de mi cuerpo que permanece bajo el agua me recuerda que el hombre tiene la posibilidad de volar: es cosa de lanzarse al océano y dejarse ir, como yo. Mis orejas rescatan ruidos marinos: sonidos redondos como burbujas, murmuraciones acuáticas que no acaban nunca, que van y vienen impulsadas por corrientes viajeras. Esto es la paz: el vacío de roces, la elevación con respecto al suelo, la ingravidez por encima de la geografía. Por eso me gusta el mar. Desde que vivo en Puerto Rico trato de ir siempre a la playa. A veces se me va el día persiguiendo la sombra del sol sobre la superficie del agua: esa sábana líquida que se hincha y respira, el hogar de Yemayá y la cuna donde me arropo cuando necesito una caricia que me recuerde que todavía estoy vivo. A veces pienso en la hija de Sofía, en mi sobrina, que flotó durante nueve meses en ese líquido que la protegió de todo, incluso del llanto de compasión de mi familia. Cómo habrá odiado el momento en que su represa se rompió y perdió para siempre la calma. Por eso he decidido vivir cerca del mar. Para nacer de nuevo cada vez que me doy un chapuzón.

Supe por Mara que terminaste tu novela. Que pasaste largas semanas corrigiéndola, eliminando lo innecesario y agregando detalles de última hora. Qué bueno. Me alegro mucho. Sé lo importante que era para ti sentir que había otro modo de comunicarte con el resto de la humanidad, y que para eso estaban las letras y las palabras. Me gustaría leerla, aunque sé que jamás lo haré. No sería capaz. He logrado restablecer un equilibrio a golpe de mucho esfuerzo, y no voy a hacer nada por empujarme al precipicio. El solo hecho de tenerla entre mis manos me haría recordar todas las veces que cerré la puerta de tu cuarto para regalarte mi discreción y la privacidad que necesitabas. Prefiero quedarme aquí, donde estoy, flotando en el mar, de brazos abiertos y de cara al sol. En el vacío más grande, formando parte del todo. Por si te interesa saber, yo también continúo escribiendo cada noche. Mi departamento sigue vacío, aunque muy pronto llegarán mis muebles desde México. ¿Lo recuerdas?, los que tenía en mi casa, ésa de tres pisos, la del patio con el árbol enorme... Eso me tiene entusiasmado. Han sido muchos años de peregrinaje. Ya es tiempo de soltar la maleta, guardarla en la bodega por un tiempo y dedicarme a armar otra vez un hogar. Sólo en Puerto Rico podría hacer eso: aquí está mi gente, ésa que no pregunta nada porque no necesita respuestas, ésa que sólo abre los brazos y te regala sin esperar nada a cambio los latidos de su corazón. No tengo muy claro qué estoy trabajando. Sólo sé que estuve ocupado viviendo un tiempo, y que ahora ya puedo escribir. Todo nació a partir de una primera frase con la que desperté revoloteando una mañana: me voy a enamorar de ti como un idiota. No cuestioné la calidad de aquel regalo de mis musas, porque así fue. Cuando terminé de teclear esa oración, me quedé pensando unos instantes: ¿qué es enamorarse como un idiota? Supongo que por eso no he dejado de escribir: ésas más de doscientas páginas que llevo son la respuesta. He aprendido a convertir en mentiras todas las verdades que acumulo, y eso sirve para sanar. Al menos a mí me funciona de ese modo. Mi computadora se va tiñendo de dolor y de lágrimas: todo el sufrimiento y el llanto que antes estaban en mí. Recuerdo ese libro de Wilde que me estremeció la primera vez que lo leí: *El retrato de Dorian Gray*. Allí era un cuadro al óleo el que envejecía a causa de la mala vida del personaje. Aquí, en mi caso, es la pantalla de mi computadora la que se deforma cada vez que mis dedos recuerdan alguna escena del pasado. Del mismo modo que un escultor usa barro, yo construyo otra realidad a partir de palabras. El alfabeto entero me sirve para levantar una muralla que existe —aunque no se vea— entre lo que es verdad y lo que podría haber pasado, entre lo que sucedió y lo que ahora es material de ficción. Ese acto que algunos podrían llamar falta de valentía, pero que yo asumo como liberación, me ha permitido empezar a pensar que puedo ser feliz otra vez. No sé qué sucederá cuando termine de escribir. En este momento no importa, sólo vivo el presente. De pronto fantaseo con la idea de hacerte llegar todas esas páginas como un regalo de amor. Pero después me arrepiento; no tengo claro cuál sería tu reacción, y algo que aprendí muy bien durante todo el tiempo que estuvimos juntos fue a no despertar a tu mal genio. Es mejor dejar las cosas así. Tú por allá, yo aquí.

Abro los ojos: el sol me corona desde arriba. En la línea amarilla de la arena alcanzo a ver a algunos bañistas que se han recostado en sus toallas mientras otros juegan con paletas. Es increíble pensar que antes el mar me atemorizaba. El solo hecho de imaginar ese fondo cubierto de algas y rincones oscuros me erizaba la piel. Pero aprendí a soltar, incluso mis miedos más hondos. Si respiro profundo y dejo escapar el aire que llevo dentro, si me relajo y me entrego, floto. Y no me hundo. Aunque quiera no podría hundirme porque el agua es mi amiga y está consciente de mi entrega. Supongo que la libertad llega cuando aprendes a dejar ir. Así como la madurez se hace presente la primera vez que dices no. No, Ulises. Te digo que no. No voy a pedir perdón por lo que sucedió entre nosotros. Esta vez la culpa no es mía: es nuestra. Quizá por eso recibimos juntos el castigo de la separación.

Fui a Nueva York hace un par de semanas. Fueron sólo unos días, los justos para cerrar mi cuenta bancaria, cancelar la membresía del gimnasio y sacar mis cosas de aquella bodega que abrimos tú y yo el día que decidimos vivir en pareja. No te llamé, claro. Tampoco te busqué. ¿Para qué? ¿Qué podría decirte que tú quisieras escuchar? Nada. Las cajas que estaban dentro de aquel depósito tenían tu olor. En una de ellas descubrí el pijama que usé mi última noche a tu lado, impregnado aún de ese olor a detergente que nunca perdieron tus sábanas. Fue duro, Ulises. Muy duro. La ciudad entera está pintada con el azul de tus ojos. Por más que traté de evitar las calles o los lugares que fueron escenario de nuestra relación, no pude superar con éxito mi regreso. Fue difícil. Casi tan difícil como el trayecto que hice al aeropuerto el día en que nuestra vida en común se llenó de agua y se fue a pique. El día del holocausto. Me subí a ese taxi en Chelsea cuando el cielo se derramaba en cataratas sobre la ciudad, y bloqueaba el tránsito, retrasaba los vuelos y alertaba a las autoridades. Recuerdo que me bajé en la terminal de American Airlines y, como un ciego que sólo tiene un sentido como herramienta de vida, dejé que mi intuición me guiara hasta el mesón. No necesité cerrar los ojos para volver a ver nuestro terreno en Rincón, ese sueño que se había roto de un hachazo en la base del tronco. Yo había sido feliz en tu tierra. Y tú también. No pude pensar en un lugar mejor para huir.

—Un boleto a Puerto Rico —dije con una voz recién estrenada.

Esperé horas en la sala de embarque. Me quedé junto al ventanal que escurría como todo en el exterior. Mis manos aún tenían huellas de tu sangre, esa que me regalaste cuando me diste la maleta y me sacaste del departamento. Llamé a Mara que prometió ir a buscarme al aeropuerto de San Juan. No hizo mayores preguntas, ni yo comenté más de lo necesario. Los amigos no necesitan detalles: los saben por el hecho de compartir su vida contigo.

Puerto Rico tiene una participación protagónica en la película que filmo todos los días. Se ha convertido en el escenario perfecto para este nuevo acto que no estaba planeado y que llegó sin aviso, pero que le dio un nuevo sabor a la historia. Tu isla fue tu mejor regalo, Ulises, aunque nunca te hayas enterado de habérmelo dado. Fuiste el puente perfecto, la roca sobre la cual me trepé para descubrir, en el horizonte, esta tierra de la que no pretendo irme. Como escritor, siempre he pensando que un personaje viajero es una fuente inagotable de temas. Por eso me eché a escribir: tenía material de sobra entre las manos. San Juan ha resultado ser la receta perfecta para mantener el suspenso y la atención de los espectadores: ahí se mezclan la euforia, el desenfreno y la amistad de un modo tan violento y potente que es imposible echar la vista hacia un lado. Los boricuas saben vivir y no se avergüenzan de hacerlo. Cualquier motivo es el chispazo inicial para comenzar una fiesta, una matanza o un acto de amor. Llevaba aquí tres meses cuando tuvieron lugar las fiestas de la calle San Sebastián, un carnaval que los puertorriqueños han asumido como el final de las navidades más largas del mundo y que, como todo final, tiene que ser lo suficientemente intenso para ser recordado hasta que llegue el momento de comenzar otra vez a celebrar. Una muchedumbre se congregó a lo largo de diez cuadras, en pleno Viejo San Juan, con una sola idea en mente: no descansar hasta caer rendidos al suelo. Cientos de miles de seres humanos, apretados los unos contra los otros, avanzaban apenas hacia una meta que no existía. Lo importante era lo que se hacía en la ruta, no llegar a ninguna parte. Artesanos de todo el país exponían sus obras en la periferia y las calles aledañas. Algunos ubicaban bocinas conectadas a equipos de música y se entretenían bailando salsa convertidos en provocativos cuerpos sudados. Otros simplemente se besaban con descaro, invitando a todos a seguir su ejemplo. Yo fui con Mara y Félix. Bebimos cerveza hasta que la calle me pareció más inclinada de lo que en verdad es. Fue una buena noche, una excelente velada. Esa fue la primera vez, además, que me reí en muchos meses. El más sorprendido fui yo: mis carcajadas sonaban iguales a las de antes, a las que daba en Hong Kong con Sofía, o contigo cuando salíamos a patinar por el borde del río y yo hacía piruetas de inexperto en cada esquina. El cuerpo, por lo visto, no sólo recuerda dolores; también alegrías. Ése fue un buen punto de partida para asumir que tal vez en algún momento yo podría soñar con dejarte atrás. Que tal vez me atrevería a soltar ese hilo con el que todavía te retengo a mi lado.

Tengo que asumir la brutalidad del nunca más: no voy a volver a verte. Sé que no nos encontraremos en lo que a ambos nos quede de vida; yo mismo voy a encargarme de eso. Tú podrías matarme con tu presencia. Bastaría sólo el roce de tu mano para que mi carne se abriera en dos y dejara a la vista mis músculos, mis tejidos y ese agujero doliente que me nació a la altura del pecho después de tu descarga. Lo siento, lo siento mucho. Ya no hay espacio para más cicatrices en las paredes de mi corazón. No tengo armas para luchar contra la violencia azul de tu mirada. Espero que me entiendas, Ulises: no es cobardía, es sobrevivencia.

Sigo flotando en Yemayá, la madre de todos los peces. Ella me protege como a uno de sus hijos. Con su lengua de agua salada lame mis heridas y cuida mi piel nueva, esa que me nació para reemplazar la que dejé tirada allá en tu Chelsea. Cuando sea la hora, nadaré hacia la playa. Y como un molusco que se desenrolla sobre sí mismo y abandona su caracola, respiraré hondo, me enderezaré, dejaré atrás este pasado marino para adentrarme en tierra caliente. A todos nos llega la hora de nacer de nuevo, y yo espero la mía con paciencia. Aprenderé a alinear las vértebras de mi espalda, levantaré la frente e inflaré el pecho. Con toda la conciencia que me quede daré ese paso, ese primer paso, el primero del resto de mi existencia, ese paso que dejará una huella en esta arena que se ha creado especialmente para mí, para la película que filmo todos los días. Dejaré que el sol tiña todo de blanco: tu nombre, el recuerdo de tu cuerpo, el filo de tu piel que ya no podrá volver a herirme, la memoria de este hombre que sigue enamorado como un idiota de otro hombre. Y sobre esa pantalla reventada de luz líquida empezaré recién a pensar en una nueva historia: una que, como la que tuve contigo, también me costará la vida.

San Juan, Puerto Rico, 2004

Epílogo

—Las cosas buenas se celebran. Y las malas, también —sentenció Mara con esa voz tan categórica que tiene y que no deja espacio para la réplica.

Por más que intenté convencerla de que nunca había celebrado mi cumpleaños, y que desde chico arrastraba el pánico de quedarme solo alrededor de una mesa puesta especialmente para una fiesta a la que nadie nunca llegó, mi amiga fue enfática en su planteamiento: era hora de festejar la vida.

Y de alguna manera tenía razón. Estaba trabajando en un interesante proyecto de monólogos televisivos que yo mismo iba a escribir y ayudar a producir, y eso consumía gran parte de mis horas creativas. También había recibido la oferta de una universidad de San Juan para dar clases de guion a los alumnos de maestría y eso me iba a tener ocupado al menos los siguientes meses y me permitiría recibir un pago estable cada quincena. Por último, mis muebles acababan de llegar de México luego de una larga travesía de meses que incluyó puertos, aduanas, revisiones y un par de hombres que depositaron en mi departamento sin cuidado alguno un sinfín de cajas que estuve desempacando durante semanas sin descanso. Una vez que todo estuvo en su sitio, me dejé caer agotado en el enorme sofá de gamuza, el mismo que tan bien se veía en la casa de Coyoacán pero que aquí parecía un colosal animal disecado en un departamento demasiado pequeño para sus dimensiones. Desde ahí, jadeante y sudado, me entretuve examinando uno a uno los adornos, los recuerdos, la huella de aquella otra vida que parecía tan lejana. Una vida que incluía a Bárbara y un sueño familiar que no funcionó. Una vida que parecía soñada por alguien que no era yo. Una vida a la que no iba a regresar.

De ti, Ulises, no había rastros en mi nuevo hogar. Ni uno solo.

Me encargué de borrar todas las fotografías de la cámara. Eliminé los correos de mi cuenta de email. Regalé a una biblioteca pública los libros que me traje desde tu casa y los otros que rescaté de la bodega de Nueva York. Me deshice de los folletos que guardaba del terreno en Rincón, los mismos que tu amigo Orlando nos envió por correo para terminar de convencernos de invertir ahí. Barrí tu recuerdo con la misma urgencia y resentimiento que alguien que limpia su casa después de un maremoto.

Que hubieses desaparecido de mi vida, así como se extirpa un tumor maligno, era algo que sí valía la pena celebrar.

—Está bien —asentí a Mara—. Déjame organizar la fiesta.

Mara aplaudió con un escándalo de pulseras, tomó su cartera y caminó hacia la puerta.

—Te felicito, Diego. Me encanta verte así. Otra vez de pie —dijo, y salió lanzándome un beso a través de la sala.

Los siguientes días transcurrieron en el vértigo de haber aceptado más trabajo y responsabilidades de las que podía manejar. Hubo un problema con las fechas de grabación de los monólogos televisivos, y dos de las actrices que teníamos contempladas no pudieron modificar su agenda y hubo que reemplazarlas. Las dos nuevas que se sumaron al proyecto no se sintieron cómodas con el texto que las anteriores sí habían aceptado, por lo que tuve que reescribir durante un par de madrugadas el guion que debían aprenderse. En una de esas noches de forzado desvelo creativo volví a encontrarme con la carpeta llamada *Ulises* que llevaba un par de meses relegada a una de las esquinas del disco duro de mi computadora. Pasé el cursor varias veces sobre el archivo, dudando si lo abría o no.

"Vamos, hazlo." Pude escuchar mi propia mente forzándome a hacer algo que el instinto se empeñaba en evitar.

Si tan sólo yo hubiese sido capaz, en ese momento, de leer las señales. No. Una vez más las dejé pasar frente a mí sin reparar en ellas. Pero si soy honesto, Ulises, nada hacía presagiar lo que ocurría apenas unos días después, y ahí mismo, en mi propio departamento. En aquel instante, sentado sobre la cama en la penumbra del cuarto, hacer doble *clic* sobre ese *folder* parecía algo tan inocente, apenas un arrebato más propio de un cansancio extremo de madrugada que una trampa del destino. Porque eso fue lo que terminó siendo: un engaño que, sin que yo lo supiera, puso en marcha un intrincado mecanismo que iba a lograr sacarme de la paz que tanto esfuerzo me había costado alcanzar.

El archivo tenía 246 páginas, 246 páginas escritas a doble espacio, con letra Times New Roman, y en tamaño 12. Eran 246 páginas que escribí para no olvidarte. Las 246 páginas de un largo texto comenzaban con la sentencia "me voy a enamorar de ti como un idiota". A partir de ahí, la historia se hacía cargo de narrar, con lujo de detalles, nuestra vida juntos en Nueva York. Y yo, que debía reescribir con urgencia un monólogo televisivo para dos actrices caprichosas, de pronto me vi leyendo una suerte de diario de vida en tercera persona, donde yo era el protagonista de una aventura que ya no me pertenecía porque había conseguido sacarla de mi interior para esconderla en un vulgar documento de Word. Ahí apareciste otra vez. Sentado junto a mí. El calor de tu piel despertando a la mía. Y por más que traté, no pude dejar de leer:

Reconozco que tuve una primera desilusión cuando entré al edificio. Había mal olor: una mezcla de humedad y comida añeja. Los muros exhibían manchas negras, como continentes irregulares en el mar blanco de la pintura. La escalera crujía a cada paso, ofreciendo tablones irregulares cubiertos de algo que debía ser un linóleo pisado y vuelto a pisar. No me cuadraba tu imagen espléndida en un escenario así, tan decrépito. Pero no me importó. En lo más mínimo. Desde abajo oímos los ladridos de un perro. Cuando llegamos al segundo piso nos recibió el vozarrón de un televisor encendido a todo volumen. El tercer nivel era el tuyo. Frente a tu puerta había un limpiapiés casi transparente por culpa del uso implacable. Fui yo quien tocó el timbre. El tintineo de pulseras de Mara anunció que sería ella la que aparecería al otro lado. Y así fue.

Ahí estaba yo de nuevo, por primera vez frente a la puerta cerrada de tu departamento en Chelsea. Nuestro departamento. No, la verdad siempre fue tuyo. En mi fantasía solitaria quise creer que por el hecho de haber conseguido un breve espacio dentro tu cama también había conquistado el resto del hogar. Un error. Uno de los tantos que cometí. Y mientras continuaba leyendo las páginas que yo mismo había escrito meses atrás, escuché otra vez tus pasos atravesar el breve pasillo rumbo al baño. Junto con el sonido del escusado también me llegó aroma a café fresco espolvoreado con canela que, de seguro, tu fantasma se estaba preparando en mi cocina, colonizando de nuevo mi vida y mi presente. Cerré de un golpe la computadora, mandando al diablo el trabajo pendiente y desplazando una vez más aquel archivo llamado *Ulises* al olvido cibernético.

Esa noche soñé contigo.

Claro, yo tendría que haber descifrado que esa era la segunda señal. Me bastó poner la cabeza en la almohada y cerrar los ojos para volver a verte con tu mochila al hombro, con ese mechón de tu cabello que siempre te caía sobre la frente, y tu camiseta negra de HEAVEN. Debí haber comprendido en ese momento que nada tenía sentido, que tú sólo usabas la mochila para ir a trabajar, y que jamás hubieras ido a la oficina con un camiseta que sólo vestías a la hora de ir a bailar. Pero así son los sueños, confusos, traicioneros, y en mi infinita torpeza no fui capaz de atar los cabos. Al día siguiente desperté con tu aroma impregnado en mi pijama y mis sábanas oliendo al detergente con el que lavábamos las nuestras en el *laundry* chino de la calle 22.

¿Cómo se despega una fragancia que viene de adentro, de las mismas células de tu cuerpo? ¿Cómo impides que tu propio organismo despierte luego de un prolongado letargo por culpa de un texto y que sin pedirte permiso te lance de bruces hacia un pasado que todavía escuece?

Cuando el productor se enteró de que no había hecho los dos nuevos monólogos, hubo un conato de discusión del que debo haber participado pero que no recuerdo. Como en una película a la que le han quitado el audio, sólo lo vi abrir y cerrar la boca y respirar hondo para llenarse de aire los pulmones y seguir reclamándome. Pero yo no estaba ahí. Por culpa de esas 246 páginas que no debí haber leído seguía desde la noche anterior en Chelsea, sentado en el segundo piso de The Dish, en una esquina del local, protegido por un ventanal que nos regalaba a ti y a mí un tibio baño de luz de media mañana y un muro de ladrillos con fotografías en blanco y negro. Los dos teníamos frente a nosotros un humeante platillo de huevos y tocino. ¿Lo recuerdas, Ulises? ¿Estás viendo de nuevo, como yo, todos los pormenores de nuestra primera cita formal luego de despertar juntos? La reminiscencia trae junto con ella una tristeza que mancha mis órganos, una melancolía inevitable que me devuelve a la misma expresión que tenía un año atrás, cuando llegué a vivir a Puerto Rico empapado por dentro y por fuera, escapando de nuestra esquina anegada. Y la vida se me pinta de azul, como tus ojos que siento que me observan desde cada esquina de mi nuevo hogar. Por más que intento no puedo escapar a las miles de palabras que se desprenden como moscas infatigables de esas 246 páginas. No tengo dónde esconderme de ellas. Me persiguen como una mala noticia por la calle. Me rondan en una nube de rapiña cuando trato de dormir. Se me enredan en las pestañas y me nublan la vista. Por eso me confundo, Ulises. Por eso a veces veo nuestro departamento en Chelsea superpuesto a mi departamento en Puerto Rico. Por culpa de mis propias letras. Por culpa de ese exorcismo literario que hice y que no tendría que haber desplegado en la pantalla de mi computadora. La frase "me voy a enamorar de ti como un idiota" es la peor de todas. La más insolente. La más cruel. Sus nueve palabras me acosan sin tregua. A veces se separan y me atacan cada una desde un lugar distinto. En otras ocasiones se pegan las unas a las otras hasta convertirse en un doloroso látigo de letras que restallan contra mi piel que queda herida por el filo de su propio significado. Cuando eso ocurre vuelvo a pensar en ti. Y el mundo a mi alrededor se licúa como una acuarela mal secada, y los sonidos desaparecen ocultos por un zumbido líquido, como el ruido que hace un dedo al rozar el borde de una copa de cristal. Así vivo, Ulises. Encarcelado dentro de una burbuja de melancolía, hostigado por las letras de mi propia historia, condenado por un final que yo mismo ayudé a escribir. Si yo fuera inteligente, si de verdad supiera atar cabos, habría entendido que la tercera señal del cataclismo que se me avecinaba fue cuando la sangre se me congeló en las venas. Ahí estaba: la inequívoca señal de que el mundo iba a comenzar a temblar. ¿Recuerdas mi capacidad de predecir los temblores? Esos segundos de tregua que la vida me concedía para alcanzar a prepararme para la tragedia. Y ahí me sorprendió la corazonada, saliendo de la cocina, con un vaso de jugo de naranja en la mano, y me quedé petrificado, lleno de pánico por lo que aún no ocurría. El cuerpo se me heló de golpe y fui incapaz de dar un nuevo paso. Y supe en ese preciso instante que tu sombra azul me había alcanzado hasta Puerto Rico. Que tu sangre iba a terminar de salpicarme la cara. Que aquella despedida que terminó conmigo en la calle, y tú gritándome desde el otro lado de la puerta, no iba a ser realmente nuestra despedida. El terremoto que se cuajaba bajo las capas tectónicas de Puerto Rico me anunciaba que por ahí venía una nueva réplica. La peor de todas. Un nuevo coletazo de tu fuerza arrolladora. Y traté de correr hacia mi cama, para jugar a que nada malo podía pasarme si me ocultaba bajo las sábanas. Las grietas de los muros anunciaban que el movimiento sísmico iba en aumento, intensificando su fuerza elástica con cada segundo. Y entonces el timbre. El inesperado ruido del timbre. Ese sonido que llevaba un año anunciando sólo la llegada de mis amigos, de Mara, de mis vecinos amorosos y solidarios. Sólo que esta vez hasta el *ding dong* se escuchó distinto por culpa del desastre que ya comenzaba a dar indicios de catástrofe. Extiendo la mano y agarro el pomo de la puerta. Y abro. Y ahí están los dos cuchillazos de aguamarina que brotan de tus pupilas, Ulises. El violento puñetazo de tu sonrisa me noquea y me lanza contra las cuerdas. La chaqueta de jeans. El cabello que te ha crecido lo suficiente para que alcance a cubrirte las orejas. La densidad de tu cuerpo bien construido y que podría dibujar con los ojos cerrados. Qué distinto estás. Qué igual estás. Ni siquiera hago el intento de esquivar las vigas de cemento prensado que empiezan a desplomarse sobre mi cabeza, arrastrando con ellas los pisos superiores del edificio. No vale la pena. Voy a morir de todos modos: ya sea por culpa de la hecatombe telúrica o por la devastación de saberte ahí, frente a mí. Y cuando voy en caída libre, cuando apenas me sostiene en vilo el fragor del propio aire de mi descenso, escucho tu voz. Pronuncias mi nombre. Lo rodeas de un par de palabras más. Palabras azules como tus ojos. Palabras que espantan a mis propias palabras y las devuelven al interior de mi computadora, relegadas al archivo de donde nunca debieron salir. Y me aferro a tus palabras que se hacen soga para sacarme del fondo del pozo en el cual he caído. Y las acaricio, las arropo como quien protege a una mascota que apenas está abriendo los ojos a este mundo. Y me las llevo a la boca, para saborearlas, porque son exactamente las mismas palabras que llevo un año deseando escuchar. Gracias. Gracias por ellas, Ulises.

¿Y ahora?

¿Qué hago contigo?

¿Qué hago conmigo?

El filo de tu piel de José Ignacio Valenzuela
se terminó de imprimir en julio de 2018
en los talleres de
Litográfica Ingramex, S.A. de C.V.
Centeno 162-1, Col. Granjas Esmeralda, C.P. 09810,
Ciudad de México.